Dre

Gennifer Choldenko, geboren 1957 in Santa Monica, wuchs in Südkalifornien auf. Sie studierte Literaturwissenschaft und Illustration und versuchte anschließend verzweifelt, *nicht* Schriftstellerin zu werden. Sie arbeitete in der Werbung und als Geschäftsführerin, bevor sie sich endlich doch traute das Schreiben zu ihrem Beruf zu machen. Inzwischen sind mehrere Kinderbücher von ihr erschienen, ihr Band ›Tür an Tür mit Al Capone‹ wurde 2005 als Newbery Honor Book ausgezeichnet. Gennifer Choldenko lebt mit ihrer Familie in Kalifornien.

Gennifer Choldenko

Drei Erbsen, mein Hund und ich

Aus dem Amerikanischen
von Katrin Kölling

Deutscher Taschenbuch Verlag

Der Band erschien im Altberliner Verlag
unter dem Titel
›Briefe einer Lügnerin und ihres Hundes‹.

Ungekürzte Ausgabe
In neuer Rechtschreibung
März 2006
Deutscher Taschenbuch Verlag GmbH & Co. KG, München
www.dtvjunior.de

Titel der amerikanischen Originalausgabe:
›Notes from a Liar and her Dog‹,
erschienen bei G. P. Putnam's Sons, a division of
Penguin Putnam Books for Young Readers, New York

Umschlagkonzept: Balk & Brumshagen
Umschlagbild: Regina Kehn
Gesetzt aus der Plantin 10,75/14'
Gesamtherstellung: Ebner & Spiegel, Ulm
Printed in Germany
ISBN-13: 978-3-423-70991-0
ISBN-10: 3-423-70991-X

Für Jacob Ayer Cholden Brown

Ein Wolf

Ich weiß nicht einmal, was ich diesmal getan habe«, sage ich zu meinem besten Freund, Harrison Emerson. Wir beobachten meine Mutter, die ihr Auto auf dem Parkplatz der Schule parkt.

»Es könnte doch sein, dass sie wegen Kate hier ist. Vielleicht ist Kate in Schwierigkeiten«, überlegt Harrison. Er sitzt im Schatten des Korbbrettes auf dem Asphalt und zeichnet ein Huhn in sein Mathebuch. Er zeichnet immer in der Pause, bis die Pausenaufsicht kommt und sagt, dass er spielen soll.

»Oh, natürlich. Meine Schwester glaubt schon, dass sie Schwierigkeiten bekommt, wenn sie ein Buch verkehrtrum zurücklegt«, sage ich und wische mir mit einem Zipfel meines Hemdes den Schweiß von der Stirn. Ich knalle den Handball hart gegen das Korbbrett.

»Antonia MacPherson, bitte ins Büro kommen!«

Der Lautsprecher scheppert und dröhnt viel zu laut. Ein Kind, das ich gar nicht kenne, brüllt: »Du Betrügerin!« Ein anderes Kind wirft einen Ball hinter mir her.

»Antonia MacPherson, bitte ins Büro kommen!«

Jetzt ist die Lautsprecher-Dame wütend, es klingt, als wolle sie sagen: »Wenn ich jetzt den ganzen Weg bis zum Sportplatz laufen muss, um dich zu finden, dann versohl ich dir den Arsch, bis er weich ist wie Butter.«

»Soll ich mitkommen?«, fragt Harrison. Harrison arbeitet gerade an den Flügelfedern des Huhns. Ich weiß, dass er es hasst, wenn er mitten bei den Federn unterbrochen wird, aber ich kann nicht anders. Ich brauche ihn.

»Ja«, sage ich.

Es ist schon eine Weile her, dass ich das letzte Mal ins Büro gerufen wurde. Irgendwann war's mir dann doch langweilig geworden. Der stellvertretende Direktor, Mr Borgdorf, hört sich immer so an, als sei alles eine Frage von Leben oder Tod, als wäre man schon auf dem Weg ins Gefängnis, wenn man nur einen Fuß neben den Zebrastreifen setzt. Er liebt Regeln. Er hat sie alle fein säuberlich aufgeschrieben und an die Wände seines Büros gehängt.

Wir nehmen den langen Weg in Mr Borgdorfs Büro und halten am Trinkbrunnen an, um einen Schluck zu nehmen. Das Wasser ist heiß und schmeckt nach Metall. Ich nehme den Mund ganz voll Wasser und spucke es auf Harrisons Schuhe. Dann nimmt Harrison den Mund ganz voll Wasser und spuckt es auf meine Schuhe. Wir sind schon bis zu den Knien nass, als der Neandertaler vorbeikommt. Der Neandertaler ist unser Mathelehrer. Sein richtiger Name ist Mr Lewis, aber alle nennen ihn den Neandertaler, weil er überall Haare hat wie diese Affen in unserem Geschichtsbuch – die, die erst in gebückter Haltung laufen und sich dann langsam aufrichten und zu Menschen werden. Der Neandertaler begleitet uns ins Büro.

»Antonia? Bist du das?«, ruft der stellvertretende Direktor, sobald er uns im Hauptbüro gehört hat. Er kennt meinen Vornamen. »Das ist keine Ehre«, sagt meine Mutter immer.

»Geh du zuerst«, sage ich zu Harrison.

Harrison nickt. Harrison ist klein. Sein T-Shirt ist beinahe so lang wie ein Kleid und seine Cargohose ist schmutzig und unten ausgefranst, weil er immer drauftritt.

»Harrison Emerson, warum bin ich gar nicht überrascht dich zu sehen?«, sagt meine Mutter. Meine Mutter sitzt mit säuberlich übereinander geschlagenen Beinen in Mr Borgdorfs Büro. Sie trägt einen eleganten Rock und eine feine Bluse und hat einen Schal um den Hals geschlungen, der mit einer Brosche zusammengehalten wird. Sie starrt Harrison an. Meine Mutter hasst Harrison, weil er mit offenem Mund isst, sein Huhn an einer Leine spazieren führt und weil er immer an irgendwas herumkratzt. Ich bin aber nicht deshalb mit ihm befreundet, weil meine Mutter ihn nicht leiden kann. Ich bin mit ihm befreundet, weil ich ihn mag. Dass meine Mutter ihn nicht ausstehen kann, ist etwas anderes, wie eine Zugabe.

»Hey, Harrison, hey, Ant, wie geht es euch beiden

heute?«, fragt Einfach-Carol. Einfach-Carol ist unsere Kunstlehrerin. Wir nennen sie Einfach-Carol, weil sie immer sagt: »Nennt mich einfach Carol.« Nicht Miss oder Ms oder Mrs Irgendwas. Ich frage mich, was sie hier macht.

Harrison wird so rot, dass seine Sommersprossen verschwinden. Er liebt Einfach-Carol. Er hat ihr Bild mit Heftzwecken über seinem Bett an die Wand gepinnt und all so was.

»Mr Emerson«, sagt der stellvertretende Direktor. Abgesehen von einem Streifen Haar, der sich wie ein Kragen von einem Ohr zum anderen zieht, ist er ganz kahl. »Ich freue mich, dass du deine Freundin Antonia hierher begleitet hast. Aber ich fürchte, dass wir diese Sache mit ihr allein besprechen müssen. Hättest du etwas dagegen, draußen zu warten, junger Mann?«

»Nein«, antwortet Harrison. Er starrt immer noch Einfach-Carol an. Sie trägt ein Dutzend Armreifen, die jedes Mal klimpern, wenn sie sich bewegt, Ohrringe, die aussehen wie diese Mobiles, die man über Babywiegen aufhängt, und ein leuchtendes Kleid aus duftigem Stoff. Sie sieht aus, als wäre sie auf dem Weg nach Hawaii.

»Nun«, sagt Mr Borgdorf, als sich die Tür hinter Harrison geschlossen hat. »Miss Samberson sagt . . .«

»Wer ist denn das?«, frage ich.

»Carol.« Der stellvertretende Direktor räuspert sich, so als ob er davon, dass er ihren Namen ohne alle Zusätze ausspricht, einen schleimigen Hals bekäme. »Carol hier sagt, du hättest herumerzählt, dass du adoptiert worden bist . . . dass deine richtigen Eltern kommen und dich in dein richtiges Leben mitnehmen werden . . . Und ehrlich gesagt . . . sie macht sich Sorgen, dass irgendetwas nicht stimmt . . .« Er wirft meiner Mutter einen schnellen Blick zu, ». . . bei euch zu Hause.«

Ich starre Einfach-Carol an. Mein Gesicht ist ganz heiß, so als hätte ich Fieber. Wie konnte sie bloß so etwas ausplaudern?

»Also haben wir uns gedacht«, fährt Mr Borgdorf fort, »dass wir uns hier heute ein bisschen unterhalten und die ganze Sache klären.«

»Bitte sag mir, was ich erzählen muss, um hier rauszukommen«, murmele ich und blicke hoch zur Decke. Eins von den weißen Deckenpaneelen fehlt und darunter sieht man braunes Papier. Sollten Häuser nicht eigentlich aus etwas Soliderem als Papier gebaut sein?

»Antonia!«, platzt die Stimme meiner Mutter heraus, als hätte sie bis jetzt Kraft gesammelt. »Spiel keine Spielchen mit mir! Du bist nicht adoptiert und das weißt du auch.«

»Gut. Ich bin nicht adoptiert. Kann ich jetzt gehen?«

»Sieh mal, Ant. . .« Einfach-Carol lehnt sich in ihrem Stuhl nach vorne. »Ich möchte dich nicht in Verlegenheit bringen, aber ich mache mir Sorgen. Es scheint so, als wärst du wegen irgendetwas verstört. Das möchte ich gerne verstehen. Ich dachte, wir könnten uns alle zusammensetzen und versuchen es herauszubekommen.«

»Halt du dich da raus!«, sage ich ohne sie anzublicken.

»Antonia!«, rufen meine Mom und Mr Borgdorf gleichzeitig, dann ergreift Mr Borgdorf das Wort. »Ich erwarte von dir, dass du dich auf eine angemessene Art und Weise benimmst, junge Dame, und eine höfliche und respektvolle Sprache verwendest. Sonst werde ich dich auf der Stelle beurlauben. Fühl dich gewarnt.«

»Vielleicht wäre es dir lieber gewesen, wenn ich Mr Borgdorf nicht auf die Sache aufmerksam gemacht hätte«, sagt Einfach-Carol. »Aber ich dachte, es gäbe da ein Problem, das behandelt werden muss. Und das meine ich immer noch. Warum glaubst du denn, dass du adoptiert wurdest?«

»Weil es so ist«, sage ich und blicke mich nach einem Fenster um. In diesem Büro ist es doppelt so heiß wie draußen. Wie kann Mr Borgdorf es nur ertragen, den ganzen Tag hier drinzusitzen ohne ein Fenster?

»Aber es muss doch einen Grund geben, warum du das glaubst.«

Sie starren mich alle an. Ich weiß, dass ich nirgendwo hingehen werde, wenn ich jetzt nichts sage. »Ich sehe nicht aus wie meine Schwestern. Und bestimmt verhalte ich mich auch nicht wie sie, denn so blöd würde ich mich niemals benehmen. Und ich bin auch nicht nach einer Königin von England benannt worden wie Ihre Hoheit Elisabeth und Katharina die Große.«

»Antonia, du bist nach deinem Onkel Anthony benannt worden. Das weißt du doch«, sagt meine Mutter.

»Mrs MacPherson, Ihre Tochter ist unglücklich. Ich glaube nicht, dass sie das Gefühl hat, zu Ihrer Familie zu gehören. Kinder erfinden solche Geschichten nicht ohne Grund«, sagt Einfach-Carol.

»Ich hab das nicht erfunden!«, protestiere ich.

»Hören Sie, Sie kennen Antonia nicht. Sie hat eine merkwürdige Art, die Dinge zu betrachten. Alles treibt sie auf die Spitze und die Lügen sind ein Problem, mit dem wir es wieder und wieder zu tun haben. Aber wir arbeiten daran, nicht wahr, Antonia?« Meine Mutter lässt ihr falsches Lächeln aufblitzen. »Ich weiß es wirklich zu schätzen, dass Sie sich so für sie einsetzen, aber ich glaube nicht, dass dies die richtige Art ist, damit umzugehen.«

»Was ist denn mit deinem Vater«, fährt Einfach-Carol unbeirrt fort. »Ist er dein richtiger Vater?«

»Nein«, antworte ich, den Blick gesenkt. »Ich habe eine vollständige andere Familie. Nur Pistachio ist echt. Er ist mein richtiger Hund. Wenn meine richtigen Eltern auftauchen, dann wird er mit mir kommen.«

Meine Mutter seufzt. »Ich glaube, wir schenken ihr zu viel Aufmerksamkeit in dieser Sache. Das ist das falsche Signal ...«

»Haben Sie bitte noch eine Minute Geduld mit mir, Mrs MacPherson«, sagt Einfach-Carol und macht eine Geste mit den Händen, um meine Mom zum Schweigen zu bringen.

»Ist das eine neue Lehrmethode?«, flüstert meine Mutter Mr Borgdorf zu. Ihr Fuß wippt auf und nieder.

»Miss Samberson.« Mr Borgdorf sagt ihren Namen so, als wäre es ein vollständiger Satz. »Bitte kommen Sie doch einen Moment mit hinaus. Ich möchte etwas mit Ihnen besprechen.« Er wirft meiner Mom ein verlegenes kleines Lächeln zu.

Großartig. Das ist das Letzte, was ich möchte: in einem heißen Zimmer mit meiner Mutter zusammen eingepfercht zu sein. Schnell rücke ich meinen Stuhl von ihr weg.

»Antonia, ich verstehe dich einfach nicht. Willst du mich demütigen? Ist es das, was du bezweckst?«

Ich blicke zur Decke hinauf. Was würde wohl passieren, wenn ich ein Loch in das Papier bohren würde, da, wo das Deckenpaneel fehlt? Was würde darunter zum Vorschein kommen?

»Du bist nicht adoptiert worden.«

Ich zucke die Schultern. »Das sagst du immer.«

»Weil es die Wahrheit ist«, antwortet meine Mutter, zieht ein Taschentuch aus ihrem Ärmel und tupft sich das Gesicht ab. Ihr Make-up schmilzt dahin. Dort, wo ihr Taschentuch ihre Stirn sauber gerieben hat, ist ein rechteckiger Fleck zu sehen.

»Weißt du, ich verstehe dich einfach nicht. Wegen Elisabeth oder wegen Kate musste ich mir noch nie auch nur einen Augenblick lang Sorgen machen. Aber du, du bist wie ein . . . wie ein . . .«

»Siehst du«, flüstere ich, als Einfach-Carol und der stellvertretende Direktor zurückkommen, »du glaubst auch nicht, dass ich deine richtige Tochter bin.«

Mr Borgdorfs breite Lippen sind fest aufeinander gepresst. Ein Schweißtropfen perlt von seiner Nase.

Einfach-Carol saugt ihre Wangen ein und ordnet ihre klimpernden Armreifen so, dass die Schmuckverzierungen alle nach oben zeigen.

»Nun«, sagt der stellvertretende Direktor, »ich glaube, dies war für uns alle ein sehr produktives Gespräch. Ich bin mir sicher, dass Sie diese Situation zu Hause klären können, Mrs MacPherson. Und was dich angeht, junge Dame . . . Kennst du die Geschichte von dem Jungen, der ›Ein Wolf!‹ rief?«

Ich nicke.

»Ich glaube, es wäre sehr lehrreich für dich, wenn du uns allen hier diese Geschichte erzählen könntest.«

Ich fahre mir mit der Zunge über die Zähne. »Irgendein Kind hat ein paar Mal so getan, als hätte es einen Wolf gesehen, und alle sind gekommen, um ihm zu helfen. Als es dann wirklich einmal den Wolf sah, da dachten alle, es würde nur Spaß machen und sind nicht gekommen. Und dann hat der Wolf das Kind gefressen.«

»Genau. Und was glaubst du, was der Junge gelernt hat?«, fragt Mr Borgdorf.

»Er hat gar nichts gelernt. Er ist tot.«

Mr Borgdorfs Augen blitzen wütend auf. Seine Lippen rollen sich nach innen.

»Na schön. Aber warum? Welchen Fehler hat er gemacht?«

Ich puste mir die Haare aus der Stirn und denke über diese Frage nach. »Er war dumm. Er hätte erst gar nicht erwarten sollen, dass ihm irgendjemand hilft. Er hätte es alleine mit dem Wolf aufnehmen sollen. So hätte ich es jedenfalls gemacht.«

Harrison Emerson

Als der Bus mich und Harrison absetzt, wartet meine kleine Schwester Kate schon auf uns. Kate sieht so aus wie die Kinder, die im Fernsehen beim Schokopuddingessen gezeigt werden. Sie ist klein für ein Kind in der dritten Klasse, sie hat blonde, lockige Haare und einen ganzen Haufen Sommersprossen. Sie sieht aus wie meine Mom und meine ältere Schwester, Ihre Hoheit Elisabeth. »Drei Erbsen in einer Schote«, sagt mein Vater immer. »Und eine braune Eichel.« Das bin ich. Ich habe dickes, glattes, dunkles Haar und meine Haut hat die Farbe einer braunen Einkaufstüte aus Papier. Niemand sieht so aus wie ich, nur meine richtigen Eltern natürlich. Ich sehe genauso aus wie sie.

»Junge, kriegst du einen Ärger«, sagt Kate.

Ich stehe auf der Bordsteinkante und blicke mich nach dem Bus um. Ich frage mich, ob es für Harrison und mich wohl zu spät ist, um wieder einzusteigen.

Die große Hand des Busfahrers greift nach dem silbernen Türgriff und die Tür fällt ins Schloss. Der Bus fährt zurück auf die Straße und pustet stinkenden schwarzen Qualm aus dem Auspuff.

»Ist das was Neues?«, frage ich, lege den Kopf schief und blicke Harrison an.

Wenn Ihre Hoheit Elisabeth nicht anwesend ist, dann verbringt Kate ihre Zeit damit, mich zu beobachten, damit sie meiner Mutter Bericht erstatten kann. Manchmal macht sie sich Notizen, damit sie auch ja nichts vergisst. Kate wird bestimmt mal eine Geldeintreiberin, wenn sie groß ist. Sie sieht überhaupt nicht aus wie eine und gerade deswegen wird sie ihre Sache so gut machen.

»Sie hat einen ganzen halben Tag bei Barbara und Barbara versäumt und sie hat Dad *auf der Arbeit* angerufen«, sagt Kate.

Jetzt laufen wir und ich höre Münzen in ihren Schuhen klimpern. Kate bewahrt dort immer ihr Kleingeld auf. Sie sagt, das sei der einzige sichere Ort, weil niemand auf die Idee kommen würde, Geld aus einem Schuh zu stehlen. Das Problem ist nur: Es klimpert so laut, wenn sie geht, dass jemand, der tatsächlich ihr Geld stehlen wollte, sofort wüsste, wo er nachsehen muss.

»Oh, wie furchtbar«, sage ich spöttisch, obwohl es tatsächlich ernst ist. Meine Mutter arbeitet halbtags als Buchhalterin für zwei Innenarchitektinnen, die beide Barbara heißen, und sie fehlt dort gar nicht gerne. Und mein Vater HASST es, wenn er bei der Arbeit angerufen wird. Ich weiß nicht, warum er das eigentlich so hasst. Er ist ja nicht gerade ein Chirurg, der vergessen könnte jemandem die inneren Organe wieder in den Bauch zu stopfen, wenn er mitten in der Operation einen Anruf bekommt. Er arbeitet für eine Versicherung. Was ist denn daran so wichtig?

»Eine Lebensversicherung ist lebenswichtig«, sagt Kate. Sie hüpft beinahe, um mit uns Schritt zu halten. »Ich überlege, ob ich eine kaufe. Mit einer Lebensversicherung kann man viel Geld verdienen«, erklärt sie Harrison.

»Das einzige Problem daran ist, dass man zuerst sterben muss«, gebe ich zurück und trete gegen einen Erdklumpen, der sich in einen Haufen Erde auflöst.

»Das muss man nicht!«, protestiert sie.

»Doch, das muss man«, beharre ich.

»Das macht doch gar keinen Sinn, Antonia. Warum würde denn dann irgendjemand so etwas haben wollen?«, sagt Kate und stemmt ihre Hände in die Hüften. Ihr Kinn hat sie nach vorne gestreckt.

»Antonia Jane MacPherson, du hast Hausarrest! Du kommst augenblicklich hier rein!« Der Kopf meiner Mutter erscheint in der Haustür.

»Oh, Mann! Ist sie *jetzt schon* zu Hause?«

Kate nickt. Ihr kleines Gesicht ist sehr ernst.

»Ich gehe wohl besser nach Hause«, sagt Harrison. Er kratzt sich unter dem Kragen seines T-Shirts am Hals und geht einen riesigen Schritt rückwärts. Sein Arm schwingt vor und zurück, vor und zurück. Er hält sich nicht gerne in der Nähe meiner Mutter auf, wenn sie wütend auf mich ist, und das ist sie meistens.

»Warte!«, sage ich zu Harrison und greife nach seinem knochigen Arm.

»Kate, kannst du mit Pistachio spazieren gehen?«, frage ich.

»Wie viel gibst du mir?«

Ich greife in meine Tasche, um zu sehen, was ich habe. »Elf Cents.«

»Fünf Dollar«, sagt Kate.

»Bist du verrückt?« Ich seufze und blicke Harrison an, dann zupfe ich zweimal an meinem Ohr. Das ist unser geheimes Zeichen. Es bedeutet: »Geh hinten rum!«

Harrison sieht so aus, als ob er sich unwohl fühlt. Wahrscheinlich wäre es ihm lieber gewesen, ich hätte das nicht getan.

»Antonia!«, brüllt meine Mutter. »Ich habe gesagt: sofort! Harrison, du wirst wohl nach Hause gehen müssen.«

»So ein Mist, Harrison!«, sage ich so laut, dass meine Mutter es hören kann. »Du musst nach Hause gehen.«

»Na ja, okay, dann gehe ich jetzt wohl nach Hause«, sagt Harrison mit einer richtig unechten Stimme. Das ist ein Problem mit Harrison. Er ist ein lausiger Lügner.

Wenn ich erst einmal in meinem Zimmer bin, dann wird Harrison am Spalier im Hof hochklettern und durch das Flurfenster im ersten Stock hereinkommen. Das kann Harrison gut. Sein Dad schließt sich nämlich immer aus und dann schickt er Harrison durchs Fenster rein, um die Tür aufzumachen.

»Tschüss, Harrison«, sagt Kate. Kate mag Harrison irgendwie, obwohl sie das niemals zugeben würde, denn Ihre Hoheit Elisabeth findet Harrison ekelhaft. »Harrison riecht wie ein Salamisandwich«, behauptet Elisabeth immer.

Harrison lächelt. Harrison mag alle Leute, ob sie ihn mögen oder nicht. Er ist sogar nett zu den Leuten, die sich über ihn lustig machen. Das macht mich ganz krank. Ich finde, das ist eine Grundregel des Lebens: Man soll niemals nett zu Leuten sein, die sich über einen lustig machen.

»Pistachio hat in dein Zimmer gekotzt«, sagt Kate, nachdem Harrison hinter der Garage von unseren Nachbarn verschwunden ist. »Es ist gelb und stinkt schlimmer als Du-weißt-schon.«

»Sei bloß vorsichtig, sonst erzähle ich Mom, dass du was Schlimmes gesagt hast«, flüstere ich.

»Das hab ich nicht! Aber selbst wenn es so wäre, würde sie dir niemals glauben. Sie glaubt überhaupt nichts, was du sagst«, behauptet Kate. Sie scheint stolz darauf zu sein.

Ich schnaube verächtlich.

»Ein bisschen schneller, Antonia!«, schnauzt meine Mutter von der Haustür herüber. »Du gehst sofort in dein Zimmer und da bleibst du. Du darfst dieses Haus nicht verlassen, auch nicht, um Pistachio auszuführen.«

»Das machst du immer. Das ist nicht fair. Warum muss er bestraft werden? Was hat *er* denn getan?«

»Fang mir nicht so an, junge Dame. Mir steht's bis hier mit dir!« Sie fasst sich an die Stirn, als sei die Flut bis dort oben gestiegen. »Ich will kein einziges Wort mehr von dir hören«, sagt sie und geht zurück ins Haus.

»4,75 Dollar, wenn ich mit ihm rausgehe. Das ist mein letztes Angebot«, flüstert Kate. Kate bezieht all ihr Bargeld von mir. Aus Elisabeth kann sie kein Geld herausquetschen, weil Elisabeth nie in Schwierigkeiten gerät. Vielleicht wird Kate Pfandleiherin, wenn sie groß ist. Das könnte sie auch gut.

»Ich habe keine 4,75 Dollar.«

»Doch, die hast du«, antwortet Kate. »Sie sind in deiner untersten Schublade.«

»Mein Gott, durchsuchst du auch noch mein Zimmer?« Ich schubse sie zur Seite, damit ich eine Abkürzung durch die Küche nehmen und mir eine Hand voll Kekse beschaffen kann, ohne dass sie es meiner Mutter erzählt. Es funktioniert. Sie bleibt stehen, um mein schlechtes Benehmen in ihrem Spiralblock festzuhalten. Ich entkomme mit einem ganzen Paket Oreo-Kekse und renne die Treppe hinauf in mein Zimmer.

Mein Zimmer ist winzig. Es sollte eigentlich der Wäscheraum werden, aber Elisabeth hat meine Mutter davon überzeugt, dass sie Kopfläuse bekommen würde, wenn sie mit mir ein Zimmer teilen müsste.

Also haben sie die Waschmaschine und den Trockner in der Garage untergebracht und ich habe ein eigenes Zimmer bekommen. Das einzige Problem ist, dass mein Zimmer kein Fenster hat, aber es hat ein Waschbecken und das ist fast genauso gut.

»Hallo, Tashi, hallo, Kleiner«, sage ich zu meinem braunen, zottelhaarigen Hund, der sich in meinem Schlafanzug zusammengerollt hat und schläft. Pistachio ist winzig. Er sieht aus wie ein Meerschweinchen, aber er ist ein Hund. Er ist alt und riecht streng.

Als Pistachio mich sieht, steht er auf und wedelt mit dem ganzen Körper hin und her. Früher wartete er immer unten auf mich, und wenn ich nach Hause kam, sprang er auf und scharrte wie wild in der Luft herum. Aber jetzt fällt ihm das Aufstehen schwer. Er läuft ganz steifbeinig und sein Fell, das früher um die Nase herum weiß war, ist jetzt gelb. Egal, wie doll ich daran herumschrubbe, ich kriege es nicht sauber.

Außerdem stinkt mein Zimmer jetzt immer nach ihm, vor allem, wenn er gekotzt hat wie heute. Der widerliche Gestank von erbrochenem Futter weht mir entgegen. Ich suche nach den Pfützen, zwei finde ich auf meiner Tagesdecke und eine auf dem Teppich. Igitt! Ich trage Pistachio zum Wäschekorb und lege ihn in ein Nest aus schmutzigen Socken. Dann ziehe ich mein Bett ab und gehe nach unten, um neue Bettwäsche und Teppichreiniger zu holen. Meine

Mutter ist in der Küche, aber ich weiß, dass sie mich deswegen nicht anschnauzen wird. Sie ist der Meinung, sogar Massenmörder sollten die Erlaubnis haben, ihre Zimmer sauber zu machen.

Ich gehe schnurstracks zum Putzschrank, damit sie weiß, was ich vorhabe, und sage keinen Mucks. Wenn ich den Mund halte, verstehen wir uns prima, meine Mutter und ich, aber sobald ich auch nur Hallo sage, bekomme ich Schwierigkeiten. Wenn ich stumm wäre, wäre alles viel besser.

»Ich fahre Elisabeth vom Ballettunterricht abholen. Wenn Kate mir erzählt, dass du dieses Haus verlassen hast . . .« – meine Mutter trommelt mit ihren Fingern auf dem Küchentresen herum – ». . . dann schläft Pistachio heute Nacht draußen.«

Ich blicke hinunter zum Fußgelenk meiner Mutter. Wenn ich ein Hund wäre, würde ich sie jetzt beißen. Bei dieser Vorstellung lächle ich still in mich hinein.

Als ich wieder zurück in mein Zimmer komme, ist Harrison da und balanciert einen Keks auf seiner Nase. Wir lauschen, wie das Garagentor aufgeht: *tschinka-tschinka-tschinka-squiriiiek.* Es hört sich so an, als würde es nie wieder auf- oder zugehen, und so ist es mit allem in diesem Haus. Außen ist es mit dieser seltsamen Farbe angestrichen – wie im Kunstunterricht, wenn man alles vermasselt hat und die Farben zu einer grünbraunen Suppe zusammenlaufen. Und nichts in diesem Haus funktioniert richtig.

Die Waschmaschine läuft über, die Schranktüren fallen immer ab und der Müllschlucker hört sich an, als würde er Körperteile zermalmen.

Dies ist ein gemietetes Haus. »Ein Provisorium«, sagt Mom dazu. Die Garage steht voller Kisten, die meine Mutter nicht auspacken will, bis wir nicht »etwas Eigenes« haben. Meine Eltern haben noch nie ein Haus gekauft, aber sie haben es ständig vor. »Sobald wir uns irgendwo niederlassen.« Die Sache ist nur die: Wir lassen uns nie irgendwo nieder. Wir ziehen immer wieder um. Dreizehnmal bin ich in meinem Leben schon umgezogen. Dies ist tatsächlich der Ort, wo wir bisher am längsten gelebt haben, zwei Jahre wohnen wir jetzt schon in diesem Haus. Es liegt in einer Seitenstraße ganz nah an der Sarah's Road in der kleinen Stadt Sarah's Road. Und ich habe vor, für immer hier zu bleiben, denn ich mag Sarah's Road, auch wenn es ein bescheuerter Name für eine Stadt ist. Außerdem lebt Harrison hier.

Ich betrachte Harrison, wie er mit seinen schiefen Vorderzähnen die weiße Füllung aus dem Keks herausschabt. Ich bin glücklich. Vor Harrison hatte ich auch so genannte Freunde, aber es waren doch bloß Kinder, mit denen man zusammen in der Pause Mittag essen konnte. Das ist etwas ganz Anderes.

Harrison schüttelt seinen Kopf und schaut mich durch sein wirres Haar hindurch an. »Ist dein Dad zu Hause?«

Ich schüttele den Kopf. »Freitag.«

»Wie kommt es eigentlich, dass er immer so viel unterwegs ist?«

»Er ist verantwortlich für eine ganze Reihe von Verkaufsbüros und die muss er besuchen. Manchmal macht er auch neue Büros auf und stellt Leute ein und zeigt ihnen, was sie machen sollen und solche Sachen.«

Harrison kratzt sich am ganzen Kopf, so als würde er sein Haar einshampoonieren. »So einen Job will ich nicht. Glaubst du, ich könnte einen Job finden, wo ich Hühner zeichnen kann?«

»Na ja, vielleicht die auf den Paketen im Supermarkt.«

»Igitt.« Harrison verzieht sein Gesicht. »Das sind doch tote Hühner. Ich will keine toten Hühner zeichnen!« Er schüttelt seinen Kopf und sieht mich an, als hätte ich gerade Dreck geleckt.

»Tut mir Leid.« Ich reiche ihm die Packung mit den Keksen. »Ich weiß, was wir machen können. Ich werde einen Job annehmen und dann kaufe ich alle deine Hühnerzeichnungen. Jede einzelne.«

Harrison lächelt. »Okay«, sagt er. Er nimmt noch einen Keks und kratzt wieder das Weiße heraus. »Dabei fällt mir ein: Wollen wir in diesem Halbjahr noch mal die Sache mit den Zeugnissen machen?«

Im letzten Halbjahr haben Harrison und ich unsere Zeugnisblätter vertauscht. Harrison hat mit einer Rasierklinge und einem Lineal die Namen oben abgeschnitten und dann habe ich sein Zeugnis mit nach

Hause genommen. Es war voller Dreien und Vieren und einer Eins in Kunst. Und er hat mein Zeugnis mit nach Hause genommen, auf dem fast nur Einsen und Zweien standen – außer einer Vier in Staatsbürgerschaftskunde. Im letzten Herbst war es noch eine Sechs.

»Ich weiß nicht recht. Willst du gerne?«, frage ich.

»Ich kann es immer noch nicht glauben, dass niemand draufgekommen ist. Unsere Zeugnisse waren einen halben Zoll kürzer als alle anderen.« Er misst mit Daumen und Zeigefinger einen halben Zoll aus und starrt darauf.

»Ich weiß und außerdem waren es die falschen Unterschriften.« Ich schüttele den Kopf. »Niemand schreibt deutlicher als meine Mom. Wie konnte der Neandertaler bloß die Unterschrift meiner Mom auf *deinem* Zeugnis übersehen?«

»Glaubst du, dass sie noch mal so dumm sein werden?«

Harrison blickt jetzt nach unten, er sammelt die Krümel von meiner Decke und schichtet sie zu einem Haufen auf.

»Warum nicht?«

Harrisons Locken fallen ihm in die Augen. Er schnipst den Krümelhaufen mit seinem Finger an und er fällt um. »Ja, aber ich verstehe nicht, was *du* davon hast. Bist du sicher, dass deine Mutter nicht wütend war, als sie meine Noten sah?«

Ich zucke die Schultern. »Sie ist daran gewöhnt,

wütend zu sein. Außerdem macht es deinen Vater glücklich. Vielleicht lädt er uns wieder zum Eisessen ein. Das hat Spaß gemacht.«

Harrison zupft die Fusseln von der Decke und rollt sie in seiner Hand. Er formt eine Art Deckenfusselgeschöpf. Harrison kann aus allem etwas machen. Er zuckt mit den Schultern. »Okay«, sagt er.

»Na gut. Und jetzt lass uns zusehen, dass wir hier rauskommen.« Ich stecke ein paar Kekse in meine Tasche, schnappe mir Pistachio und wir klettern heimlich das Spalier hinunter, um mit ihm spazieren zu gehen.

Beim Bürgersteig angelangt, setze ich Pistachio ab, aber er rührt sich nicht. Ich hasse es, wenn er so reglos ist. »Komm schon, Tashi«, sage ich und pflücke ein Blatt ab, damit er daran schnuppern kann.

Er schnüffelt ein bisschen, dann macht er einen Schritt vorwärts. Als er erst einmal in Bewegung ist, geht es ganz gut, so als würde er sich daran erinnern, was man von ihm erwartet. Er läuft steifbeinig hinüber zu den Büschen und fängt an herumzuschnuppern. Eine Minute später versucht er sein Bein zu heben, aber auf drei Beinen schwankt er so stark, dass es so aussieht, als könnte er jeden Moment umfallen. Ich würde ihm am liebsten sagen, dass er auf eine andere Art pinkeln soll.

»Stell dir vor!«, sagt Harrison, als ich ihm noch einen Keks gebe. »Ich habe herausgefunden, wo Einfach-Carol wohnt.«

»Einfach-Carol, phhhhh. Wen interessiert die denn schon, diese Kriecherin? Der kann man ja nicht vertrauen. Ich habe dir doch erzählt, was sie gemacht hat. Ich kann immer noch nicht glauben, dass sie meiner Mom und Mr Borgdorf erzählt hat . . .«

Ich bin gerade so richtig schön in Fahrt gekommen, als Harrison sich mit beiden Händen fest die Ohren zuhält.

»Harrison? Was ist los?«, frage ich.

»Einfach-Carol ist keine Kriecherin. Einfach-Carol ist vollkommen.«

»Du lieber Himmel, Harrison, auf welcher Seite stehst du eigentlich?« Wieder hält Harrison sich die Ohren zu.

»Harrison?« Ich versuche seine Finger von seinem Kopf zu pellen.

»Ich bin auf deiner Seite. Aber bitte sag nichts Hässliches über Einfach-Carol!«

»Okay, okay, ich werde nichts Schlechtes über sie sagen. Oh, Mann!« Ich starre ihn zornig an. Ich könnte noch wütender werden, aber Harrison sieht so aus, als könnte er jeden Moment anfangen zu weinen. Ich hasse es, wenn Harrison weint.

»Komm jetzt«, sage ich und nehme Pistachio auf den Arm. »Lass uns zum gelben Haus gehen!«

Das gelbe Haus steht in einer Straße, wo alle Häuser ganz altmodisch sind. Dort wohnen zwei Deutsche Schäferhunde und eine schwarze Labradorhündin. Ich mag die Hunde und ihr hübsches Haus mit der Schaukel auf der Veranda und dem weißen Torbogen. Ja, in so einem Haus könnten meine richtigen Eltern leben.

Meine Vorstellungen, wer meine richtigen Eltern sind, wechseln mindestens einmal pro Woche. Ich habe ein Buch, in dem ich mir darüber Notizen mache. Es stehen eine Menge Namen darin, aber die meisten sind durchgestrichen. Mein Regenmantel hat ein Loch im Futter, darin bewahre ich es auf, zusammen mit einem anderen Buch. In dem zweiten Buch sind Fotos von mir, Zeichnungen, Sachen, die ich geschrieben habe und so was alles. Das ist für meine richtigen Eltern. Es wird ihnen dabei helfen, sich ein Bild über den Teil meines Lebens zu machen, den sie nicht mitbekommen haben.

Wir sind jetzt beim gelben Haus angelangt und ich setze Pistachio ab. Sofort schießt sein Schwanz steil in die Höhe und er beginnt wie wild zu bellen. Pistachio wiegt sechs Pfund, aber irgendetwas in seinem Gehirn sagt ihm wohl, er sei ein 150-pfündiger Kampfhund. Nichts möbelt ihn so auf wie mit einem Hund, der zehnmal so groß ist wie er, einen Streit vom Zaun zu brechen. Harrisons Vater sagt, dass irgendwelche Kabel in seinem Kopf falsch verbunden sind und dass er deswegen glaubt, er sei ein Tiger.

Sobald er anfängt zu bellen, kommen die Schäferhunde angerannt. Sie stehen auf ihren Hinterbeinen am Maschendrahtzaun und versuchen Pistachio zu erwischen. Der Zaun schwankt. Ihre Lefzen ziehen sich nach hinten. Die Schäferhunde bellen so laut, dass es mir in den Ohren wehtut. Sie sehen gemein aus, aber nicht so die Labradorhündin. Sie bekommt Angst, legt sich auf den Rücken und streckt ihre Beine gerade in die Höhe.

»Einen hast du schon geschafft, Pistachio! Guter Hund«, sage ich. Das scheint ihm zu gefallen und er legt eine Pause ein. Den Schäferhunden wird das Gebelle auch langweilig und alle Hunde setzen sich.

Harrison zieht seine Hühnerzeichnung aus der Tasche. Ich weiß, dass er die ganze Zeit nur darauf gewartet hat, sie endlich zu Ende bringen zu können. Er durchwühlt seine Taschen auf der Suche nach einem Bleistift. Harrison hat zehn oder zwölf Taschen in seiner Hose, deshalb kann es lange dauern, wenn er nach einem Bleistift sucht. Ich beobachte ihn, während er sich eine Tasche nach der anderen vornimmt. Schließlich findet er einen Nr. 2 in seiner Reißverschlusstasche. Einen kleinen Stummel, der schon ganz zerkaut ist. Harrison mag es, wenn seine Bleistifte so richtig schön eingearbeitet sind.

Wir setzen uns, den Rücken gegen den Maschendrahtzaun gelehnt, auf den Bürgersteig und Harrison beginnt zu zeichnen. Ich schaue ihm gern beim Zeichnen zu. Er ist dabei so geduldig, so als wüsste er genau, wo er hinwill und wie er es anstellen muss, um genau dahin zu kommen. Er ist nie frustriert wie ich.

Ich habe es noch nie erlebt, dass er sein Papier zusammenknüllt und auf den Boden schmeißt.

Heute kommt er aber nicht sehr weit, bis wir den Bäckereiwagen von Harrisons Vater hören. *Biiiep, biiiep,* geht die Hupe. Es ist ein altmodischer Bus, der aussieht wie ein Auto aus einem Comicheft. Harrisons Vater besitzt eine Bäckerei und dies ist einer seiner Lieferwagen.

»Oh, hallo, wie schön euch hier zu treffen!«, sagt Harrisons Vater. Harrison und sein Vater verabreden sich niemals zu einer genauen Uhrzeit oder an einem bestimmten Ort. Sein Vater fährt einfach in Sarah's Road herum, bis er Harrison gefunden hat. Das bringt nur ein Vater fertig. Mütter würden sicherstellen, dass man sich an einem festen Ort und zu einer bestimmten Uhrzeit trifft. Aber Harrison hat keine Mutter mehr. Sie ist gestorben, als er vier Jahre alt war. Er spricht allerdings nie über sie und so, wie er dem Thema aus dem Weg geht, würde ich ihn auch niemals nach ihr fragen. Einmal hat Mr Emerson mir erzählt, dass Mrs Emerson eine Künstlerin war. Das ist alles, was ich über sie weiß.

»Hey, Dad«, sagt Harrison.

»Hallo, Harrison, hallo, Ant. Wie geht es euch und diesem Furcht erregenden Tigerhund?«

Das bringt mich zum Lächeln, auch wenn er es beinahe jedes Mal sagt, wenn er mich sieht.

»Hör mal, Dad«, sagt Harrison. »Könnte Ant heute bei uns übernachten?«

»Ist deine Mom einverstanden, Ant?«, fragt Mr Emerson. Er hat das gleiche dämliche Lächeln wie Harrison. Und das gleiche wilde, lockige Haar, obwohl es ihm oben auf dem Kopf schon ausgeht.

Ich nehme mir immer vor bei dieser Frage zu lügen, aber wenn es so weit ist, kann ich das nie. Ich habe das Gefühl, egal, wie oft ich Mr Emerson anlügen würde, er würde mir immer noch glauben. Und deswegen habe ich Schwierigkeiten, ihm etwas anderes zu erzählen als die Wahrheit. Bei meiner Mom ist es genau umgekehrt. Sie glaubt mir sowieso nie, also ist es egal, was ich ihr erzähle. Ich pflücke einen Löwenzahn und schnipse mit dem Daumen dagegen. »Nein«, antworte ich.

Meine Mom hat mir verboten Harrison zu Hause zu besuchen. Das kommt daher, dass sie mich letzten Monat einmal dort abgeholt und dabei gesehen hat, wie Harrisons Huhn durch die Hundeklappe ins Haus spaziert ist. »Was sind das denn für Leute, die Hühnermist in ihrem Haus haben?«, hat sie gesagt. Ich habe versucht ihr zu erklären, dass das Huhn ja nur in die Küche darf und dass Harrison ihm beigebracht hat ein Katzenklo zu benutzen. Der Tierarzt hat zwar gesagt, das sei unmöglich, aber Harrison hat es trotzdem geschafft. Doch meiner Mom ist das alles egal.

Harrisons Vater macht ein bedauerndes Geräusch. »Oh . . . na ja, Ant, mein Mädchen. Vielleicht am Wochenende.« Er tätschelt mir ungeschickt den Kopf.

»Okay, mein Sohn, es ist Zeit zusammenzupacken und nach Hause zu fahren. Morgen früh im Morgengrauen bekomme ich 800 Pfund Mehl geliefert und ich habe noch immer keinen Platz dafür. Also sag Ant jetzt Auf Wiedersehen und los geht's.«

»Tschüss, Harrison«, sage ich, als er in das Führerhaus des alten Busses springt.

Harrison lächelt mich an. Die eine Seite seines Mundes zieht sich höher hinauf als die andere und in seiner linken Wange hat er ein Grübchen. Das liebe ich an ihm.

Ich schaue ihnen nach, wie sie an all den Briefkästen entlangfahren, über die Brücke und um die Ecke auf die Sarah's Road. Ich schaue ihnen nach, bis sie nicht mehr zu sehen sind. Dann nehme ich Pistachio auf den Arm und gehe nach Hause.

Meine Mutter ist im Wohnzimmer, als ich dort ankomme. Sie sitzt auf der Couch und sieht Elisabeth zu, wie sie Kate die Schritte zeigt, die sie im Ballettunterricht gelernt hat. Ich frage mich, ob Kate gemerkt hat, dass ich fort war. Ich frage mich auch, ob meine Mutter wohl nachgeschaut hat, ob ich in meinem Zimmer bin. So wie sie sich verhalten, glaube ich das nicht. Ich sollte froh darüber sein, aber es macht mich traurig.

Kleine braune Eichel

Heute ist der große Tag. Mein Dad kommt aus Atlanta zurück. Sechs Wochen war er dort. Meine Schwestern und meine Mom haben sich im Badezimmer eingeschlossen, um sich für ihn zurechtzumachen. Als sie herauskommen, tragen Ihre Hoheit Elisabeth und Kate gleiche Ballettröckchen mit Glitzer auf den buschigen Enden und paillettenbesetzte Diademe. Meine Mutter hat Elisabeth und Kate die Gesichter geschminkt, so dass sie aussehen wie Plastikpuppen. Sie haben für meinen Vater eine Aufführung geplant. Das machen sie immer. Sie dekorieren das Wohnzimmer so, dass es aussieht wie ein Theater, mit großen Popcornbechern und einem Vordach aus Pappe. Anschließend verstecken sie sich hinter dem Wohnzimmervorhang, meine Mutter zieht an der Kordel und dann tanzen sie ein Ballettstück. Wenn sie fertig sind, sagen sie »Taa-daa!!« und meine Mutter und mein Vater stehen auf und applaudieren.

Als ich klein war, habe ich dabei auch mitgemacht. Das war, als ich noch mit Ihrer Hoheit Elisabeth zum Ballettunterricht ging. Aber jetzt will ich das nicht mehr, weil es blöd ist und weil ich lieber mit Harrison und Pistachio draußen bin. Meine Mutter sagt, ich gebe schnell auf. Aber ich gebe nicht schnell auf, ich habe nur keine Lust, den Tag vor einem Spiegel zu verbringen und mir Gedanken darüber zu machen, ob mein Hintern vorsteht.

Kate nimmt jetzt auch Ballettunterricht. Sie ist genauso gut wie Elisabeth.

»Das liegt in der Familie«, sagt Miss Marion Margo, die Tanzlehrerin, und vergisst mich ganz dabei. Vielleicht hat sie mich aber auch gar nicht vergessen. Vielleicht sehen sogar Fremde, dass ich ganz und gar zu einer anderen Familie gehöre.

Wahrscheinlich wird niemand überrascht sein, wenn meine richtigen Eltern auf der Bildfläche erscheinen. Meine Mutter in einem Blumenkleid und ohne Schuhe. Und mein richtiger Vater in Jeans und mit rauen, aufgesprungenen Händen. Mein richtiger Vater ist sehr klug. Er weiß, wie man mitten in der Mojavewüste Wasser aus einem Kaktus zapfen kann. Außerdem ist er ein Cowboy und Cowboys suchen sich niemals woanders einen Job. Sie müssen zu Hause bleiben und sich um ihr Vieh kümmern. Vielleicht gehen sie auf eine andere Ranch, aber das war's auch schon.

»Willst du dir denn nicht wenigstens die Haare waschen?«, fragt Ihre Hoheit Elisabeth, als sie in ihrem Tutu an meiner Zimmertür vorbeirauscht. »Mom, schau dir mal ihre Haare an. Das ist ja widerlich!«

Elisabeth nimmt eine meiner Haarsträhnen in die Hand und lässt sie gleich wieder fallen, als hätte jemand ihr erzählt, sie sei verseucht.

»Aber selbstverständlich, Eure Hoheit . . . was immer Ihr wünscht, Eure Hoheit.« Ich verbeuge mich tief.

»Siehst du, wie sie ist, Mom? Siehst du das?«

»Genug jetzt, ihr beiden. Ich möchte keine Streitereien vor eurem Vater. Und du, Antonia, könntest darüber nachdenken, saubere Sachen anzuziehen, bevor du nach unten kommst.«

»Nach unten? Wie kann ich denn nach unten kommen? Ich darf doch gar nicht aus meinem Zimmer raus, falls du dich erinnerst.«

Meine Mutter atmet tief ein. Ich spüre, dass sie drauf und dran ist, mich vorlaut oder neunmalklug zu nennen, aber sie reißt sich zusammen. Kurz bevor mein Vater von einer Geschäftsreise nach Hause kommt, wird sie nicht gerne wütend. Sie möchte, dass alles perfekt ist, so als wären wir eine Familie aus einem Katalog. »Nun, wenn du die wunderbare Show sehen möchtest, die deine Schwestern einstudiert haben, dann bist du dazu eingeladen«, sagt sie.

»Verschone mich«, gebe ich zurück.

»Gib dir keine Mühe, nett zu ihr zu sein, Mom«, sagt Elisabeth, während sie sich im Flurspiegel betrachtet. »Sie weiß es sowieso nicht zu schätzen.« Sie steht kerzengerade da und versucht ihren Hals besonders lang zu machen. Sie sagt, alle Ballerinas haben sehr lange Hälse. Ihrer ist ziemlich kurz und gedrungen, deshalb versucht sie ihn zu strecken.

»Oh nein! Mein Diadem!«, schreit Kate. Ihr paillettenbesetztes Diadem rutscht herunter und ihre sorgsam aufgesteckten Locken lösen sich. Ihr ganzes Gesicht ist rot und sie heult mit offenem Mund wie eine Dreijährige. Ich nehme es ihr einfach nicht ab. Wo ist ihr Spiralblock geblieben, wo die Münzen in ihren Schuhen? Hat sie alles vergessen, was mit ihren Erpressereien zusammenhängt? Ich hasse es, wie sie sich in eine Mini-Elisabeth verwandelt, sobald Elisabeth und meine Mutter anwesend sind. *Eine* Königliche Hoheit ist schlimm genug.

»Kate«, flüstere ich, als sie vorbeikommt, aber sie tut so, als ob sie mich nicht hört. Wenn Elisabeth ihr Aufmerksamkeit schenkt, dann vergisst sie mich einfach.

Ich mache die Tür zu. Nicht mit einem Knall, aber laut. Dann setze ich mich auf mein Bett und frage mich, ob meine Mutter wohl zurückkommen und mich bitten wird ein Kleid anzuziehen und mit nach unten zu kommen. Ich plane meine Rede darüber, dass ich das auf keinen Fall tun werde. Dann warte ich. Aber kein Knarren von Treppenstufen ist zu hören. Nur weit entfernte Schritte.

Ich krame das Buch hervor, das ich für meine richtigen Eltern mache, und beginne damit, einen Brief an meine richtige Mutter zu schreiben.

Liebe richtige Mom,

dies ist, was ich mir wünsche:

Ich wünsche mir, dass ihr jetzt sofort *kommt, du und mein richtiger Dad. Und wenn ihr hier ankommt, dann sollst du als Allererstes meiner angeblichen Mutter (sie heißt Evelyn MacPherson) erklären, dass ich eure Tochter bin und außerdem etwas ganz Besonderes und dass ihr richtig verrückt nach mir seid.*
Ich kann es nicht erwarten, ihr Gesicht zu sehen, wenn du ihr das erzählst. Vielleicht kannst du ihr auch sagen, dass ich viel klüger bin als Elisabeth und Kate und dass du überhaupt nicht verstehen kannst, wieso sie das nicht begriffen hat. Und du könntest erwähnen, dass Elisabeths Hals ungewöhnlich kurz und gedrungen ist und dass du nicht siehst, wie jemand mit solch einem kurzen, gedrungenen Hals Ballerina werden kann.
Wenn du dann meinen angeblichen Vater triffst (sein Name ist Don MacPherson), dann kannst du ihm sagen, dass du weißt, wie viele Probleme er bei seiner Arbeit hat und dass dir das Leid tut.
Und wenn du etwas Geld übrig hast, kannst du es ihm vielleicht geben. Dann kannst du ihm die Hand schütteln und »Auf Wiedersehen« sagen und ich werde meine Schuhe von mir schleudern und auf das scheckige Pferd klettern, das ihr für mich

mitgebracht habt. Und dann werden Pistachio und ich mit dir und meinem richtigen Vater davonreiten.

In Liebe,
Ant und Pistachio
PS: Ich hoffe, ihr wohnt in der Nähe von Harrison. Stimmt das?

Pistachio schmiegt sich auf dem Bett dicht an mich. Er leckt meine Hand. Seine Zunge ist so heiß, als wäre sie eben aus einem Hochofen gekommen. Ich überlege gerade, dass ich morgen wieder mit ihm zum Tierarzt gehen werde, als ich das Garagentor höre: *tschinka-tschinka-tschinka-squiriiiiek.* Ich laufe zum Fenster im Flur und schaue hinaus. Es ist tatsächlich mein Vater. Ich bin richtig aufgeregt ihn zu sehen, aber ich habe nicht vor ihm oder sonst irgendjemandem das zu verraten.

Als ich klein war, habe ich meinen Vater geliebt, aber jetzt weiß ich nicht so recht. Er mochte mich lieber, als ich klein und dumm war – als ich noch glaubte, jede seiner Ideen wäre eine großartige Sache. Er will keine Tochter, er will einen Fan. Kate und Elisabeth sind jetzt seine Fans. Ich nicht. Mein Vater parkt sein Auto halb in der Garage und halb draußen. So parkt er immer, ich weiß nicht warum.

»Er ist hier! Er ist hier!«, rufen meine Schwestern. Eine Sekunde lang überlege ich, ob ich das auch rufen und ihm die Treppe hinunter entgegenlaufen soll. Ich stelle mir vor, wie er seine Arme um mich legt und mich auf seine ganz besondere Art umarmt. Elisabeth und Kate stürzen in ihren Strumpfhosen und ihren Ballettröckchen nach draußen. Kate hopst auf und ab. Elisabeth muss wohl vergessen haben, dass sie dafür zu alt ist, denn auch sie springt auf und ab. Jetzt trägt mein Vater Elisabeth unter einem Arm und Kate unter dem anderen. Er läuft vornübergebeugt, als könnten seine Schultern nicht warten, bis seine Beine aufholen. Er setzt meine Schwestern ab und reißt meine Mutter in seine Arme, wie die Helden in den alten Filmen. Mein Vater ist groß und blond und er sieht beinahe so gut aus wie ein Schauspieler. Aber nicht wie der Held. Wie der Bruder des Helden.

Jetzt sind sie im Haus. Ich strenge mich an, um zu hören, was sie sagen. Elisabeth und Kate reden beide gleichzeitig, sie erzählen meinem Vater, wie es in der Schule läuft. »Eine nach der anderen«, sagt meine Mutter. Ich blicke auf meine Uhr und frage mich, wie lange es wohl dauern wird, bis er nach mir fragt. Meine Schwestern schwatzen weiter, über die Ballettstunden und ihre Freundinnen und dass sie ihren Auftritt kaum erwarten können. Dann ist meine Mutter an der Reihe. Sie erzählt ihm von einer Frau, die sie bei Barbara und Barbara kennen gelernt hat und die in einem Prozess ihr Haus verloren hat. Sie versucht so zu klingen, als täte ihr das Leid, aber ihre

Stimme ist glücklich – so glücklich wie dann, wenn sie *Wer wird Millionär* anguckt und die richtige Antwort weiß.

»Wo ist Antonia?«, fragt mein Vater, als meine Mutter Luft holt. Ich schaue auf meine Uhr. Elf Minuten und dreiunddreißig Sekunden.

»Na, was glaubst du?«, antwortet meine Mutter.

Mein Vater nimmt je zwei Stufen auf einmal. Das macht er immer. Ich weiß nicht, ob es daran liegt, dass er so groß ist, oder daran, dass er es immer eilig hat. Er klopft an meine Zimmertür. *Rat-a-tat-tat,* sogar das Klopfen hat etwas Feierliches.

Ich lehne meinen Kopf gegen den kleinen Pistachio-Ball neben mir und antworte nicht.

»Kleine braune Eichel, bist du da drin?«

Ich bleibe stumm und blinzele die Tränen fort.

Mein Vater klopft noch einmal. Als ich nicht antworte, öffnet er die Tür einen Spaltbreit. »Ist alles in Ordnung, Antonia?«

»Ja, na klar«, antworte ich. »Mir geht es gut. Ich kümmere mich um Pistachio, das ist alles. Er ist krank.«

»Oh«, sagt er und blickt auf Pistachio hinab, als hätte er vergessen, dass ich einen Hund habe. »Willst du nicht nach unten kommen und deinen Dad zu Hause willkommen heißen?«

Ich überlege, ob ich ihm sagen soll, dass er nicht mein richtiger Vater ist und dass es deshalb keinen Sinn macht, wenn ich bei diesem ganzen Willkommensquatsch mitmache. Aber ich tue es nicht. »Ich kann hier nicht weg«, antworte ich stattdessen. »Pistachio braucht mich.«

Er atmet laut durch die Nase aus und beißt sich auf die Unterlippe, wie immer, wenn er verärgert ist. Dies hier ist etwas, das nicht so läuft, wie es zu laufen hat, wenn er nach Hause kommt. Es hat eine Show zu geben, dann muss er Geschenke verteilen und dann müssen wir alle ein festliches Abendessen essen.

»Ich habe ein Geschenk mitgebracht, auf dem dein Name steht«, sagt er. »Das muss ich dann wohl Elisabeth geben.« So, wie er das sagt, weiß ich: Er ist sich ganz sicher, dass ich es mir jetzt anders überlegen werde. Es hat bisher immer funktioniert.

»Das musst du dann wohl«, erwidere ich. Ich frage mich, was er diesmal wohl mitgebracht hat. Einmal hat er uns mexikanische Blusen geschenkt, ein anderes Mal Holzschuhe. Aber er reist nie nach Mexiko oder Holland, er besucht Städte wie Cleveland und Omaha und St. Louis und ich weiß gar nicht, wie er dort an solche Geschenke für uns kommt. Aber das tut er. Ich hoffe, dass er mir vorschlägt Pistachio mit nach unten zu bringen. Ich überlege, ob ich ihm sagen soll, dass ich hinunterkomme, wenn ich Tashi mitbringen kann.

Wir sind beide eine ganze Zeit lang still. Ich rieche die Lasagne, die meine Mutter macht. Es duftet nach Tomaten und Knoblauch und gebratenen Zwiebeln.

Meine Mutter macht eine großartige Lasagne. Es ist das Einzige, was sie nicht aus einer Tiefkühlpackung macht.

Ich versuche meinen Mund zu öffnen, um zu fragen, ob Pistachio mit mir hinunterkommen darf, aber ich bin zu langsam. »Mach, was du willst, Antonia«, sagt er und geht aus meinem Zimmer. Dann schließt er die Tür zwischen uns.

Ich springe hinterher und reiße sie wieder auf. »Ich heiße Ant!«

Er bleibt an der Treppe stehen und schüttelt den Kopf ohne mich auch nur anzusehen. »Ant heißt Ameise und die verderben ein Picknick, Antonia«, antwortet er. Dann ist er fort.

Meine Augen füllen sich mit heißen Tränen. Jetzt kann ich ihnen unbesorgt freien Lauf lassen. Ich habe ihn verletzt, er wird nicht zurückkommen. Ich schleiche mich hinaus auf den Flur und horche angestrengt, um mitzubekommen, was unten vor sich geht.

»Was ist passiert?«, fragt meine Mom.

»Sie sagt, Pistachio ist krank und braucht sie. Ich war sechs Wochen fort und sie kommt nicht einmal herunter, um mir Hallo zu sagen. Sie braucht wohl niemanden, oder?«

Pistachio

Das ganze Wochenende über habe ich Pistachio beobachtet und mir Gedanken darüber gemacht, was ich tun soll. Er ist so müde, dass er die ganze Zeit schläft. Ab und zu steht er vor meiner Zimmertür, so als würde er gerne rausgehen, aber wenn ich ihn mit nach draußen nehme, dann will er wieder rein. Rein. Raus. Rein. Raus. Er ist völlig verwirrt und es kommt mir so vor, als ob er sich nirgends wohl fühlt. Seine braunen Augen sind trübe und schon die allereinfachste Entscheidung scheint ihm zu viel zu sein. Er schaut mich an, als wolle er sagen: »Kannst du nicht irgendwas tun, damit es mir besser geht?«

Ich weiß nicht, wie ich ihm helfen kann. Ich war in den letzten Wochen zweimal mit ihm in der Klinik, aber sie scheinen dort nicht zu wissen, was mit ihm los ist. »Eine schonende Diät«, hat die Tierärztin mit dem dicken blonden Zopf gesagt und dann hat sie mir dieses Spezialfutter gegeben. Es hat eine komische gelbe Farbe und riecht nach Vitaminen. Tashi rührt es nicht an. Der Tierarzt mit den zittrigen Händen hat ihm eine Spritze gegeben. Das hat aber auch nicht geholfen.

Dann habe ich es mit der Reis- und Hüttenkäse-Kur versucht und meine Mutter ist durchgedreht. »Warum um Himmels willen verfütterst du Hüttenkäse an einen Hund?«, hat sie mich gefragt. »Weißt du eigentlich, wie viel das kostet?« Hüttenkäse ist nichts gegen das, was ein Besuch beim Hundedoktor kostet. Aber davon weiß meine Mutter nichts.

Das Problem ist, dass meine Mutter Hunde hasst. Und mein Vater ebenso. Es ist schon sehr erstaunlich, dass wir überhaupt einen Hund haben. Das kam so: Kurz nachdem wir nach Sarah's Road gezogen waren, sollte mein Vater ein Versicherungsbüro in Toledo eröffnen. Und er wollte gerne diese wirklich gute Versicherungsagentin namens Irene dazu überreden, von Indiana nach Ohio umzuziehen und das Büro zu leiten. Aber Irene wollte nicht, weil sie drei Hunde hatte und die Vermieter nicht gerne an Leute mit Haustieren vermieten. Meinem Dad war die Sache aber sehr wichtig, deshalb hat er auf einer seiner Geschäftsreisen nach Toledo ein hübsches Haus für sie ausgesucht und der Vermieter war auch damit einverstanden, dass sie drei Hunde mitbringt. Das einzige Problem war nur: Als der Umzugstag näher rückte, besaß Irene nicht mehr drei Hunde, sondern vier.

Offenbar war ein Chihuahua-Mischling Irene vom Park nach Haus gefolgt und sie hatte seinen Besitzer nicht ausfindig machen können. Also hat mein Vater den Vermieter in Toledo angerufen, um zu fragen, ob er auch mit vier Hunden einverstanden wäre, aber der Typ hat gesagt: Kommt nicht infrage, vier sind einfach zu viel!

Zu diesem Zeitpunkt brauchte mein Vater Irene noch viel dringender als vorher, denn zwei Wochen später sollte das Büro eröffnet werden. Deshalb hat er Irene versprochen, für das winzige Chihuahua-Hündchen, das Irene Pistachio getauft hatte, ein Zuhause zu finden. An diesem Abend kam Pistachio zu uns, auf einer »streng vorübergehenden Basis«, und am nächsten Tag hängte meine Mutter Zettel mit unserer Telefonnummer auf. »Hund zu verschenken« stand darauf.

Schon bald darauf waren alle diese Zettel »auf rätselhafte Weise spurlos verschwunden«. Einige musste ich jedoch übersehen haben, denn tatsächlich rief eine Dame an. Glücklicherweise nahm *ich* das Telefon ab, und als ich ihr erst einmal alle schlechten Angewohnheiten von Pistachio aufgezählt hatte – diejenigen, die er wirklich hat, und diejenigen, die er eines Tages entwickeln könnte –, da sagte sie: »Nein, danke.«

Meine Mutter wurde wütend auf meinen Vater und sagte, sie würde *diesen Köter* jetzt ins Tierheim bringen. Aber mein Vater gab zurück, er hätte Irene versprochen, dass er das nicht tun würde. Dann schwor ich zum hundertsten Mal, dass ich hinter Pistachio herwischen und ihn meiner Mutter aus den Augen halten würde. Sie würde nicht einmal merken, dass wir einen Hund hätten, versprach ich. Aber meine Mom sagte Nein. Jeden Tag fragte ich sie wieder und jeden Tag sagte sie wieder Nein. Nach ein paar Wochen wurde mir klar, dass meine Mom keine Ahnung hatte, was sie mit Pistachio machen sollte, und dass ich ihn behalten konnte, wenn ich nur meinen Mund hielt.

Das Problem ist nur, dass sie kein Geld für ihn ausgeben will. Sie kauft das Hundefutter, aber das war's. Aus diesem Grunde habe ich immer vorübergehende Anfälle von Legasthenie, wenn ich zum Tierarzt gehe. Ich schreibe die richtigen Buchstaben und Zahlen auf die Formulare, nur die Reihenfolge gerät mir ziemlich durcheinander. Das muss ich tun. Das letzte Mal, als ich beim Tierarzt war, kostete es 128 Dollar. Wer hat schon so viel Geld?

Dieses Mal wird sie allerdings bezahlen müssen, denn sie muss mich hinfahren. Keine der Tierkliniken von Sarah's Road ist am Sonntagabend geöffnet, das ist doch das Dümmste von der Welt! Wie sollen denn Hunde wissen, dass sie zu den Geschäftszeiten krank werden müssen? Es gibt nur eine Tierklinik, die die ganze Nacht durch geöffnet ist, aber bis dahin ist es eine Stunde Fahrt. Mein Dad ist gerade nicht zu Hause und Harrison und Mr Emerson auch nicht. Ich versuche mir zu überlegen, was ich meiner Mutter sagen kann, damit sie Tashi zum Tierarzt bringt.

Ich gehe hinunter, Pistachio in meiner Armbeuge versteckt. Meine Mom guckt mit Kate zusammen diese Antiquitätenshow an. Sie lieben diese Sendung.

Sie werden ganz kribbelig, wenn jemand eine alte ägyptische Urne mitbringt, von der er glaubt, sie wäre 5 Dollar wert, und dann stellt sich heraus, dass sie 50 000 Dollar wert ist. »Ha, wusste ich's doch! Wusstest du das auch? Ich wusste es!«, rufen sie dem Fernseher zu.

»Mom?«

Meine Mutter wendet sich vom Fernseher ab. »Antonia, du weißt ganz genau, dass dieser Hund im Wohnzimmer nichts zu suchen hat!«

Ich gehe einen Schritt rückwärts, so dass ich nicht mehr auf dem Teppich, sondern auf dem Linoleum in der Diele stehe.

»Mom, kannst du mit in die Küche kommen? Du musst dir Pistachio angucken.«

Meine Mutter seufzt. Sie nimmt ihr leeres Glas und folgt mir durch die Schwingtür.

»Mom, er ist wirklich krank. Wir müssen irgendetwas tun!«

Meine Mutter stellt ihr Glas auf den Küchentresen und nimmt eine Flasche Zitronenlimonade aus dem Kühlschrank. »Antonia, er ist ein Hund. Was soll ich dir denn sagen?«

»Ja und er ist krank. Siehst du das nicht?«

Sie stöhnt, gießt sich Zitronenlimonade ein und steht mit ihrem Glas in der Hand da. Wir beide schauen Pistachio an.

»Seine Nase ist ganz heiß. Er ist am ganzen Körper heiß. Und er frisst nicht. Sieh mal, hier ist ein Hundeknochen.« Ich lege ihn auf den Boden. »Er liebt Hundeknochen. Aber er schnuppert nicht einmal daran. Er steht jetzt nicht einmal mehr auf, wenn ich reinkomme. So ist er sonst nicht, Mom. Wirklich nicht!«

Elisabeth schwebt herein und zieht die Kühlschranktür auf. Sie nimmt den Apfelsaft heraus und gießt ihn in ihre rosafarbene Lieblingstasse. Dann blickt sie auf Pistachio hinunter. »Er sieht wirklich krank aus, Mom. Und wenn er in diesem Haus stirbt, dann wird das ganz schön ekelhaft. All die Maden und Würmer. Und der scheußliche Gestank! Das ganze Haus wird verseucht sein. Ich kann nicht mit einem toten Hund zusammen in einem Haus leben.«

»Halt doch die Klappe! Warum musst du so gemein sein?«, frage ich.

Elisabeth ignoriert mich. »Ruf einfach den Kammerjäger an. Der wird ihn mitnehmen.« Sie nimmt ihre rosafarbene Tasse und spaziert zur Küche hinaus.

»So«, sagt meine Mutter langsam. »Was möchtest du jetzt von mir, Antonia?« Sie hebt eine Augenbraue.

»Wir müssen ihn zum Tierarzt bringen, Mom!«

»Antonia, um Himmels willen . . .«

»Wenn du an meiner Stelle wärst, was würdest du tun, um dich davon zu überzeugen, Pistachio zum Tierarzt zu bringen?«

»Wenn ich an deiner Stelle wäre, würde ich es einfach vergessen. Wir haben nicht so viel Geld. Das letzte Mal habe ich 200 Dollar für den Tierarzt ausgegeben. Weißt du das noch? Dafür kann ich Lebensmittel für zwei Wochen kaufen. Ich kann nicht jedes Mal so viel Geld ausgeben, wenn dein Hund ein bisschen Kopfschmerzen hat.« Meine Mutter legt Reiskekse auf einen Teller und stößt mit ihrem Fuß die Küchentür auf. Ich folge ihr.

»Wenn ihr die reichsten Leute der Welt wärt, würdet ihr dann den Tierarzt für Pistachio bezahlen?«

»Das ist eine lächerliche Frage, Antonia.«

Ich bleibe an der metallenen Kante stehen, die den Anfang des Teppichs markiert. Ich spreche lauter, damit sie mich trotz des Fernsehers hören kann. »Und wenn ich die doppelte Hausarbeit mache und dazu noch die Wäsche ... und den Abwasch ... und das Unkraut zupfe ... und die Böden wische ... machst du es dann?«

»Wenn du die Wäsche übernehmen würdest, Antonia, dann wären unsere Kleider anschließend blau. Wenn du die Böden wischen würdest, dann wäre hinterher alles doppelt so schmutzig. Und außerdem: Nein heißt Nein! Welchen Teil von Nein verstehst du denn nicht?«

Mrs MacPherson hat diesen Satz vor ein paar Monaten auf einem Becher gesehen und seitdem ist es ihr Lieblingsspruch. Jedes Mal, wenn sie das sagt, fühlt sie sich sehr schlau.

»Sieh doch, Mom, sieh doch nur!« Ich halte Pistachio in die Höhe. »Er leidet. Es ist unsere Verantwortung, für ihn zu sorgen. Ja, das ist es!« Ich wünschte, ich könnte sie dazu bringen zu sehen, wie krank er ist. Wie schwer er sich jetzt anfühlt, schwerer als sonst, wie ein totes Gewicht. Er hebt kaum noch den Kopf. Man muss Pistachio wirklich kennen, um zu verstehen, wie wenig pistachioartig er im Moment ist.

Meine Mutter schiebt sich das Sofakissen in den Rücken. »Er ist alt, Antonia. Das tut mir Leid. Wirklich. Aber ein Tierarzt kann daran gar nichts ändern. Hunde werden alt. Sie sterben. Katzen werden alt. Sie sterben. Und auch Menschen werden alt und sterben. Das weißt du doch.«

Ich halte Pistachio die Ohren zu. »Jingle bells, jingle bells, jingle all the way«, singe ich ihm ins Ohr, damit er nicht hört, was meine Mom sagt.

»Antonia, wenn er in ein paar Tagen immer noch krank ist, dann reden wir noch einmal darüber, zum Tierarzt zu gehen, okay?« Sie beißt von ihrem Reiskeks ab und wendet sich wieder dem Fernseher zu.

»Oh, großartig, und wenn er in der Zwischenzeit stirbt?«

»Sei doch nicht so dramatisch!«

»Du hast eben selber gesagt, dass er alt ist und bald sterben wird.«

«Antonia, ich bringe diesen Hund heute Abend nicht zum Tierarzt. Wenn er am Mittwoch immer noch krank ist, dann reden wir noch mal darüber.«

»Wenn du alt und krank bist und einen Arzt brauchst, dann werde ich mich daran erinnern«, flüstere ich. »Lass uns ein paar Tage abwarten und sehen, ob du nicht inzwischen stirbst, werde ich sagen.«

Glücklicherweise hören meine Mom und Kate mich nicht.

»Mom!« Ich gehe mitten hinein ins Wohnzimmer und halte ihr Pistachios kleinen Körper entgegen.

»Antonia, schaff diesen Hund aus dem Wohnzimmer! Sonst bringe ich ihn auf der Stelle ins Tierheim! Und was machst du überhaupt hier unten? Du hast immer noch Stubenarrest!«

Liebe richtige Mom,

dies bestätigt es wieder mal. Mrs MacPherson ist die gemeinste Person der Welt. Ich weiß genau, dass ich nicht die Tochter von jemandem bin, der so gemein ist. Tatsächlich bin ich in keiner Weise mit ihr verwandt und ich weiß genau, dass ich auch nicht in ihrem Bauch oder durch eine Nabelschnur mit ihr verbunden war. Elisabeth und Kate waren das wahrscheinlich, denn sie sind auch gemein. Aber ich nicht. Wenn ich wirklich im Bauch von meiner Mom gesteckt habe, dann habe ich die ganze Zeit über die Luft angehalten!

In Liebe,
Ant und Pistachio

Als ich meinen Vater nach Hause kommen höre, renne ich gleich nach unten. Es ist jetzt schon sehr spät und die Chancen, ihn um elf Uhr nachts ins Auto zu bringen, stehen sehr schlecht. Da müsste schon der gesamte Stadtteil evakuiert werden. Aber ich habe Angst, dass es morgen zu spät sein könnte. Was, wenn Pistachio stirbt? Das ist zu schrecklich, um es mir vorzustellen. Ich werde die ganze Nacht über wach bleiben und ihn beschützen, das werde ich tun. Aber mein Bett sieht gerade so weich und warm aus und mein Kissen ruft mich. Was ist, wenn ich einschlafe?

Meine Mom und mein Dad sind im Wohnzimmer und sprechen miteinander. Ich öffne meinen Mund, um »Dad« zu sagen, aber irgendetwas im Tonfall seiner Stimme lässt mich stocken und ich mache ihn wieder zu.

»Ich habe es satt, Evelyn«, sagt er. »Das Letzte, was ich möchte, ist, mich morgen in ein Flugzeug zu setzen und nach Atlanta zu fliegen, glaub mir das! Aber meinst du, das interessiert Dave?« Mein Dad macht ein Geräusch, als würde er ausspucken. »Alles, was ihn interessiert, sind seine Zahlen. Und ehrlich gesagt, so wie der Arbeitsmarkt im Moment ist, kann ich so leicht ...«, er schnipst mit den Fingern, »... einen neuen Job finden. Die Headhunter rufen mich jede Woche an. Ich muss das nicht länger ertragen.«

Oh nein! Nicht schon wieder! Bitte nicht schon

wieder! Mein Magen beginnt sich aufzubäumen. Es passiert wieder und wieder. Am Anfang ist mein Dad ganz glücklich mit seinem neuen Job und alles ist TOLL. Aber dann geht ihm plötzlich sein Boss auf die Nerven oder die Leute, mit denen er arbeitet, oder die Art, wie die Computer eingerichtet sind, oder die Aufteilung der Vertretergebiete, und dann wird er UNGLÜCKLICH und bald kann er es NICHT MEHR AUSHALTEN und schmeißt den Job hin. Und wir ziehen irgendwoanders hin und das Ganze fängt von vorne an.

»Aber du hast doch nicht vor, morgen aufzuhören?«, fragt meine Mutter mit unsicherer Stimme. Meine Mom sitzt auf der Couch, sie hat mir den Rücken zugedreht. Mein Vater sitzt auf seinem Stuhl. Ich stehe in seiner Sichtlinie, aber es ist dunkel und nur eine Lampe brennt und außerdem ist mein Dad so vertieft in das, was er sagt, dass er mich noch nicht bemerkt hat.

»Ich mache die Arbeit und Dave bekommt die Anerkennung. Am Freitag war ich bei einem Treffen mit all den Topleuten: Joe Marcioni, Nancy Rapier, Robert Cordoba waren da. Und Dave berichtet über die Verkaufszahlen ohne mich auch nur zu erwähnen. Er benimmt sich wie . . .«

»Aber wir ziehen doch nicht um? Du hast gesagt, dass wir hier bleiben!«, platze ich heraus. Ich hatte nicht vor das zu sagen. Mein Mund hat entschieden.

Mein Vater zuckt zusammen.

»Was machst du denn hier unten?«, fragt er.

»Antonia, du weißt, was ich vom Lauschen halte«, sagt meine Mutter. Sie hat sich umgedreht. Ihre Hand liegt auf dem Rücken der Sofalehne.

»Ich habe euch nicht belauscht. Ich habe hier ganz offen gestanden. Ihr habt mich bloß nicht gesehen.«

»Und warum hast du dann nichts gesagt?«, fragt meine Mutter.

»Dad, was ist denn nun, ziehen wir um?« Ich sehe ihn eindringlich an.

»Nein, mein Schatz, das tun wir nicht. Ich spreche mit deiner Mutter, das ist alles. Weswegen bist du denn runtergekommen?«

»Pistachio ist krank, wir müssen ihn zum Tierarzt bringen.«

»Antonia, großer Gott!«, sagt meine Mutter. »Du bist ja wie eine kaputte Schallplatte, was diesen Hund angeht.« Sie nippt an ihrem Wein.

»Ich bitte ja nicht dich, Mom. Ich bitte Dad. Irene würde auch wollen, dass wir es tun. Wir sind es ihr schuldig. Wenn Pistachio stirbt, dann wirst du Irene das erzählen müssen. Und es würde sie sehr aufregen. Vielleicht hört sie sogar auf für dich zu arbeiten und alles.«

»Antonia, deine Mutter hat Recht. Wir wollen dem Hund ein paar Tage Zeit geben, dann sehen wir, wie es ihm geht. Außerdem ist es Sonntag und elf Uhr nachts. Kein Tierarzt arbeitet um diese Zeit . . .«

»Doch, es gibt einen! In Terra Linda gibt es eine

Klinik, die die ganze Nacht hindurch geöffnet hat. Das habe ich in den Gelben Seiten gelesen.«

Mein Vater stöhnt.

»Da bist du aber ganz schön reingefallen, Don.« Meine Mutter lacht.

Mein Dad stützt sein Kinn in die Hand. »Es wird nicht geschehen, Antonia. Ich fahre heute Nacht nicht nach Terra Linda.«

»Dad, bitte!«

»Weißt du, Antonia, ich war sechs Wochen fort und du bist nicht einmal aus deinem Zimmer gekommen, um mir Hallo zu sagen. Aber dann brauchst du ganz plötzlich irgendwas von mir und ich soll um elf Uhr nachts aus dem Haus stürzen.«

»Er ist krank, Dad. Bestrafe *mich* und nicht *ihn*!«

»Es tut mir Leid, Antonia.«

»Kommst du denn wenigstens mit hoch und schaust ihn dir an?«

Mein Vater folgt mir die Treppe hinauf. Ich öffne die Tür zu meinem Zimmer und knipse das Deckenlicht an. Pistachio hat sich auf meinem Kissen zu einem Ball zusammengerollt. Er blinzelt mit den Augen und versteckt den Kopf in seinem Schwanz. Das Licht ist ihm zu grell.

»Er schläft, Antonia.«

»Streichle ihn!«, sage ich.

Mein Vater wirft mir einen eigenartigen Blick zu. »Beißt er?«

»Mein Gott, Dad!« Ich verdrehe die Augen. Ich

nehme seine große, weiche Hand und lege sie auf Pistachio. »Streichle ihn!«

Mein Dad streichelt Pistachio mit kurzen, steifen Bewegungen, so als wolle er ihn stempeln.

»Das ist mir zu dumm«, sagt mein Vater. Er schnaubt und zieht seine Hand weg. »Antonia, der Hund sieht doch gut aus. Geh jetzt schlafen!« Er schaltet das Licht wieder aus und schließt die Tür.

»Versprich mir, dass du nicht stirbst«, sage ich zu Pistachio. Ich halte die raue Seite seiner Pfote und atme seinen warmen Duft nach Schlamm und Rosinen ein. »Schwöre zu Gott, okay?«

Pistachio zieht seine Pfote weg und rollt sich zu einem noch kleineren engen Ball zusammen. Ich lege mein Ohr neben seine Nase und lausche seinem Atem. *Phuuu. Phuuu. Phuuu.*

Wenn ich in dieser Haltung einschlafe, werde ich hören, wenn irgendetwas nicht stimmt, und dann werde ich sofort aufwachen.

Die Tierärztin

Ich sitze auf einem hölzernen Pflanzentrog vor der Tierarztpraxis und warte darauf, dass sie aufmacht. Ich werfe einen verstohlenen Blick durch das Fenster. Die Praxis hat holzgetäfelte Wände und einen klein gemusterten Linoleumboden, wahrscheinlich damit niemand merkt, wenn ein Hund auf den Boden pinkelt. An den Wänden hängen eine Reihe von Tierbildern und eine Bank zieht sich an zwei Seiten des Raumes an der Wand entlang. Auf einem Tisch in der Ecke liegen Zeitschriften und ein Plastikherz, das von künstlichen Spaghetti bedeckt ist.

Ich frage mich gerade, was die künstlichen Spaghetti wohl sein sollen, als die Arzthelferin kommt. Sie hat einen langen Pferdeschwanz und isst ein gefülltes Törtchen. Ein flauschiger weißer Hund folgt ihr, seine Augen fest an das Mädchen geheftet. Er scheint genau zu wissen, dass der letzte Bissen des Törtchens ihm gehören wird. Er ist nicht angeleint, das ist ein gutes Zeichen. Es bedeutet, dass diese Tierärztin kein »strenges Regiment führt«, wie mein Vater sich auszudrücken pflegt.

Ich erwarte, dass Pistachio munter wird, wenn er

den Hund sieht, aber er scheint ihm egal zu sein. Ich erkläre der Arzthelferin, wie krank Pistachio gewesen ist und wie besorgt ich bin. Sie wischt sich mit dem Handrücken rote Obstfüllung aus den Mundwinkeln. »Okay, lass ihn hier«, sagt sie. »Ich sage der Tierärztin, dass sie ihn untersuchen soll, wenn sie kommt.« Sie stellt keine Fragen wegen Geld – so weit ganz gut. Ich gebe ihr eine verdrehte Adresse und Telefonnummer und sage ihr, dass ich nach der Schule vorbeikommen werde, um Pistachio abzuholen und um zu hören, was die Tierärztin meint. Das Telefon klingelt. Die Arzthelferin nimmt ab und nickt mir zu, als ob alles geklärt ist. Ich reiche ihr Pistachio. Er winselt kläglich und mein Herz zieht sich ganz eng zusammen.

Die Arzthelferin legt ihre Hand über den Hörer und streichelt zärtlich Pistachios Fell. »Keine Sorge. Wir werden uns gut um ihn kümmern.« Sie zwinkert mir zu.

Ich fühle mich ein bisschen besser, aber als ich hinausgehe, höre ich Pistachio noch lauter jaulen, jetzt, wo ich fort bin. Ich stecke meine Hand in die Jackentasche. Sie fühlt sich leicht und leer an. Ich würde am liebsten noch einmal zurückgehen, aber ich weiß, dass es besser ist, wenn ich das nicht tue. Ich möchte nicht, dass die Tierärztin kommt und eine Menge Fragen stellt. Lügen funktioniert nur, wenn man es kurz hält.

Als ich in der Schule ankomme, hat schon die Kunststunde angefangen. Der Neandertaler gibt der anderen sechsten Klasse Matheunterricht und Einfach-Carol steht in unserem Klassenzimmer, wo sie allen zeigt, wie man aus Styroporbällen, künstlichen Federn und Pfeifenreinigern Pfauen basteln kann. Ich mag keine Pfauen. Sie erinnern mich an Ihre Hoheit Elisabeth – sie sind schön und geben ständig an. Aber Harrison gefällt dieses Projekt. Er steht so dicht neben Einfach-Carol, dass sie kaum ihren Arm bewegen kann. Er hängt an Einfach-Carols Lippen, als ginge es bei dem, was sie sagt, um sein Überleben. Aber wenn er seine Kunstwerke fertig hat, dann sind sie nicht wie ihre. Sie sind besser.

Ich lächle, als ich daran denke, denn es erinnert mich an meinen allerersten Schultag hier in Sarah's Road. Wir waren gerade aus Las Vegas hierher gekommen und wie immer waren wir mitten im Schuljahr umgezogen, nachdem alle schon Freunde gefunden hatten. Ich glaube nicht, dass wir jemals im Sommer umgezogen sind wie andere Leute. Auf jeden Fall hatte mich niemand erwartet, deshalb gab es in Mrs Bettermans Klasse keinen freien Platz. »Antonia, setz dich für heute an das leere Pult da hinten«, sagte Mrs Betterman. »Es ist Harrison Emersons Platz, aber er ist krank. Sein Mathematikbuch sollte darin liegen. Könntest du bitte die Seite 209 aufschlagen und uns die Definition für Perimeter vorlesen?« Ich klappte Harrisons Pult auf, nahm sein Mathebuch heraus und schlug die Seite 209 auf. Aber es gab keine Seite 209. Harrison hatte die Seiten 175 bis 230 herausgeschnitten und sie durch Zeichenpapier ersetzt, das über und über mit diesen erstaunlichen Skizzen von Hühnern bedeckt war – Hähne, Hennen, Küken, Nahansichten von Hühnerfüßen, Hühnerschnäbeln, Hühnerfedern –, jedes kleinste Teil eines Huhns war in Harrison Emersons Mathematikbuch berücksichtigt.

Ich hatte Hühner nie wirklich gemocht, aber diese Zeichnungen waren so schön, dass ich auf der Stelle meine Meinung änderte. Ich konnte kaum glauben, dass ein Junge in der sechsten Klasse so zeichnen konnte, und ich hatte nicht vor diese Person, wer immer es auch sein mochte, auffliegen zu lassen. Deshalb schlug ich mir mit der Hand vor die Stirn und sagte: »Oh nein! Ich habe meine Brille vergessen! Es tut mir Leid, Mrs Betterman, aber ich kann ohne meine Brille kein Wort lesen.« Als Harrison am nächsten Tag wieder zur Schule kam, erzählte ihm das Mädchen, das neben ihm saß, was ich getan hatte. Von dem Tag an waren Harrison und ich Freunde. Und das sind wir immer noch.

Ich nehme einen Styroporball und beginne Federn hineinzustecken. Meine Hände arbeiten, aber in Gedanken bin ich wieder bei Pistachio. Ich mache mir Sorgen, weil er so ganz alleine in der Tierarztpraxis ist.

»Ant? Ant? ANT?« Einfach-Carol ruft meinen Namen. Ich blinzele mit den Augen. Oh. Oh. Sie gibt mir mit dem Finger ein Zeichen, ihr zu folgen. Ich gehe nach hinten. Dort hängt eine Pinnwand, die ganz mit aus buntem Karton ausgeschnittenen Meerestieren bedeckt ist. Harrison steht direkt hinter Einfach-Carol. Vielleicht braucht er noch mehr Pfeifenreiniger, aber es ist wohl wahrscheinlicher, dass er hören möchte, was sie zu mir sagt. »Hast du mich am Freitag angerufen?«, fragt Einfach-Carol, als sie die übrig gebliebenen Pfeifenreiniger nach Farben sortiert.

»Warum sollte ich dich denn anrufen?«, frage ich.

»Ich weiß es nicht, aber jedes Mal, wenn ich ans Telefon ging, hat, wer auch immer es war, wieder aufgelegt.«

»Woher willst du denn wissen, dass ich es war?«

Sie schüttelt den Kopf. Ihre großen Ohrringe klimpern. »Ich weiß es nicht.«

»Nun, erst einmal habe ich deine Nummer gar nicht. Aber selbst wenn ich sie hätte, würde ich dich niemals anrufen. Ich mag dich nicht einmal.«

Einfach-Carol wird blass. Ich fühle einen Schmerz, als ob etwas meinen Zeh zerquetscht. Harrison trampelt mir auf dem Fuß herum.

»Hör mal, ich weiß, wie wütend du auf mich bist«, sagt Einfach-Carol. Ihre Augen sind grün wie Algen und voller Gefühl. »Und ich kann nicht einmal sagen, dass du Unrecht hast. Wenn ich an deiner Stelle wäre, dann wäre ich auch sauer. Dieses Gespräch in Mr Borgdorfs Büro ist nicht so gelaufen, wie ich das geplant hatte. Ich dachte, ich könnte dir helfen, aber die ganze Sache ist nach hinten losgegangen. Und jetzt tut es mir Leid, dass ich überhaupt etwas gesagt habe.« Überrascht wende ich den Blick ab. Ich habe schon mal gehört, dass Lehrer sich manchmal entschuldigen, um ein Unrecht wieder gutzumachen, aber noch niemals, weil sie sich schlecht fühlten. Jedenfalls beinahe niemals. Einmal hatten wir eine Aushilfslehrerin, die sich immerzu entschuldigte, aber Mr Borgdorf hat sie entlassen, weil er sagte, dass wir ihr »auf der Nase herumtanzten«.

Aber dies hier ist anders. Einfach-Carol ist normalerweise nicht so. Sie schickt dauernd irgendwelche Kinder ins Büro. Tatsächlich wagt es niemand, sich mit Einfach-Carol anzulegen, wenn sie schlechter Laune ist. »Damit muss ich mich doch nicht herumschlagen«, sagt sie schon bei Kleinigkeiten, wenn jemand den Glitzer klaut beispielsweise, und dann wird, wer immer es gewesen ist, in die andere sechste Klasse geschickt und muss zum zweiten Mal an diesem Tag Mathe beim Neandertaler machen.

»Ich möchte versuchen die Sache wieder gutzumachen«, fährt Einfach-Carol fort, während sie an ihren Armreifen herumfummelt. »Mir scheint, dass ihr Tiere sehr gern habt, Harrison und du.« Ich blicke hinüber zu Harrison. Sein ganzes Gesicht glüht. »Deshalb habe ich mich gefragt, ob ihr wohl gerne bei den Zoo-Teens mitmachen würdet?« Schon bevor sie den Satz zu Ende gesprochen hat, fängt Harrison an zu nicken.

Ich habe keine Ahnung, was die Zoo-Teens sind, aber ich bin sehr geschmeichelt, dass jemand mich fragt, ob ich bei irgendetwas für Teens mitmachen möchte. Ich frage mich, ob Einfach-Carol wohl weiß, dass ich erst zwölf bin.

»Was machen die denn?«, frage ich.

»Das ist ein Programm, bei dem die Kinder samstags den Tierpflegern helfen sich um die Zootiere zu kümmern.«

»Um Löwen und Bären und Elefanten?«

»Ja, um Löwen und Bären und Elefanten zum Beispiel.«

»Darf ich sie bürsten und auf ihnen reiten?«

»Nein. Es sind wilde Tiere. Wir füttern sie, wir machen die Schlafhäuser und die Freigehege sauber und wir helfen bei der *Bereicherung*.«

»Was ist das denn?«

»*Bereicherung*? Das ist etwas, was ein bisschen mehr Spaß in ihr Leben bringt, damit sie in ihrer Gefangenschaft glücklicher sind. Für jedes Tier ist das etwas anderes. Für den Tiger besprühen wir den Baumstamm in seinem Freigehege mit Moschusöl. Du solltest ihn mal sehen, wenn wir das tun! Er reibt seine Wangen so liebevoll an dem ganzen Baumstamm entlang. Das ist richtig süß.«

»Ich soll also helfen, dass sie glücklich *im Gefängnis* sind . . . darum geht es doch, nicht wahr?«

Einfach-Carol lächelt. »So in etwa. Hast du Interesse?«

Ich zucke mit den Schultern. »Könnte sein«, sage ich misstrauisch, so als wäre es mir ziemlich gleichgültig.

»Gut«, sagt sie und jetzt lächelt sie wieder. Ein großes Lächeln, wie die Sonne, die nach einem langen Regen zurückkehrt.

Das macht mich wütend. Ich fühle mich gekauft. Ich öffne meinen Mund, um ihr zu sagen, dass ich es mir anders überlegt habe und dass ich doch keine Gefängniswärterin sein möchte, aber sie ist schon mit klimpernden Armreifen und einem Wehen ihres langen, bunten Rocks von dannen geschwebt. Dann ist sie mit den anderen Kindern beschäftigt und ich vergesse die gemeinen Sachen, die ich ihr sagen wollte. Denn ich wünsche mir, dass sie zurückkommt und wieder mit mir spricht.

Zoo-Teens

Am Samstag holt Einfach-Carol mich zu Hause ab. Harrison sitzt schon im Auto. Ich hoffe, dass meine Mom das nicht sieht. Sie hat gesagt, ich könnte gerne in den Zoo gehen, aber ich habe ihr nicht genau erzählt, dass Harrison auch dabei sein würde. Ich glaube, sie ist noch oben in ihrem Zimmer, also ist es wahrscheinlich okay. Allerdings ist Elisabeth draußen. Sie wartet darauf, dass meine Mom herunterkommt und sie zum Tanzunterricht bringt. Als sie Harrison sieht, wendet sie den Kopf ab und hält sich die Nase zu. »L'air du salami«, sagt sie.

»Halt die Klappe!«, sage ich zu ihr. Aber im Grunde genommen bin ich froh, Elisabeth zu sehen. Ich hatte gehofft, dass sie sehen würde, wie ich in das Auto einer Lehrerin einsteige. Ich war bisher immer der Meinung, Lehrer sollten Kombis fahren oder Kleinbusse oder vielleicht auch Busse. Aber keine Sportwagen. Aber Einfach-Carols glänzender neuer Zweisitzer macht ganz offensichtlich großen Eindruck auf Elisabeth und plötzlich bin ich froh, dass Einfach-Carol genau diesen Wagen fährt.

Harrison und ich sitzen zusammen auf dem Beifahrersitz, einen Gurt um uns beide geschnallt. Ich trage eine Jacke, obwohl mir darin eigentlich zu warm ist. Aber ich muss sie tragen, weil es Pistachios Lieblingsjacke ist. Sie hat große Taschen, so dass er besser hineinpasst. Ich drehe meine Hüften zur Tür hin und schiebe den Sicherheitsgurt nach oben, damit er Pistachio nicht zerdrückt. Ich habe etwas von Moms Parfüm aufgetragen, für den Fall, dass Pistachio heute zu sehr nach Hund riecht. Ich habe sogar versucht ihn damit zu besprühen, aber er musste davon nur niesen.

Ich lächle und winke Elisabeth zu, als wäre dies alles nichts Besonderes, als würden wir das jeden Samstag machen. Elisabeth ignoriert mich.

Ich weiß, ich hätte Pistachio zu Hause lassen müssen, aber ich konnte das einfach nicht ertragen. Als ich ihn von der Tierärztin abgeholt habe, habe ich kleine weiße Pillen für sein Herz bekommen. Die Tierärztin hat gesagt, dass ich ihm dreimal täglich so eine kleine weiße Pille geben soll. Und Einfach-Carol hat gesagt, wir würden den ganzen Tag im Zoo verbringen, also kann ich ihm heute Mittag nur dann seine Pille geben, wenn er mit mir kommt. Es ist die einzige Möglichkeit. Ich hätte ihn aber sowieso nur ungern zu Hause gelassen. Ich mag auch nicht alleine gelassen werden, wenn ich krank bin, und ihm geht es genauso. Obwohl es ihm eigentlich schon viel besser geht. Die Pillen helfen ihm tatsächlich, er ist schon fast wieder er selbst.

Natürlich fällt es meiner Mutter genau zu diesem Zeitpunkt ein, nach ihm zu sehen. »Siehst du?«, sagt sie, als sie ihm zusieht, wie er im Hof herumtrottet. »Habe ich dir nicht gesagt, du sollst ein paar Tage warten? Habe ich dir nicht gesagt, dass er gar keinen Tierarzt braucht?« Das hat mich so wütend gemacht, dass ich ihr beinahe die Wahrheit gesagt hätte, und alles wäre aufgeflogen. Das ist das Problem mit dem Lügen. Manchmal verdreht es einfach alles und dann glauben die Bösen, dass sie die Guten sind.

»Warum machst du das eigentlich alles?«, frage ich Einfach-Carol.

»Was denn?«, fragt sie zurück.

Innen ist Einfach-Carols Auto mit toastfarbenem Leder bezogen und es ist so sauber, dass ich mich frage, ob es wohl neu ist. Falls das so ist, dann hat sie allerdings sofort eine Menge Aufkleber draufgeklatscht. Lustige, politische Sprüche und verschiedene Mitgliedssticker. Einfach-Carol ist überall Mitglied.

»Dass du uns an deinem freien Tag in den Zoo mitnimmst«, erkläre ich.

»Ich fahre an meinem freien Tag immer in den Zoo. Und ich nehme euch mit, weil . . . Oh, ich weiß nicht. Wahrscheinlich ist es eine blöde Idee.« Sie schaut zu mir herüber, als erwarte sie, dass ich das bestätige. Aber ich bin still. Ich frage mich, was hier eigentlich vor sich geht. Ich bin es nicht gewöhnt, dass Erwachsene Dinge tun, von denen sie glauben, dass es eine blöde Idee ist, und auch nicht daran, vorne in einem Sportwagen zu sitzen, der von einer Lehrerin gefahren wird, und mir mit Harrison einen Gurt zu teilen. Ich blicke zu Harrison hinüber, um zu sehen, was er wohl denkt. Er sieht sehr glücklich aus, so glücklich, wie er immer aussieht, wenn er nach einem langen Tag außer Haus seine Hühner begrüßt. Keiner von uns ist daran gewöhnt, besondere Privilegien zu haben. In der Schule sind es immer Mädchen wie Joyce Ann Jensen oder Alexandra Duncan, die die Leckerbissen bekommen. Und zu Hause Elisabeth oder Kate. Aber heute sind es Harrison und ich.

»Vielleicht deswegen, weil ich Harrison gerne mag und weil du mich an mich selbst erinnerst«, platzt Einfach-Carol plötzlich heraus, so als hätte sie darüber nachgedacht und als wäre dies das Ergebnis, zu dem sie gekommen ist.

»Ich?«

»Ja, du.«

»Ich bin doch nicht wie du. Ich bin überhaupt nicht wie irgendjemand sonst«, sage ich.

»Immer so misstrauisch.« Sie schüttelt den Kopf, aber ihre Ohrringe klimpern diesmal nicht wie sonst, denn sie trägt winzige Stecker. Auch ihre Armreifen sind verschwunden, ebenso wie ihre großen Ringe und ihre klirrenden Ketten. Sie trägt Jeans und ein T-Shirt und ihre Augen sehen klein und wässrig aus, nicht groß und dramatisch, wie sie sie immer für die Schule zurechtmacht. Sie sieht überhaupt nicht aus wie sie selbst.

»Nun, ich bin jedenfalls nicht wie du«, wiederhole ich.

»Das sagtest du schon.«

»Warum hast du dann gesagt, dass ich es wäre?«

Einfach-Carol schaut in den Rückspiegel, um zu sehen, ob es sicher ist, die Spur zu wechseln. »Als ich ein Kind war, da habe ich auch niemandem getraut«, antwortet sie.

»Ich traue Harrison«, sage ich.

Einfach-Carol lächelt und tätschelt Harrisons Bein in der Cargohose. »Dann sind wir schon zwei«, erwidert sie.

Ich warte darauf, dass sie noch etwas sagt, aber das tut sie nicht. Also betrachte ich die Hügel, die am Fenster vorbeiziehen, einer nach dem anderen, mit braunem Gras bedeckt. In Las Vegas war alles flach und in Torrance gab es nichts als Mietshäuser mit kleinen Streifen Gras neben dem Bürgersteig, alle Hügel waren über und über mit Häusern zugebaut. Hier gibt es viel mehr Platz.

Ich war noch nie in diesem Zoo. Und ich war noch niemals, niemals in meinem Leben sozusagen als Zoowärterin in irgendeinem Zoo. Ich frage mich gerade, ob ich wohl eine Uniform tragen darf, als ich das große Zooschild mit dem Zebra sehe. Einfach-Carol biegt ab, fährt eine kleine, gewundene Straße hinauf und parkt dann ihr Auto unter einem Eukalyptusbaum.

Wir folgen ihr durch ein Tor, auf dem »Ausgang« steht, vorbei an ein paar Flamingos, deren Beine so dünn sind wie der Draht von Kleiderbügeln, und an einem leeren Schimpansengehege entlang. Wir gehen einen geteerten Weg hinunter und durch ein Tor, auf dem »Zutritt verboten« steht, dann kommen wir zu einer Reihe von niedrigen Gebäuden neben einem großen Stapel von Maschendrahtzaunteilen.

Die Leute hinter dem »Zutritt-verboten«-Schild tragen alle Khakihosen und Khakihemden und riesige schwarze Gummistiefel. Einfach-Carol scheint alle zu kennen. Sie nickt beinahe allen Khakileuten zu, sagt Hallo und führt uns in ein rundes Stuckgebäude mit Schließfächern auf der einen Seite und großen silbernen Futtertonnen auf der anderen. Oben auf den Schließfächern stehen Kisten mit Mais und gemischtem Gemüse, Kästen mit Tennisbällen und Kissenhüllen, Kinderschaukeln und Stapel von leeren Milchkartons.

Es riecht komisch – warm und nach Tieren wie in einer Zoohandlung – und es sind eigenartige kreischende, heulende Laute zu hören, die von allen ignoriert werden. Ich frage Einfach-Carol, wer denn diese Geräusche macht. Sie sagt, das sind die Gibbons, die die anderen Gibbons rufen, das machen sie immer. Dann reicht sie mir und Harrison jedem ein Paar große schwarze Stiefel. Sie sind uns viel zu groß, auch mit den Extrasocken, die wir mitbringen sollten. Aber wir tragen sie trotzdem.

Pistachio zappelt in meiner Tasche herum, so als würde er gerne rauskommen. Ich glaube, er mag die Gibbonschreie nicht, die jetzt eine alarmierende Lautstärke erreichen, wie eine Art Tiersirene. Vielleicht sind es aber auch die seltsamen Gerüche, die sein Interesse geweckt haben. Ich stecke meine Hand in die Jackentasche, taste nach seinem Bauch und reibe ihn in der Hoffnung, dass er nicht stöhnt.

»Das sind sie also?«, fragt eine khakifarbene Dame mit sehr kurzen schwarzen Haaren.

»Ant, Harrison, das ist Mary-Judy«, stellt Einfach-Carol sie vor. Mary-Judy ist klein für eine Erwachsene – viel kleiner als ich. Sie hat dicke, stämmige Beine wie ein Rhinozeros, perfekte weiße Zähne und einen rosafarbenen Erdbeerfleck auf ihrer Wange. Ich stutze bei dem Namen Mary-Judy. Es klingt nicht wie zwei Namen, die normalerweise zusammengehören.

»Wisst ihr«, sagt Mary-Judy und betrachtet Harrison und mich argwöhnisch, »normalerweise habe ich keine Kinder als Freiwillige in meinem Team.«

»Und was ist mit den Zoo-Teens?«, frage ich Einfach-Carol.

»Das ist ein Kinderprogramm des Zoos«, antwortet Mary-Judy. »Ich nehme euch nur auf, weil Carol schon so lange ehrenamtlich bei mir arbeitet. Sie hat mir versichert, dass ihr beide sehr nette und besonders verantwortungsbewusste Kinder seid und dass ihr euch gut an Regeln halten könnt.«

Harrison und ich blicken Einfach-Carol an. Noch niemand hat uns jemals als besonders verantwortungsbewusst beschrieben und behauptet, wir könnten uns gut an Regeln halten. Aber Einfach-Carol nickt, obwohl sie ein bisschen unsicher lächelt.

»Oh ja«, sage ich. »Wir tun niemals irgendwas, was wir nicht sollen.«

»Niemals«, stimmt Harrison mir zu.

»Niemals«, wiederholt Mary-Judy und starrt auf ein Loch in Harrisons Hose, aus dem ein Zipfel seines Taschenfutters heraushängt. »Also, damit das ganz klar ist: Ihr hört mir zu und macht genau das, was ich sage. Ich gebe niemandem eine zweite Chance, nicht, wenn eure Sicherheit, meine Sicherheit und die Sicherheit meiner Tiere im Spiel sind.« Mary-Judy wirft mir einen gemeinen Blick zu. Ich nehme die Hand aus der Tasche mit Pistachio. Ich habe ein schlechtes Gewissen, dass er da drinsteckt. Aber dann wird mir klar, dass Mary-Judy sich um ihre Tiere kümmert, so wie ich mich um meins kümmere. Mary-Judy würde das Gleiche tun, wenn sie an meiner Stelle wäre.

»Genau genommen gebe ich auch niemandem eine erste Chance«, fährt Mary-Judy fort. »Wenn ihr mir auch nur den kleinsten Anlass liefert, euch aus meinem Team zu werfen, dann werde ich das sofort tun ohne auch nur einen Moment lang darüber nachzudenken. Habt ihr das verstanden?«

Ich nicke. Harrison nickt wieder und wieder, so als hätte jemand auf einen Knopf bei ihm gedrückt.

»Sie werden ihre Sache gut machen, Mary-Judy«, verspricht Einfach-Carol, während ihre Hand in einem großen Tupperwareeimer voller Eierkartons verschwindet. Als sie sie wieder herauszieht, ist sie voller lebendiger Würmer. Ich schüttele mich. Ich bin nicht zimperlich, aber ich hätte niemals erwartet, dass da eine große Tonne Würmer einfach so auf dem Schreibtisch herumsteht.

Einfach-Carol wirft die Würmer in eine kleine silberfarbene Schüssel, die zur Hälfte mit aufgeschnittenen Orangen, Äpfeln und Bananen gefüllt ist. Einer der Würmer versucht herauszukrabbeln, aber Einfach-Carol schiebt ihn wieder hinein, ganz lässig, so als hätte sie das schon hundert Mal gemacht.

»Das hoffe ich«, erwidert Mary-Judy, während sie einen großen begehbaren Kühlschrank öffnet und mit einem Eimer voller toter Ratten wieder erscheint. »Na gut, los geht's«, sagt sie. Ich kann es nicht lassen, die toten Ratten anzusehen. Ich schaue nach, ob ihre Augen geöffnet sind. Nein. Gott sei Dank!

Mary-Judy und Einfach-Carol gehen jetzt nebeneinander und Harrison und ich trotten hinterher. Ich stecke meine Hand in die Tasche, um Pistachio zu streicheln. Er ist immer noch aufgeregt, obwohl es jetzt schon besser ist, seit wir draußen sind. Wir gehen durch das Tor mit dem »Zutritt-verboten«-Schild und hinauf in den eigentlichen Zoo.

Harrison kramt beim Laufen in seinen Taschen herum. Zuerst in den Vordertaschen, die leicht zu erreichen sind, dann in den Cargotaschen unten an seinem Bein, an die er nur schwer herankommt. Das macht uns langsamer und wir bleiben hinter Einfach-Carol und Mary-Judy zurück. Sie bleiben stehen und warten auf uns. Halb hüpfend, halb gehend versucht Harrison sich gleichzeitig zu beeilen und weiterzukramen. Mary-Judy wirft Harrison einen eigenartigen Blick zu.

»Warum nennt ihr Carol eigentlich immer *Einfach-Carol*«, fragt sie, als wir die beiden eingeholt haben.

»Weil sie einfach Carol heißt, nicht Miss oder Ms oder Mrs Irgendwas«, erkläre ich, während Mary-Judy ein großes messingfarbenes Vorhängeschloss öffnet und eine dicke Metallkette abwickelt, die um einen Maschendrahtzaun geschlungen ist.

»Das ist ja niedlich!«, schnaubt Mary-Judy, obwohl ich nicht genau weiß, ob sie es nun niedlich findet oder nicht. Sie dreht ein plastiküberzogenes Schild um, das mit einem Clip am Tor befestigt ist. Jetzt steht dort: »Vorsicht, Wärter im Gehege. Zutritt nur für befugte Personen«. Wow! Das ist ganz schön toll! Ich bin noch nie zuvor eine befugte Person gewesen.

»Steigt da rein!«, befiehlt Mary-Judy und zeigt auf eine Plastikwanne, die zur Hälfte mit Desinfektionsmittel gefüllt ist. »Ich habe einen Löwen durch die Leptospirose verloren, ich gehe kein Risiko mehr ein.« Sie starrt uns finster an, so als sei sie sich sicher, dass wir Bazillenträger sind. Und als ich gerade meine Stiefel in die Wanne klatsche, drückt Harrison mir etwas in die Hand. Es ist ein Hundeknochen, das erkenne ich an der Form. Niemand außer Harrison würde so etwas in der Tasche herumtragen ohne auch nur einen Hund zu haben. Trotzdem macht es mir Sorgen, denn wenn er herausbekommen hat, dass Pistachio in meiner Tasche hockt, dann werden Einfach-Carol und Mary-Judy das vielleicht auch entdecken. Ich blicke Harrison an. Er lächelt sein blödes Lächeln.

Mary-Judy öffnet ein zweites Schloss und wickelt eine schwere Kette von der Tür zu einem niedrigen Betongebäude. »Tagsüber sind die Löwen draußen im Freigehege«, erklärt sie, »nur wenn es in Strömen regnet, habe ich Mitleid mit ihnen und lasse sie rein. Aber die Nacht verbringen sie hier.«

In dem Schlafhaus ist es kühl und dunkel und es stinkt nach verfaultem Fleisch, Urin und Schimmel. Ich fühle, dass Pistachio das auch gerochen hat, denn er windet sich in meiner Tasche und versucht herauszukommen.

Dann sehe ich die Löwen. Sie stehen in Maschendrahtkäfigen an der hinteren Wand. Ein Löwe und drei Löwinnen. Wie groß sie sind! Ihre Rücken reichen mir bis zur Brust, jede Pranke ist so riesig wie mein Kopf und jeder ihrer Köpfe ist halb so groß wie ich.

Pistachio dreht und windet sich und gibt sein Bestes, um herauszukommen. Ich schiebe heimlich den Hundeknochen in meine Tasche. Aber das nützt nichts, Pistachio ist zu aufgeregt zum Fressen.

Die Löwen laufen in ihren Käfigen auf und ab und geben seltsame Laute von sich; es klingt fast wie Hundegebell. Das überrascht mich, aber ich bin froh darüber. Wenn Pistachio ein Geräusch macht, dann werden alle denken, dass es die Löwen waren.

Eine Löwin springt auf eine niedrige Holzbank in ihrem Käfig und dann wieder herunter. Ihre Pranke versetzt dem Betonboden einen samtenen Schlag.

»Bleibt hier!«, bellt Mary-Judy und geht der Reihe nach an den Käfigen entlang.

›Keine Sorge‹, denke ich.

»Hi, Peggy«, sagt Mary-Judy zu einer der Löwinnen. Peggy steht auf ihren Hinterbeinen, die Vordertatzen ruhen im Maschendraht. Sie ist größer als Mary-Judy und dennoch sieht sie nicht beängstigend aus. Ihre Haltung ist freundlich. Sie reibt ihre Wange am Maschendraht und sieht dabei so aus, als wollte sie ihr Gesicht an Mary-Judy reiben. Ich begreife, dass sie ihr Hallo sagt und erwarte beinahe, dass Peggy ihr Maul öffnet und Mary-Judys Kopf ableckt. Jetzt kommen mir alle Löwen vor wie riesige Hauskatzen und ich möchte sie unbedingt streicheln.

Plötzlich aber brüllt der männliche Löwe und stürzt sich auf den Maschendrahtzaun. Mein Herz macht einen Satz in meiner Brust und ich springe zurück. Er brüllt tief und laut. Der Lärm erfüllt das kleine Gebäude wie eine Stereoanlage, die unerwartet laut aufgedreht wird. Der Löwe wirft sein Gewicht gegen den Zaun, als sei er entschlossen ihn niederzureißen.

»Schon gut, Junior, das ist genug«, sagt Mary-Judy. »Um Himmels willen, was soll dieses Dominanzgehabe? Ich will doch nur nachschauen, ob du gestern Abend dein Abendessen gefressen hast.«

Mary-Judy betritt den leeren Maschendrahtkäfig neben dem des Löwen. Jetzt ist sie ihm noch näher. Ist sie verrückt? Hat sie denn keine Angst? Mary-Judy beugt sich vor und scheint nach etwas zu suchen.

»Du lieber Gott, ich brauche eine Brille«, sagt Mary-Judy, als der Löwe erneut brüllt und sich gegen den Zaun wirft, der sich unter seinem Gewicht biegt. Mary-Judy ist immer noch vornübergebeugt. Warum kommt sie da nicht raus?

Aber dann scheint der Löwe plötzlich das Interesse zu verlieren. Er dreht sich um, läuft quer durch den Käfig zum anderen Ende und wieder zurück. Er schnüffelt am Boden. Dann sieht er uns an. Er leckt am Zaun – die Spitze seiner großen rosafarbenen Zunge ringelt sich durch den Diamanten aus Draht und er reibt seine Wange an den Maschen. Jetzt ist er ruhig und zufrieden, beinahe süß, wie er uns sein Hinterteil zudreht, den Schwanz hebt und . . . Dann spüre ich etwas Nasses. Meine Hände fliegen in mein Gesicht. Harrison schubst mich. Sein Ellenbogen bohrt sich in mein Schlüsselbein.

»Also wirklich, Junior!« Mary-Judy schüttelt den Kopf.

Es scheint, als hätte uns der Löwe soeben mit seiner Pisse besprüht, aber das kann ich einfach nicht glauben. Der Löwe springt auf die hölzerne Plattform in seinem Käfig. Er sieht aus, als wäre er stolz auf sich.

»Igitt«, sagt Harrison. »Das machen Hühner nie.«

»Er markiert sein Revier«, erklärt Einfach-Carol.

»Sind wir denn sein Revier?«, frage ich.

»Scheinbar ja«, erwidert Einfach-Carol.

Mary-Judy lacht freundlich auf. »Willkommen im Zoo, meine Damen und Herren!«, sagt sie und schüttelt wieder ihren kurzhaarigen Kopf. So wie sie das tut, hat es den Anschein, als fehle ihr etwas oben auf dem Schädel. Ich frage mich, ob sie wohl früher lange Haare hatte. »Das ist schon okay, Kinder, das ist uns allen früher oder später schon mal passiert. Es ist meine Schuld, weil ich euch nicht gewarnt habe. Riecht irgendjemand hier nach Parfüm?« Mary-Judy blickt mich an.

Ich zucke mit den Schultern. »Nur ein bisschen«, antworte ich und weiche langsam vor Einfach-Carol zurück. Pistachio strampelt wie verrückt. Der Geruch macht ihn wahnsinnig. Ich hoffe nur, dass er nicht niest. Ich frage mich, ob es wohl verdächtig wirkt, wenn ich hinausgehe, und schleiche langsam und unauffällig auf die Tür zu.

Mary-Judy nickt und verzieht den Mund. »Deswegen. Junior hier liebt Parfüm, besonders das mit dem echten Moschusgeruch. Wir erklären unseren Wärtern immer, dass sie kein Parfüm auftragen sollen, denn man kann nie sagen, was ein Tier daraus macht. Besonders eine von unseren Katzen. Ihr würdet nicht glauben, aus was für Dingen Parfüm zum Teil gemacht ist – zerquetschte Biberhoden, Erbrochenes von Walen und so weiter ... und wer weiß schon, was diese Gerüche für einen Löwen bedeuten.«

Es ist jetzt offensichtlich, dass Mary-Judy Spaß an der Sache hat. Sie geht hinüber zur hinteren Wand, wo sich mehrere mit Nummern beschriftete Flaschenzüge befinden, greift nach Nummer 3 und zieht ihn nach unten. Der Flaschenzug macht ein Geräusch wie rostiges Metall, das sich durch rostiges Metall windet. Er zieht eine Tür nach oben, die den Weg aus einem der Löwenkäfige nach draußen in das große Freigehege freigibt. Die Löwin stürzt hinaus, noch bevor die Tür ganz geöffnet ist. An der Art, wie sie sich bewegt, wird mir klar, dass sie die ganze Zeit nur darauf gewartet hat. Mary-Judy lässt den Flaschenzug wieder hoch, die Tür kommt herunter und das helle Sonnenlicht, das durch das kleine Quadrat zu sehen war, ist wieder ausgesperrt. Die Flaschenzugtür ist mir nicht geheuer. Sie erinnert mich an eine Guillotine, die ich in einem Buch in der Schule gesehen habe.

Jetzt geht Mary-Judy hinüber zu Flaschenzug

Nummer 2 und macht dort das Gleiche. Als alle Löwen draußen sind, ist sie wieder ganz geschäftsmäßig. »Carol, ich glaube, ich habe in meinem Schließfach noch ein paar saubere Hemden hängen. Die können Ant und Harrison anziehen. Ich schaue jetzt nach den Vögeln. Wir treffen uns dann im Afrikagehege. Hier können wir nach der Pause sauber machen.« Mary-Judy nimmt den Eimer mit den Ratten und die Schüssel mit dem Obst und den Würmern und wartet, bis wir zuerst das Schlafhaus verlassen haben. Als wir draußen im hellen Sonnenlicht stehen, wickelt sie die schwere Kette um das Tor und verschließt sie mit einem Vorhängeschloss. So ein ähnliches Schloss hat Harrison für sein Fahrrad.

Kigali

Harrison und ich haben in Wirklichkeit gar nicht so viel Pisse abbekommen, aber wir werden uns die Gelegenheit nicht entgehen lassen, Khakihemden anzuziehen, auf denen »Ziffman Park Zoo« steht. Solche Hemden dürfen sonst nur die richtigen Zoowärter tragen. Natürlich muss ich über meins noch die Jacke mit Pistachio ziehen – und das ist der einzige Teil von mir, der tatsächlich nass geworden ist. Ich krempele den Ärmel hoch, der ein bisschen Pisse abbekommen hat, und versuche davon nicht allzu angeekelt zu sein. Ich frage mich, was Ihre Hoheit Elisabeth wohl machen würde, wenn sie Löwenpisse abbekommen würde. Bei dem Gedanken muss ich lachen.

Als Harrison aus der Toilette kommt, sieht er fast aus wie ein echter Zoowärter. Harrison ist etwas klein, deshalb sind ihm die Ärmel viel zu lang. Ich helfe ihm sie aufzukrempeln und dann drängeln wir uns vor den zerkratzten alten Spiegel, der an der Innenseite von Mary-Judys Schließfach hängt, und bewundern uns.

Einfach-Carol steckt ihren Kopf durch die Tür.

»Alles klar, ihr beiden, ihr seht fantastisch aus. Kommt jetzt mit, wir haben noch viel zu tun bis zum Mittagessen.« Ich zucke zusammen, als ich ihre Stimme höre. Eine Sekunde lang habe ich Angst, dass Pistachio aus meiner Tasche geklettert ist. Aber das ist er nicht. Er hat sich zu einem kleinen Ball zusammengerollt und an meine Hüfte gekuschelt. Wieder wünsche ich, ich hätte ihn zu Hause gelassen.

Als wir zum Giraffengehege kommen, sind überall Spatzen – auf dem Boden, in den Futterkrippen, unter den Schubkarren und ganze Schwärme von ihnen drängen sich in den Eingängen zu den Schlafhäusern der Giraffen. Hier ist alles ganz hoch und lang wie in einem Spiegelkabinett, wo die Spiegel alles in die Länge ziehen. Das Einzige, was eine normale Größe hat, ist der Schuppen mit dem Futter, der nach Heu und Pfefferkuchen riecht und von silbern glänzenden Mülltonnen umrahmt ist.

Die Giraffen sind schon draußen im Freigehege. Mary-Judy ist damit beschäftigt, große schwarze Eimer mit Wasser zu füllen. »Raus hier, ihr dummen Vögel!«, brüllt sie die Spatzen an und bespritzt sie mit ihrem Schlauch. Die Spatzen flattern auseinander und geben seltsame schmatzende, gurrende Geräusche von sich. Als Mary-Judy uns sieht, ruft sie: »Ich habe mir überlegt, dass ihr Kigali füttern könntet, Harrison und du. Der Eimer steht schon bereit. Zeig du es ihnen, Carol!«

Einfach-Carol lacht durch die Nase und schüttelt

den Kopf. »Ihr beiden habt sie ja ganz schön für euch eingenommen«, sagt sie. »Kigali zu füttern ist eine *große* Belohnung. Kommt!« Sie führt uns hinten herum zu dem kleinen Schuppen mit dem Futter. Sie öffnet den Deckel einer der neuen, glänzenden Mülltonnen und zieht einen blauen Eimer heraus, der zur Hälfte mit kleinen grünen Kügelchen gefüllt ist. »Hier muss man alles verstecken oder die Spatzen fressen es auf«, erklärt sie.

Wir folgen ihr zu einer steilen Holztreppe, die zu einer Plattform hinaufführt. Sie ist an der Seite des Geheges befestigt. Harrison ist zuerst an der Reihe. Er klettert die Stufen hinauf, der große Eimer schlägt dabei immer wieder gegen sein Kinn. Als er oben angekommen ist, eilen drei Giraffen auf die Plattform zu, ihre Hälse federn bei jedem Schritt. Aus der Nähe sehen ihre Augen aus, als hätte jemand sie mit einem dicken schwarzen Stift umrandet, und ihre Oberlippen hängen über ihre Unterlippen. Aber am meisten beeindrucken mich ihre langen Hälse – wie anmutig und elegant sie sind und wie sie sich in alle möglichen Richtungen bewegen, in die mein Hals sich nie drehen lassen würde. Die kurznackige Elisabeth wäre ja so neidisch!

»Nicht die anderen füttern, Harrison!«, warnt Carol. »Nur Kigali. Das ist die alte mit dem blinden Auge. Siehst du sie? Die anderen brauchen kein Extrafutter. Halte den Eimer hinter deinen Rücken, bis sie weggehen, Harrison!«

Als Carol das sagt, frage ich mich, woher wir wohl wissen sollen, welche Giraffe alt ist. Aber dann sehe ich Kigali und verstehe. Ihre Knochen stehen hervor und die Haut hängt schlaff zwischen ihnen herunter. Ihr Fell ist stumpf. Und ein Auge ist ein vollkommener weißer Ball, so blank wie der Mond. Um das Auge herum ist es feucht und klebrig vor Schmutz. Sie bewegt sich steif und ihre Knochen knarren, wenn sie geht.

»Manchmal ist sie zuerst ein bisschen ängstlich«, ruft Carol zu Harrison hinauf.

Kigali beschnuppert Harrison am ganzen Körper, fast wie ein Hund. Ihr gesundes Auge scheint ihn genau zu untersuchen.

»Sie überprüft ihn«, flüstert Carol mir zu.

Und dann, ganz plötzlich, beschließt Kigali, dass Harrison okay ist, und steckt ihren Kopf in den blauen Eimer. Jetzt sehe ich nur noch ihre Hörner, die wie große braune Wattestäbchen herausragen. Als sie wieder hochkommt, hat sie das Maul voller kleiner grüner Kügelchen, die sie mit großen kreisförmigen Bewegungen kaut.

»Ich glaube, sie mag mich«, ruft Harrison herunter. Er lächelt so breit, dass man sein Zahnfleisch sieht.

Als ich an der Reihe bin, klettere ich die steile Leiter halb hinauf. Oben auf der Plattform ist nicht wirklich Platz für uns beide.

»Hey, süße Kigali, bist du die netteste Giraffe der ganzen Welt? Ich glaube, das bist du, Kigali, das glaube ich«, flüstert Harrison. Kigalis Zunge ist schwarz, so als hätte sie Lakritze gegessen, aber ihre Spucke ist grün und sabberig.

»Na, schmeckt das gut, meine Süße?«, fragt er.

Ich habe schon manchmal gehört, dass Harrison in dieser süßen Weise mit seinem Huhn spricht, wenn er nicht weiß, dass ich in der Nähe bin. Er hat vergessen, dass jetzt ich an der Reihe bin. Ich stecke meine Hand in Pistachios Tasche und streichle ihn. Ich glaube, er schläft. Offensichtlich ist Schlafenszeit immer Schlafenszeit, ob im Zoo oder nicht.

Kigali und Harrison scheinen mich zur selben Zeit zu sehen. Kigali zieht ihren Kopf aus dem Eimer, blickt mich mit ihrem gesunden Auge an und macht ein paar Schritte rückwärts. Harrison scheint es sehr Leid zu tun, dass ich hier bin. Er lässt den Eimer nicht los.

»Lass sie einfach zu dir kommen, Ant«, sagt Einfach-Carol. »Harrison, du kannst jetzt runterkommen. Ant ist an der Reihe.«

Normalerweise macht Harrison alles, was Einfach-Carol sagt. Aber diesmal nicht. Harrison bewegt sich nicht von der Stelle.

»Er muss auch hier oben bleiben, Kigali vertraut ihm«, rufe ich zu Einfach-Carol hinunter, während ich langsam und vorsichtig zu Harrison auf die Plattform klettere. Es ist eng hier oben mit uns beiden. »Sie wird nicht kommen, wenn er nicht hier ist. Und außerdem habe ich Angst vor ihr.« Harrison lächelt mich an. Einfach-Carol schnaubt. Wir wissen alle drei, dass das nicht wahr ist.

Ich lasse Harrison den Eimer halten und Kigali kommt wieder näher. Kigali inspiziert mich kurz mit ihrem gesunden Auge, dann steckt sie ihren Kopf zurück in den Eimer.

»Ant, glaubst du, mein Vater lässt mich eine Giraffe halten?«, fragt Harrison.

»Wenn irgendjemand das täte, dann dein Vater«, antworte ich. Ich ergreife seine freie Hand. Ich befühle die Hornhaut an der Seite seines Mittelfingers, mit dem er immer den Bleistift festhält. Ich drücke seine Hand, dann lasse ich sie los. Mein Gesicht fühlt sich heiß an und ich hoffe, dass Einfach-Carol das nicht gesehen hat. Harrison versteht sicherlich, dass ich damit nichts Bestimmtes gemeint habe, aber alle anderen würden es nicht verstehen.

Die Löwen

Harrison ist immer noch im Giraffengehege. Mary-Judy hat gesagt, wir müssten uns in Teams aufteilen. Wir haben versucht sie dazu zu bringen, dass wir zusammen ein Team bilden können, aber sie hat gesagt, auf keinen Fall. Sie hat allerdings gesagt, wir könnten uns aussuchen, wer wohin gehen möchte. Selbstverständlich habe ich Harrison bei den Giraffen bleiben lassen und Einfach-Carol und ich sind jetzt auf dem Weg zurück in das Schlafhaus der Löwen.

Ich stecke meine Hand in die Tasche. Tashi ist ruhig. Er ist wahrscheinlich völlig erschlagen von all den Gerüchen. Ich streichle sein Stoppelfell mit meinem Finger und fühle seinen heißen Atem an meiner Hand. Er wird wohl ziemlich bald pinkeln müssen, deswegen muss ich mir einen Grund ausdenken, um mich alleine fortschleichen zu können. Ich denke, ich werde sagen, dass ich aufs Klo muss. Da hinein werden sie mir nicht folgen, so viel ist sicher. Allerdings scheint er im Moment friedlich, ich werde also warten, bis er wieder zappelig wird.

Einfach-Carol hält eine Kehrschaufel in ihrer Hand. Die reicht sie mir und nimmt noch eine zweite von einem Nagel an der Wand. »Schaufel den Kot und das alte Fleisch auf und wirf es in deinen Eimer«, erklärt sie. »Ich nehme die Vorderseite und du die Rückseite. Wir treffen uns in der Mitte.«

Ich nicke und gehe zurück zu Löwenkäfig Nummer 5. Ich versuche so zu tun, als würde ich das jeden Tag machen. Ich blicke hinüber zu dem Flaschenzug, der die Metalltür zum Freigehege bewegt. Ich weiß, dass ich in Sicherheit bin, solange ich nicht daran ziehe. Dennoch fühlt es sich unheimlich an, in einer Zelle zu stehen, in der noch vor kurzer Zeit ein Löwe eingesperrt war. Ich schaue die Metalltür an. Zwischen der Tür und dem Boden befindet sich ein kleiner Spalt. Ich sehe vier Löwenbeine vorübergehen, so dicht, dass ich sie berühren könnte. Die Haare in meinem Nacken stellen sich auf wie kleine Antennen.

Von innen sieht der Käfig aus wie eine Gefängniszelle aus einem Comic. Es gibt eine lange Holzbank und das war's. Der Käfig ist gerade groß genug für ein Doppelbett. Ich stelle mir den Raum möbliert und mit Bildern dekoriert vor. Ich wünschte, ich könnte ihn herrichten, denn so, wie er ist, fühlt er sich kalt und leer an. Der Löwe, der hier drin die Nacht verbringen muss, tut mir Leid.

In der Ecke liegt ein Haufen Kot – er sieht aus wie ein extragroßer Hundehaufen – und am anderen Ende die Überreste von altem Fleisch, das wie rohes, vergammeltes Essen riecht. Ein herzförmiger Knochen liegt auf der Bank. Ich frage mich, von was für einem Tier er wohl stammt. Der Knochen fühlt sich auf meiner Kehrschaufel so schwer an wie ein großer Stein. Ich lasse ihn in den Eimer fallen. Der Eimer stinkt so schlimm, dass ich den Atem anhalten muss, wenn ich in der Nähe bin. Als Einfach-Carol und ich all die großen Stücke aufgekehrt haben, drehen wir einen schwarzen Schlauch auf und spülen den Rest in einen Ausguss in der abgesenkten Mitte des Betonbodens. Das Wasser schießt mit großem Druck heraus wie bei einem Feuerwehrschlauch. Dieser Teil der Arbeit macht mir großen Spaß.

Ich arbeite auch gerne mit Einfach-Carol zusammen. Sie zeigt mir, was ich tun muss, aber sie ist nicht so lehrerhaft dabei. Sie benimmt sich, als wären wir hier unter Gleichen – als wäre ich wirklich eine Person und nicht nur ein Kind. So ist meine Mutter nie. Die ist immer der Boss. Ihre Aufgabe ist es, meine Fehler herauszustellen, und was sie angeht, so gibt es Millionen davon. Ich habe schon Unrecht, bevor ich noch irgendetwas getan habe. Zunächst einmal sehe ich nicht richtig aus. Sie meint, dass ich meiner Tante ähnlich sehe. Und nach dem, was sie von meiner Tante hält, könnte sie genauso gut sagen, ich sehe aus wie ein großer Mitesser. Aber das stimmt nicht. Ich bin nicht hässlich, ich passe nur nicht in dieselbe hübsche kleine Schublade, in der sie und Ihre Hoheit und Kate stecken. Ich bin groß und dunkelhaarig. Ich habe braune Augen und dickes, dickes Haar, das einfach nicht in dem Haarschmuck bleiben will, den Kate und Ihre Hoheit tragen. Meine Nase hat einen Höcker und das ist auch noch was, was meine Mom richtig ärgert. Ich glaube, sie würde ihn abschleifen, wenn sie könnte. Ihre Hoheit und Kate haben beide kleine, mit Sommersprossen übersäte Nasen »so groß wie Rosenknospen«, wie mein Vater immer sagt.

Manchmal kauft meine Mom Kleider im Partnerlook für sich und für uns. Sie haben immer Puffärmel und Schärpen und Blumenmuster. Ich kann sie nicht ausstehen. Ich mag meine Flanellshorts und meine braune Karohose und meinen orangefarbenen Pulli mit all den Reißverschlüssen.

Als ich klein war, hat meine Mutter mir immer die alten Kleider von Ihrer Hoheit angezogen. Aber jetzt bin ich größer als Ihre Hoheit, deshalb geht das nicht mehr. Und das ist gut so, denn lieber würde ich Pisse trinken als die Kleider von Ihrer Hoheit Elisabeth zu tragen. Mein Vater sagt, Ihre Hoheit und ich haben eine normale »Geschwisterrivalität« und das Problem liegt darin, dass wir nur ein Jahr auseinander sind. Aber das ist nicht wahr. Auch wenn wir zehn Jahre auseinander wären, würde ich Ihre Hoheit Elisabeth immer noch hassen. Sie hätte sterben müssen, bevor ich geboren wurde, das wäre die einzige Möglichkeit gewesen, wie wir uns jemals vertragen hätten. Aber sogar dann würde ich nicht ihre Kleider tragen wollen.

Elisabeth versucht nie nett zu mir zu sein, aber ich

glaube, meine angebliche Mutter tut das manchmal. Die Sache ist nur die, dass sie es nicht kann. Sie sieht ein Unkraut, das auf dem Rasen wächst, und sogar wenn sie ihr bestes schwarzes Kleid trägt, kann sie es nicht lassen, sich darauf zu stürzen und es herauszurupfen. Und egal, was ich tue, ich werde für sie immer wie ein Unkraut sein: Ich bin ganz und gar falsch. Wenn ich den Tisch decke, lege ich zuerst die Gabeln hin. Ich bewahre meine Socken in der Schublade für die Jeans auf. Ich spüle im Sitzen ab. Ich esse in der Badewanne. Ich lese auf dem Fußboden. Ich schreibe mir Notizen auf die Hand oder manchmal auch auf mein Bein. »Das ist nicht die Art, wie die anderen Leute Sachen machen«, erklärt sie mir dann und schüttelt ihren Kopf, als wäre sie die Wächterin darüber, wie alles richtig gemacht wird.

Es fühlt sich komisch an, den Löwenkäfig mit Wasser auszuspritzen, ohne gesagt zu bekommen, dass ich es falsch mache. Ich warte darauf, diese Worte zu hören. Mein Rücken ist steif, um sich gegen sie zu wappnen, aber Einfach-Carol scheint nur ermutigende Geräusche von sich zu geben. »Hey, das ist gut, Ant! Das haben wir«, sagt sie. »Ich glaube, das war's schon.« Und plötzlich fühle ich mich, als könnte ich losheulen.

Wir sind jetzt fertig damit, die Käfige sauber zu machen. Einfach-Carol öffnet die Tür eines Kühlschranks, der an der Seitenwand des Löwenschlafhauses steht. Der Kühlschrank sieht so aus wie unserer zu Hause, nur dass innen keine Regale sind. Das Einzige, was sich darin befindet, ist ein riesiges Stück rohes Fleisch, das noch immer so aussieht wie die Kuh, die es einst war. Es wird mir ganz übel, wenn ich daran denke, während Einfach-Carol Stücke mit ihrem Messer absäbelt.

Als sie damit fertig ist, liegen ordentliche rote Fleischstücke auf dem Teller. Wir nehmen das Fleisch und das Schneidebrett mit nach draußen, damit wir den Rest unserer Arbeit im Sonnenschein erledigen können. Wir setzen uns auf eine Bank im Schatten einer großen Palme. Ich setze mich ganz vorsichtig hin, damit ich Pistachio nicht stoße.

Als ich es mir bequem gemacht habe, zeigt mir Einfach-Carol, wie ich ein kleines Loch in das Fleisch schneiden und eine weiße Pille darin verstecken muss. »Die Löwen bekommen Medikamente gegen Lepto . . . Leptospirose«, erklärt sie. »Wir stecken die Pillen in das Fleisch und dann füttert Mary-Judy die Löwen mit den Fleischstücken an einem langen Kebab-Spieß.«

»Oh«, sage ich und stecke eine Pille in einen Fleischwürfel. Ich glaube schon, dass ich es geschafft habe, da fällt die Pille an der anderen Seite wieder heraus und ich muss noch ein kleines Loch für sie schneiden. »Wie kommt es eigentlich, dass du hier jeden Samstag arbeitest?«, frage ich, als ich die Pille vom Boden aufhebe.

»In der Nähe von Tieren zu sein macht mir gute

Laune. Es hilft mir, die Dinge im richtigen Abstand zu betrachten. Es erinnert mich an die Zeit, als ich ein Kind war und Tierärztin werden wollte.«

Ich betrachte ihr krauses blondes Haar und ihre leuchtenden grünen Augen. Sie sieht heute jünger aus als sonst. Und sie sieht auch nicht aus wie eine Lehrerin. Wenn ich es nicht besser wüsste, würde ich denken, sie wäre eine ganz gewöhnliche Person.

»Warum bist du es dann nicht geworden?«

»Zu schwer«, antwortet sie.

»Wirklich?« Ich bin völlig verblüfft. Lehrer sagen nie, dass irgendetwas zu schwer ist. Lehrer reden immer so, als ob alles ganz leicht sein müsste. So als würde es mehr Spaß machen, einen zehnseitigen Geschichtsaufsatz zu schreiben als einen Tag am Strand zu verbringen.

»Ich bin nicht gut in den Naturwissenschaften«, sagt sie, während sie mit der Spitze ihres Messers eine Pille in das Fleisch steckt.

»Aber du bist doch eine Lehrerin«, gebe ich zurück.

»Ich bin Kunstlehrerin. Ich war ziemlich gut in Englisch, in Geschichte und natürlich in Kunst. Aber nicht in den Naturwissenschaften. Chemie . . .« Sie schüttelt den Kopf. »Vergiss es!«

Ich bin so erstaunt, dass ich aufhöre weiterzuarbeiten. Sie bemerkt das und sieht zu mir herüber. »Nicht jeder ist so schlau wie du, weißt du?«, sagt sie.

Das Lächeln kommt zu meinen Lippen, bevor ich es aufhalten kann. Aber sobald ich es dort fühle, dränge ich es zurück. Ich möchte nicht, dass sie weiß, wie froh ich bin. Aber dennoch hoffe ich, dass sie noch mehr dazu sagt. Mehr über mich und darüber, wie schlau ich bin.

»Das ist jedenfalls, was Sam Lewis sagt.«

»Der Neandertaler?«

Carol lacht ein seltsames Lachen, fast wie ein Schnauben. »Ich sollte wahrscheinlich froh sein, dass ich nur ›Einfach-Carol‹ bin und nicht etwas Schlimmeres. Auf jeden Fall . . . Sam Lewis hat gesagt, du hättest versucht deine Arbeit als Harrisons zu verkaufen. Er sagt, du hättest sogar versucht Harrisons merkwürdige Handschrift nachzuahmen.«

»Jetzt nicht mehr«, sage ich, als ich noch einen Klumpen Fleisch aufhebe.

»Ja, er sagte, er hätte mir dir darüber gesprochen und erreicht, dass du damit aufhörst.«

Ich beiße mir in das Fleisch unter meiner Lippe. Ich möchte ihr gerne sagen, dass das nicht wahr ist. Dass er nur glaubt, wir hätten damit aufgehört. Dass wir ihn überlistet haben. Dass wir jetzt unsere Zeugnisse tauschen. Aber ich weiß, das sollte ich nicht tun. Zwei Sachen sprechen gegen sie. Zum einen ist sie eine Lehrerin. Und zum anderen hat sie mich schon einmal verraten. Also sage ich nichts, während mich der Drang, vor ihr anzugeben, beinahe erwürgt.

»Wir wissen allerdings nicht, warum du es getan hast.«

Ich zucke mit den Schultern. Mein Gehirn klammert sich an dem »wir« fest. Der Neandertaler und Carol haben über mich gesprochen? Diese Vorstellung gefällt mir.

»Nein wirklich, Ant, warum?«

»Harrisons Vater mag es, wenn Harrison gute Noten bekommt«, antworte ich.

»Harrison ist nicht dumm – warum macht er nicht selbst seine Arbeit?«, fragt sie, während sie ihren letzten Fleischwürfel fertig macht.

Wieder zucke ich mit den Schultern. »Er zeichnet lieber.«

Sie seufzt und schüttelt den Kopf. »Und was ist mit dir? Sind deine Eltern, oder wie immer du sie auch nennst, denn nicht verärgert, wenn du schlechte Noten mit nach Hause bringst?«

»Sie sind daran gewöhnt.«

»Nun, und was denken sie jetzt, wenn du alle diese Einsen hast?«, fragt sie und mustert mich aufmerksam, so als läge die Antwort irgendwo in meinem Gesicht.

»Sie glauben, dass ich schlau bin«, sage ich und versuche bescheiden zu lächeln, während ich ihr geradewegs ins Gesicht sehe. Auch eine gute Lügentechnik. Sieh der anderen Person immer in die Augen. Sei nie die Erste, die den Blick abwendet.

»Das ist schön«, sagt sie, als ich spüre, wie sich etwas in meiner Tasche bewegt. Pistachio. Ich habe ihn ganz vergessen, aber jetzt wird er unruhig. Wir sind mit unserer Pillenaufgabe fertig. Das ist meine Chance. »Hör mal«, sage ich. »Ich muss mal aufs Klo.«

»Okay.« Sie nimmt den Teller mit den pillengefüllten Rindfleischstücken. »Die Toiletten sind am vorderen Ende des Löwengeheges. Sie sind ganz mit Zebrastreifen bemalt. Du kannst sie nicht verfehlen.«

Ich gehe zum Tor hinaus, steige in die Wanne mit dem Desinfektionsmittel und marschiere dann an der Löwenbeobachtungsstation vorbei zu den zebragestreiften Toiletten. Ich lächle still in mich hinein. Die Zoo-Teens-Geschichte macht wirklich Spaß! Aber dann sackt mir der Magen weg, als ich mich an das Gespräch erinnere, das ich am letzten Sonntag mit angehört habe. Sobald ich auch nur annähernd glücklich werde, schmeißt mein Dad seine Arbeit hin und wir ziehen wieder um.

Ich gehe um die Toiletten herum nach hinten. Dann schaue ich mich um, ob ich Tashi hier unbesorgt herunterlassen kann. Nein. Zu viele Kinder vorne am Löwengehege. Also gehe ich außen herum bis zur Seite des Geheges. Zwei Jahre ist eine lange Zeit, versucht mein Gehirn meinen Magen zu beruhigen. Und als wir nach Sarah's Road zogen, da hat er gesagt, es würde der letzte Umzug sein. Er sagte, hier würden wir für immer bleiben. Außerdem habe ich ihn doch gefragt, ob wir wieder umziehen, und er hat Nein gesagt.

Ich bin jetzt nahe bei den Löwen, aber eine sichere Strecke von Einfach-Carol und dem öffentlichen Teil des Zoos entfernt. Das scheint mir genau richtig und so setze ich Pistachio auf den Boden. Sofort krümmt er seinen Rücken und streckt die Nase und den Schwanz hoch in die Luft. Er sieht aus wie ein Paradepferd. Ich bin so glücklich zu sehen, dass er wieder ganz er selbst ist und herumstolziert, als wäre es eine supergeheime Beschäftigung für ihn, alles zu beschnuppern. Ich ziehe meine Jacke aus und werfe sie oben auf einen Strohballen. Ich fühle mich jetzt viel frischer. Es ist wirklich zu heiß für eine Jacke, vor allem, wenn man in der Sonne steht.

Ich setze mich auf den Strohballen und warte darauf, dass Pistachio sein Geschäft erledigt. Aber er ist so mit dem Schnuppern beschäftigt, dass er ganz vergisst zu pinkeln. »Los, pinkel schon!«, flüstere ich. »Wir haben nicht den ganzen Tag Zeit, weißt du?« Ich habe ihn schon einmal zu lange in meiner Tasche gelassen und er hat dort hineingepinkelt, die heiße Flüssigkeit ist mir die Beine hinuntergelaufen. Ich möchte auf keinen Fall, dass das noch einmal passiert. Ich schaue zur Sonne hinauf und frage mich, wie spät es wohl ist. Elf? Halb zwölf? Das ist nahe genug an der Mittagszeit, beschließe ich, nehme Pistachios winzige weiße Herzpille aus der Tasche und stecke sie ihm tief in den Rachen. Dann halte ich ihm das Maul zu und massiere seinen Rachen, so wie die Tierärztin es mir gezeigt hat. Schließlich setze ich ihn wieder ab. »Jetzt pinkel aber!«, zische ich ihn an, aber er ist so damit beschäftigt, an dem Strohballen herumzuschnüffeln, dass er mir keine Aufmerksamkeit schenkt. Er ist sehr gewissenhaft, was seine Schnüffelei betrifft. Eine kurze Nase voll ist bei weitem nicht genug. Er muss jeden Quadratzoll beriechen. »Na los, mach schon!«, sage ich.

»Hey, Ant!«, ruft Carol. Ihre Stimme klingt nah. Pistachio ist jetzt unten bei den Felsen, schnüffelnd bewegt er sich auf den Maschendraht zu. Ich frage mich, ob ich ihn wohl rechtzeitig erreichen kann, als ich erneut Einfach-Carol höre, diesmal noch näher. »Ant?«

Es gibt nichts, was ich tun könnte, außer zu hoffen, dass sie Pistachio nicht sieht. »Ja«, antworte ich.

»Was machst du denn?«, fragt sie mit ruhiger, freundlicher Stimme.

»Oh, ich habe nur die Löwen beobachtet«, antworte ich und nicke in ihre Richtung, weg von Pistachio. »Die sind aber faul.«

»Ein kleines Schläfchen, ein Sonnenbad, ein Schluck Wasser . . . ein hartes Leben, nicht wahr?«, sagt sie, als Junior, der männliche Löwe, eine der Löwinnen beschnuppert. Einfach-Carol ist ganz vertieft darin, sie zu beobachten, deshalb werfe ich schnell einen verstohlenen Blick in die andere Richtung, um zu sehen, wo Pistachio steckt.

»Bist du fertig?«, fragt Einfach-Carol. »Es ist Zeit zum Mittagessen. Mary-Judy mag es nicht, wenn wir zu spät kommen. Dann kriegt sie Angst, die Löwen könnten ein frühes Mittagessen bekommen haben und kommt mit ihrem Zoo-Truck hier heraufgebraust, um uns zu suchen.« Einfach-Carol lächelt.

»Okay«, sage ich. Ich werde ein Stückchen mit ihr gehen und ihr dann sagen, dass ich meine Jacke vergessen habe. Glücklicherweise habe ich die ja ausgezogen. Dann werde ich hierher zurückrennen und mir Pistachio schnappen. Ich werfe ihm noch einen verstohlenen Blick zu. Er ist jetzt da drüben ganz dicht am Zaun.

»Ich weiß, dass du dir ein Mittagessen mitgebracht hast, aber hast du auch etwas zu trinken dabei? Ich weiß nicht, wie es dir geht, aber ich bin ganz schön durstig«, sagt Einfach-Carol. Sie läuft mit schnellen Schritten. Ich gehe langsam und hoffe, dass sie auch langsamer werden wird. Aber das tut sie nicht. Sie geht mir voraus.

Wir entfernen uns weiter und weiter von Pistachio. Mein Herz hat sich in meinem Hals verklemmt und ich höre es laut in meinem Kopf schlagen. Ich schwitze große Tropfen. Ich werfe einen verstohlenen Blick zurück und sehe Pistachios braunen Körper ganz nahe am Maschendrahtzaun zu den Löwen. Die Löwen werden ihn auffressen, wenn er dort hineingeht. Dieser Gedanke trifft mich mit einem plötzlichen Schock, so als hätte ich meinen Finger in der Tür eingeklemmt. »Warte auf mich!«, flüstere ich. »Ich . . . ich habe meine Jacke vergessen.« Ich habe eine solche Angst, dass mein Hals ganz blockiert ist. Ich kann kaum sprechen. Ich renne zurück und hoffe, dass sie mir nicht folgt. Aber wenn sie das tut, kann ich jetzt auch nichts mehr dagegen machen. Pistachio ist zu nah am Zaun. Er ist so klein, er kann darunter hindurchschlüpfen. Ich laufe zurück bis dorthin, wo ich ihn zuletzt gesehen habe, aber ich kann ihn nicht mehr finden. Ich bleibe stehen und blicke mich um. Wo ist er nur? »Pistachio!«, rufe ich durch meine blockierte Kehle hindurch. Dann höre ich sein hohes Jaulen und sehe aus meinem Augenwinkel die plötzliche aufgeregte Bewegung seines kleinen Körpers. Ich drehe mich um. Dort ist er. Da drinnen bei den Löwen. Sein kleiner Schwanz ist steil in die Luft gestreckt und er bellt sie an.

Ein Nilpferd-Eid

Zunächst beachten die Löwen ihn nicht weiter. Sie sind zu sehr mit ihrem Sonnenbad beschäftigt, um ihn zu bemerken. Vielleicht denken sie, dass Pistachio ein künstlicher Hund ist oder dass er zu klein ist, um sich mit ihm zu befassen. Ich bin jetzt schon fast am Zaun. »PISTACHIO! KOMM! KOMM!« Ich schlage mir mit der Hand auf mein Bein.

Pistachio ignoriert mich. Er springt herum und bellt aus vollem Hals. Er fordert sie auf ihn zu holen. Er fordert sie zum Kampf heraus. Da plötzlich wird eine Löwin auf ihn aufmerksam. Ihr ganzer Körper spannt sich an. Eine Welle von Energie durchströmt sie. Sie duckt sich und springt, alles in einer einzigen glatten Bewegung.

»PISTACHIO!«, brülle ich, stecke meinen Arm unter dem Zaun hindurch und versuche ihn zu greifen. Meine Finger streifen sein struppiges Fell, aber ich bekomme ihn nicht zu fassen.

»Was? Was? Bist du verrückt?«, brüllt Einfach-Carol. Ich höre ihre Gummistiefel auf mich zustampfen.

Ich liege flach im Staub, meinen Arm so weit unter dem Zaun hindurchgestreckt, wie ich kann. »PISTA-

CHIO! PISTACHIO!«, rufe ich. Der Maschendraht reißt mir den Arm auf. Ich versuche noch näher an Pistachio heranzukommen. Wieder berühre ich sein drahtiges Fell, versuche ihn zu packen, aber er springt außer Reichweite. Einfach-Carol zieht an meinem anderen Arm. »NIMM DEINEN ARM DA RAUS!«, brüllt sie.

»LASS MICH LOS!«, schreie ich zurück. Jetzt ist die Löwin da. Schnell wie der Blitz hat sie die Entfernung zurückgelegt. Sie lässt ein Angst erregendes Brüllen hören und saust durch die Luft. Pistachio bellt und bellt und bellt. Ich kneife die Augen zu und reiße meinen Arm zurück ohne auch nur darüber nachzudenken. Ich kann einfach nicht anders. Es ist die reine Angst. Dann zwinge ich mich meine Augen wieder zu öffnen. Oh, mein Gott! Sie hat ihn gefressen. Ich höre ein schreckliches Geräusch, so als ob jemand schluchzt oder stöhnt. Das bin ich selbst. Ich will ihn wiederhaben. Ich muss ihn wieder im Arm halten, dafür würde ich alles tun. Dann fühle ich, wie etwas an meinem Stiefel kratzt. Ich blicke hinunter und da ist er. Er keucht schwer, wedelt mit seinem Schwanz mit einer Geschwindigkeit von einer Million Meilen pro Stunde und sieht mich so gespannt an, als hätte er soeben großen Spaß gehabt.

»Du lieber Gott!«, sagt Einfach-Carol.

Ich nehme Pistachio auf den Arm und drücke ihn fest an mich. Ich werde ihn nie wieder loslassen. Ich sauge seinen Hundegeruch ein, er duftet nach brennenden Blättern. Mit seiner kleinen nassen, rauen Zunge leckt er meinen Finger. Die Löwin beobachtet ihn noch immer. Sie läuft auf der anderen Seite des Zaunes auf und ab. Auf und ab. Auf und ab. Mir läuft es kalt über den Rücken. Mein ganzer Körper fühlt sich steif an, so als wäre ich hart gefallen. Und mein Arm blutet ein bisschen, dort, wo ich ihn am Maschendraht aufgekratzt habe.

»Was zum Teufel hast du gemacht?«, fragt Einfach-Carol.

Ich antworte nicht. Ich fühle mich gerade nicht in der Lage, es zu erklären. Ich glaube nicht, dass mein Mund mir gehorchen würde. Alles, was ich weiß, ist, dass Pistachio hier bei mir ist. Ich streichle sein Fell. Er rollt seinen Körper gegen meinen und leckt meine Hand von allen Seiten ab, so als wäre sie schmutzig und er müsste sie sauber machen. Er scheint stolz auf sich zu sein. Dafür würde ich ihn hassen, wenn ich nicht so froh darüber wäre, dass er in Sicherheit ist. Ich zittere, so dankbar bin ich, dass alles in Ordnung mit ihm ist.

Einfach-Carol beobachtet mich. Sie ist sehr still.

Ich hole meine Jacke, ziehe sie an und stecke Pistachio wieder in die Tasche.

»So«, sagt sie. Sie rührt sich nicht. Blinzelt nicht. Sie ist so still, dass ich mich frage, ob sie überhaupt atmet. Aber dann sehe ich, dass ihre Augen wütende Funken sprühen. »Er ist also den ganzen Morgen über da drin gewesen«, erklärt sie mit harter, dünner Stimme.

Jetzt geht sie und auch meine Beine bewegen sich. Wir gehen nach vorne, steigen in die Wanne mit dem Desinfektionsmittel und laufen hinunter zum öffentlichen Teil des Zoos, durch das Schild mit der Aufschrift: »Kein Zutritt. Lebensgefahr!« Einfach-Carol sagt nichts weiter. Ich werfe ihr einen verstohlenen Blick zu und frage mich, was nun wohl geschehen wird. Ihr Gesicht ist ausdruckslos, nur ihre Zähne verraten sie. Sie knirschen, während wir gehen.

Wir erreichen jetzt den großen Futterraum und den Raum mit den Schließfächern. Harrison sitzt mit Mary-Judy und drei Wärtern an einem Picknicktisch direkt vor der Küchentür.

Ein Khakimann geht hinter uns her. »Hey, was war denn das für eine Aufregung drüben bei den Löwen?«, fragt er.

»Was für eine Aufregung?« Mary-Judys Hand erstarrt, das Wachspapier ihres Sandwiches fest umklammert.

»Ich weiß es nicht . . . Es hat sich angehört, als ob vielleicht ein Wärter bei ihnen drin war.« Der Mann lacht.

»Ja«, sagt Einfach-Carol. »Das war Peggy. Sie ist hinter einem Eichhörnchen her auf einen Baum geklettert. Das war wirklich was!« Einfach-Carol lächelt.

»Oh, ist das alles?« Mary-Judy entspannt sich. »Hat sie es erwischt?«

»Nein. Es ist auf einen hohen, dünnen Ast geklettert, wohin Peggy ihm nicht folgen konnte.«

»Auf einen Baum gejagt, huh? Nun, dann ist es nur eine Frage der Zeit. Diese Peggy, die ist gut. Ich habe einmal gesehen, wie sie den halben Maschendrahtzaun hochgeklettert ist, um ein Eichhörnchen zu erwischen. Ich war zu Tode erschrocken. Hinterher habe ich dem Wartungsdienst gesagt, sie sollen das ganze Gehege oben doppelt bespannen.«

»Nun, solange du es nicht bist, die oben auf diesem Baum hockt, Mary-Judy . . .« Der Mann lacht.

»Wenn ich es einmal bin, dann wirst du der Erste sein, der davon hört, Joe.« Mary-Judy nimmt eine Banane aus ihrer Tüte.

»Wenn wir dich verlieren, dann bekomme ich dein Radio«, sagt eine große, dünne Khakidame. Sie nimmt einen langen Zug von ihrer Zigarette.

»Schätzchen, wenn ich fort bin, dann kannst du alles haben. Sogar meine Unterwäsche«, gibt Mary-Judy zurück.

»Harrison.« Einfach-Carol winkt ihn zu sich. Harrison springt auf und kommt zu uns herüber.

»Wascht euch die Hände und zieht euch die Schuhe an. Wir fahren nach Hause«, flüstert sie mit einer gemeinen Stimme, so wie sie mit Kindern redet, die sie nicht leiden kann.

»Warum denn?«, fragt Harrison.

»Frag das deine Freundin hier. Sie wird es dir erzählen.« Einfach-Carol nickt zu mir herüber.

Harrison verzieht das Gesicht.

»Hey, Carol, was ist los?«, fragt Mary-Judy.

»Es tut mir Leid, Mary-Judy, aber ich glaube, Ant muss jetzt nach Hause. Ein ganzer Tag ist ein bisschen viel für das erste Mal. Ich werde die beiden nach Hause bringen, dann komme ich wieder.« Einfach-Carol sagt das so ruhig wie nur irgendetwas.

»Du stiehlst mir also meine Helfer, he? Wo ich sie doch gerade erst angelernt habe.«

»Es tut mir Leid, Mary-Judy«, sagt Einfach-Carol.

»Und du bist also ganz erschöpft, he?«, fragt mich Mary-Judy.

Ich nicke. Ja, ich bin müde, stelle ich durch das dumpfe Dröhnen meines Kopfes hindurch fest. Aber ich fühle mich auch schuldig. Warum muss denn Harrison auch nach Hause fahren? Das ist nicht fair.

Wir verlassen das Gebiet mit dem Schild »Kein Zutritt«. Ich höre das Geräusch von Harrisons Turnschuhen und von Einfach-Carols Gummistiefeln, die auf den Boden klatschen, wenn sie läuft. Ich rieche die großen Eukalyptusbäume und trete auf die Eicheln. Die Gibbons sind jetzt still, aber die Aras machen ein Höllenspektakel. Es hört sich so an, als würden sie sich über irgendetwas streiten. Eine Frau schiebt ihr Kind in einem von den Sportwagen, die man im Zoo mieten kann. Er rumpelt wie ein alter Einkaufswagen.

Einfach-Carol spricht kein Wort. Harrison blickt durch seine zerzausten Haare hindurch zu mir herüber. Er möchte wissen, was passiert ist, aber ich fühle mich zu elend, um es zu erklären.

Es ist ein langer Weg bis zum Auto mit Einfach-Carol und ihrem Schweigen und mit Harrison und seinem enttäuschten Gesicht. Aber schließlich haben wir es geschafft. Einfach-Carol angelt die Schlüssel aus ihrer Tasche und schließt die glänzenden Türen auf. Ich schnalle den Sicherheitsgurt um mich und um Harrison. Dann gibt sie mir Saures: »Warum in Gottes Namen hast du also diesen Hund den ganzen Morgen über in deiner Tasche versteckt? Was hast du denn mit diesem Kunststückchen bezweckt? Hast *du* geplant deinen Hund an die Löwen zu verfüttern oder war das seine eigene Idee?«

Ich nehme Pistachio aus meiner Tasche und setze ihn mir auf den Schoß. Harrison saugt die Luft ein. »Ist alles in Ordnung mit ihm?«, fragt er und lässt seine Hand über Tashis Kopf und seinen Rücken gleiten. Ganz vorsichtig berührt er Tashi, so als sei er aus Sand geformt.

»Bist du verrückt? Ich würde Pistachio niemals wehtun. Niemals! Er glaubt einfach, er wäre ein ganzes Stück größer, als er wirklich ist, das ist alles. Er ist einfach richtig mutig.«

»Ob *ich* verrückt bin?«, fragt Einfach-Carol. »*Ich* bin ja nicht diejenige, die ihren Arm in das Löwengehege gesteckt hat.«

Harrison krault Pistachio hinter seinen kleinen dreieckigen Ohren.

»Nicht nur das«, fährt sie fort und zählt meine Sünden an ihren Fingern auf. »Du hast das Leben deines Hundes aufs Spiel gesetzt. Um gar nicht zu erwähnen, dass du auch mich geopfert hättest. Es bedeutet mir wirklich viel, hier als Freiwillige zu arbeiten, und ich habe mich weit aus dem Fenster gelehnt, damit ihr beide mitkommen konntet. Und dann . . .«, jetzt ist sie bei Finger Nummer vier angekommen, ». . . dann hättest du auch Mary-Judy in große Schwierigkeiten bringen können, denn sie ist für uns verantwortlich. Aber das ist dir wohl auch egal. Und dass du auch Harrison hier seine Chance verdorben hast, hast du daran überhaupt gedacht?« Das ist Finger Nummer fünf: Carols Daumen.

Ich blicke hinüber zu Harrison. Seine Schultern sind nach vorne eingezogen. Er sieht so aus, als wünschte er, er könnte verschwinden. Ich glaube nicht, dass er sauer auf mich ist. Aber er hasst Streit, besonders zwischen mir und Einfach-Carol. Er mag uns beide viel zu sehr.

»Ich musste Pistachio einfach mitbringen, das musste ich tun«, sage ich.

»Das musstest du? Warum denn?«

»Er ist herzkrank. Er muss regelmäßig seine Pillen nehmen. Die Tierärztin hat gesagt, dass ich ihm dreimal am Tag eine Pille geben muss und dass ich keine auslassen darf. Und du hast gesagt, wir würden den ganzen Tag über hier sein. Wie hätte ich ihm denn sonst heute Mittag seine Pille geben können?«

»Weißt du, wie lächerlich das klingt?«

»Es ist wahr.«

Sie stöhnt und schüttelt den Kopf. »Bestimmt hätten deine Mutter oder eine von deinen Schwestern ihm seine Pille geben können.«

»Sie wissen nicht, dass ich bei der Tierärztin war.«

Einfach-Carol hält das Steuerrad mit beiden Händen fest umklammert, dann dreht sie sich zu mir um. »Sag mal, bist du auch irgendwann mal ehrlich bei irgendetwas? Es scheint so, als wäre alles, was du sagst, entweder ein großes Geheimnis oder eine glatte Lüge. Was hast du denn davon?«

Ich antworte nicht. Das ist eine von diesen Fragen, die einen in noch größere Schwierigkeiten bringen, wenn man versucht sie zu beantworten.

Einfach-Carol lässt den Wagen an. Wir fahren zum Zoo hinaus und auf die Hauptstraße. Ich sehe wieder zum Fenster hinaus auf die braunen, grasbedeckten Hügel, aber jetzt hasse ich sie. Ich wünschte, sie wären ganz mit Häusern und Beton bedeckt wie an all den anderen Orten, wo ich gelebt habe.

Einfach-Carol beachtet mich nicht. Ich bin wütend. Ich denke mir nicht grundlos Lügen aus. Ich verbiege nur die Wahrheit ein bisschen, wenn sie mir in die Quere kommt. Was ist denn daran so schlimm? Mein Mund formt diese Worte, aber es kommt kein Laut heraus. Weil ich Pistachio beinahe verloren hätte, bin ich so zittrig, dass alles in mir sich verdreht anfühlt. Und ich fühle mich richtig mies wegen Harrison. Ich blicke zu ihm hinüber. Er hat Pistachios ganzes Fell mit seinen Fingern glatt gekämmt.

Einfach-Carol fährt schnell. Wir sind jetzt schon an all den braunen Hügeln vorbei und nähern uns rasant dem Ortsrand von Sarah's Road. Wir fahren an Freds Laden mit natürlichem Räucherwerk vorbei, an der Tankstelle mit dem großen Schild »Smog-Bescheinigungen« und am Secondhandladen. Zum ersten Mal wünsche ich mir, es wäre mehr Verkehr. Einfach-Carol braucht Zeit, um sich zu beruhigen. Ich wünsche mir, dass sie etwas sagt, aber offensichtlich hat sie genug geredet.

»Aber es *gab* einen Grund«, sage ich, als wir an Albertsons Markt vorbeifahren, der direkt neben Marion Margos Ballettschule liegt, wo Elisabeth und Kate hingehen. Ich schaue nach draußen, ob Mrs MacPhersons Auto dort steht. Aber es ist nicht zu sehen.

»Einen Grund? Einen Grund wofür?«

»Dafür, dass ich meine Mutter nicht bitten konnte Pistachio eine Pille zu geben.«

Sie seufzt. »Und was für ein Grund war das?«

»Wenn sie es rauskriegen würde, würde sie mich umbringen. Sie meint, dass Tierärzte zu teuer sind. Sie sagt, das ist wie Geld durch den Ausguss zu kippen.«

»Also hast du ihn selber hingebracht.«

»Ja.« Wir kommen am Antiquitätenladen vorbei, an dem ein Schild hängt: »Bin in fünf Minuten wieder da.« Das steht schon auf dem Schild, so lange wir hier leben. Mein Vater sagt, das sind die längsten fünf Minuten in der Geschichte.

»Wie bist du hingekommen?«

»Ich bin zu Fuß gegangen.«

»Und womit hast du bezahlt?«

Diese Frage kommt überraschend für mich. Das ist die Schwierigkeit mit der Wahrheit. Eine wahre Antwort führt zur nächsten und ganz schnell hat man alles erzählt.

»Ich habe nicht bezahlt. Sie wollten mir eine Rechnung schicken und ich habe meine Adresse nicht ganz richtig aufgeschrieben.«

»Du weißt, dass das gegen das Gesetz verstößt. Das ist so, als würdest du die Tierärztin bestehlen.«

»Dabei geht es doch nicht ums Geld. Tierärzte haben Mitgefühl. Sie legen einen Hippopotamus-Eid ab, also diesen Nilpferd-Eid, wenn sie Tierarzt werden, und darin schwören sie, dass sie ihr Bestes tun, um Tieren zu helfen, die sie brauchen.«

»Einen hippokratischen Eid«, sagt sie. »Du hast also heute deinen Hund – wie heißt er noch . . .?«

»Pistachio.«

»Also du hast Pistachio mitgebracht, damit du ihm seine Herzpille geben konntest.«

»Ja.«

Wir sind jetzt bei mir zu Hause angekommen. Der Vorgarten war völlig voller Unkraut, als wir hier einzogen, aber meine Mutter hat hart gearbeitet, um ihn schön zu machen. Mr MacPherson sagt, sie soll sich nicht so viel Mühe machen, das Haus ist doch nur gemietet. Aber meine Mom kann es nicht ausstehen, wenn die Dinge unordentlich sind. Ich öffne die Autotür, aber ich steige nicht aus. »Was ist denn nun mit nächstem Samstag?«

»Ich glaube nicht«, antwortet Einfach-Carol.

»Oh, hör mal, ich habe doch nur auf meinen Hund Acht gegeben.«

Einfach-Carol schaut aus dem Fenster. Ihre Augen blicken ins Leere. »Weißt du, du lebst in deiner eigenen kleinen Welt mit deiner eigenen verdrehten Logik. Aber das Schlimme daran ist, dass du dabei nur an dich denkst. Nicht an die Tierärztin. Nicht an mich. Nicht an Mary-Judy. Nicht einmal an deinen Hund . . . Peanut oder wie immer er heißt. Heute ist er beinahe bei lebendigem Leib aufgefressen worden.«

»Aber das ist er nicht«, gebe ich zurück. »Ich habe ihn gerettet.«

»Du hast ihn nicht gerettet, du hast nur großes Glück gehabt. Sehr großes Glück. Du hättest deinen Arm *und* deinen Hund verlieren können.« Sie stößt Luft aus. »Und deswegen ist es zu unsicher, dich mit in den Zoo zu nehmen.«

Damit hat sie Recht. Pistachio hätte getötet werden können. Ich drücke ihn eng an mich, um diesen Gedanken abzuwehren. »Aber warum hast du mich dann vor Mary-Judy gedeckt?«, frage ich, als ich aus dem Auto steige.

»Ich habe dich nicht gedeckt. Ich habe *mich* gedeckt«, antwortet sie, als sie die Zentralverriegelung bedient und der kleine Knopf nach unten springt. »Und Harrison.«

»Tschüss, Harrison«, sage ich, aber Carol lässt das Beifahrerfenster hoch, so dass er mich nicht hört. Ich bin ausgesperrt.

Als sie fort sind, presse ich Pistachio gegen meine Wange. »Es tut mir Leid«, sage ich. Er leckt mit seiner rauen Zunge meine Augenbraue ab. Er ist nie böse auf mich. Niemals. Hunde sind besser als Menschen. Das sind sie wirklich!

Dinner bei den MacPhersons

Mein Dad ist den Samstag und den halben Sonntag über zu Hause, dann muss er zurück nach Atlanta. Zwar gibt es nicht unser übliches Festmahl, denn er ist nur eine Woche fort gewesen. Dennoch bereitet meine Mom ein besonderes Dinner vor. Sie kocht ein Fleischgericht, das viel zu orange aussieht, wie Day-Glo, die Leuchtfarbe dieser Westen, die die Männer an den Autobahnbaustellen tragen. Ich kann mir nicht vorstellen, dass Lebensmittel so eine Farbe haben sollen. Und ich denke, Kate kann das auch nicht glauben. Es ist ihr bereits gelungen, meine Mutter dazu zu bewegen, dass sie ihr eine Extraportion Reis und nur ein kleines Fleckchen von dem orangefarbenen klebrigen Zeug an die Seite gibt.

Ich bin in der Küche. Dad, Elisabeth und Kate sitzen am Tisch und warten.

»Mom, könntest du das orangene Zeug bitte an die Seite tun?«, frage ich so freundlich, wie ich nur kann.

»Das orangene Zeug?«

»Das Beef . . . wie nennst du es?« Ich sollte sie besser nicht wütend machen, sonst ruiniert sie meinen Reis, indem sie dieses Zeug darüber kippt.

»Beef à l'orange«, antwortet sie.

»Es sieht wunderbar aus, Mom.« Ich lächle süßlich. »Aber könntest du es an die Seite tun ... bitte?«

Meine Mutter starrt mich böse an. Wir wissen beide, dass ich nur freundlich bin, damit sie das tut. Aber sie ist wütend. Und ich bin mir nicht sicher, warum. Vielleicht ist es wegen dem, was letzte Woche Dienstag in Mr Borgdorfs Büro passiert ist. Oder wegen irgendetwas anderem. Sie ist immer wegen irgendetwas sauer auf mich. Ich bin immer ein Stein in ihrem Schuh.

Meine Mutter schüttet das orangefarbene klebrige Zeug an die Seite.

»Danke«, sage ich und trage meinen Teller zum Tisch.

»Daddy?«, fragt Elisabeth.

»Ja, mein Schatz.«

»Hast du heute Golf gespielt?«

»Nein, mein Liebling, ich hatte den ganzen Tag Besprechungen.« Er lächelt sie an, als wäre dies die netteste Frage, die ihm jemals irgendjemand gestellt hat. Merkt er denn gar nicht, dass sie ihm nur um den Bart geht?

»Daddy?«, fragt Kate. »Bist du denn *gestern* dazu gekommen, Golf zu spielen?«

Mein Dad lächelt Kate an. »Nein, meine Süße. Gestern musste ich auch arbeiten. Aber bald werde ich hoffentlich nicht mehr so viel arbeiten müssen.«

»Warum denn?«, fragt Elisabeth. Ihr Hals ist steif, ihre Augen wachsam.

»Ich rücke nur meine Prioritäten zurecht, das ist alles.« Mein Dad legt sich die Serviette auf den Schoß.

»Was soll denn das heißen?«, fragt Elisabeth. Dasselbe frage ich mich auch.

»Daddy, weißt du was? Im Ballettunterricht durfte ich eine Pirouette drehen«, sagt Kate.

Mein Vater streut Salz auf sein Rindfleisch. »Wenn du Sachen machst, die ich nicht einmal aussprechen kann, dann ist das schon was«, sagt er.

Meine Mutter lacht.

»Und was ist mit dir, kleine braune Eichel?« Mein Vater nimmt sich ein Stück Brot und streicht Butter darauf. Sein Handy klingelt. Er zieht es aus seiner Hemdtasche und lässt es aufschnappen. »Don MacPherson.«

Dann hört er eine volle Minute lang zu. Es ist ganz still, bis auf das Geräusch, mit dem meine Mutter ihr Fleisch schneidet. »Ja, Dave. Weißt du, ich habe mich eben mit meiner Familie zum Abendessen hingesetzt. Könnte ich dich zurückrufen? Uh-huh. Hör mal, Dave. Ich weiß ganz sicher, dass sie im September auf ihre Zahlen gekommen sind. Vielleicht waren sie nicht ganz vorne dran, aber . . . Schon gut. Ich habe sie jetzt gerade nicht vor mir. Könnte ich dich nach dem Essen zurückrufen?«

»Tut mir Leid, Liebling«, sagt mein Vater. Er lässt sein Handy zuschnappen und wieder in seine Tasche gleiten. Sein Mund lächelt, aber er macht ein langes Gesicht.

Manchmal wünsche ich mir, ich würde mit meinem Vater zusammenarbeiten. Ich war schon mal in seinem Büro, aber da stehen nur Schreibtische und Computer und Telefone und solche Sachen. Ich verstehe nicht, was daran so wichtig sein soll. Mir scheint das alles ziemlich langweilig.

»Was wollte Dave denn?«, fragt meine Mutter.

»Vergiss doch Dave! Ich werde mir nicht das Essen durch ihn verderben lassen. Hier sitze ich mit meiner Frau, die nun mal die wunderschönste Frau auf der ganzen Welt ist. Da kannst du sicher sein. Das ist sie ... Und mit meinen schönen, anmutigen und klugen Töchtern.« Er lächelt uns an. Ich mag es, wie er das sagt. Es fühlt sich so an, als ob er uns alle drei gleich doll lieb hat. »Meine Töchter werden berühmte Ballerinas werden. Oh ja, ja, das werden sie!«

»Und was ist mit Antonia? Antonia wird keine berühmte Ballerina«, erwidert Kate.

»Was?« Mein Vater wirkt erschrocken.

»Antonia«, wiederholt Kate. »Sie wird keine berühmte Ballerina werden.«

Elisabeth schnaubt.

»Elisabeth!«, sagt meine Mutter.

»Antonia, ja ... nun ja ... sie ist etwas Besonderes, nicht wahr?« Er nickt mit dem Kopf und saugt seine Lippen ein, als würde er darüber nachdenken. »Antonia wird einmal ... sie wird einmal eine ...«

Er hebt sein Weinglas hoch in die Luft. Es glitzert in einem Lichtstrahl. Er blickt mich an und zwinkert. »Sie wird einmal eine . . .«

Es fühlt sich an, als würde sich das spitze Ende eines Bleistifts in meine Brust bohren. Je länger die Pause anhält, desto tiefer dringt die Spitze. Ich blicke hinunter auf die Platzdecke aus Plastik, die sich an einer Ecke nach oben rollt.

»Antonia wird einmal . . .« Er stößt sein Glas erneut in die Luft, als könnte der Schwung ihm dabei helfen, dies durchzustehen.

». . . eine jugendliche Straftäterin«, schlägt Elisabeth vor.

Der Kopf meines Vaters fällt nach hinten und er lacht laut und heftig. Nicht weil er glaubt, die Antwort wäre lustig, sondern weil Elisabeth ihn gerettet hat und er sich jetzt selbst decken muss.

Meine Lungen fühlen sich flach an, so als würde ich keine Luft mehr hineinbekommen, egal, wie angestrengt ich atme. Er hat nicht einmal genug über mich gewusst, um zu raten. Er hat nicht einmal genug gewusst, um zu lügen.

Er nimmt einen Bissen von seinem orangenen Fleisch. »Es ist wunderbar, mein Schatz«, sagt er.

»Ich werde Zoowärterin«, sage ich. »Vielmehr bin ich das schon.«

»Oh ja, der Zoo ist ein guter Ort für dich, Antonia«, sagt meine Mutter.

Ich blicke ihr direkt ins Gesicht.

»Weil du doch Tiere liebst, meine ich.« Meine Mutter lächelt ihr süßes, falsches Lächeln. Meine Mutter liebt es, Gemeinheiten ins Gespräch zu schmuggeln und hinterher so zu tun, als hätte sie es nicht so gemeint.

»Tatsächlich habe ich auch schon einen Job im Zoo«, sage ich.

»Das hast du nicht«, entgegnet Kate.

»Doch, das habe ich«, gebe ich zurück. »Ich bin eine echte Zoowärterin. Ich darf dahin gehen, wo niemand außer den echten Zoowärtern hingehen darf. In die Löwenkäfige und solche Sachen.«

Ich erzähle nichts davon, wie der Löwe sein Revier markiert hat, denn meine Mutter würde das bestimmt ekelhaft finden und dann lässt sie mich vielleicht nicht wieder hinfahren. Aber ich werde wohl sowieso nicht wieder hinfahren, so wütend, wie Einfach-Carol ist. »Heute durfte ich eine Giraffe füttern«, erzähle ich. »Sie hat meine Hand abgeleckt.«

»Das ist ja widerlich!«, sagt Elisabeth.

»Das hast du also gemacht«, sagt Kate. Sie rollt mit den Augen und klimpert mit den Lidern. »Und ich habe zehn Millionen Dollar auf meinem Bankkonto.«

»Sag es ihnen, Mom. Sag ihnen, dass ich im Zoo war! Ich hatte Gummistiefel an und ein richtiges Hemd und all so was.«

»Nun, ich *hoffe*, dass du ein Hemd getragen hast«, sagt Elisabeth.

Mr MacPherson lacht sein kurzes, lautes Lachen.

»Nein, ein *Tierpfleger*-Hemd.«

»Nun, hoffentlich kannst du es behalten«, sagt Kate. »Und dein Tierpfleger-Hemd immer schön pflegen.« Sie sieht meinen Dad und meine Mom an. Sie ist ja so stolz darauf, dass ihr das eingefallen ist.

Mr und Mrs MacPherson lachen beide. Er kurz und laut. Ihr Lachen ist mehr ein Kichern.

Ich hasse es, dass sie das tun. Ich würde am liebsten so laut ich kann HALT brüllen. »Wollt ihr es sehen? Ich kann es euch zeigen.« Ich stoße meinen Stuhl vom Tisch zurück. Niemand achtet auf mich. Sie sind viel zu sehr mit ihren Scherzen beschäftigt.

Ich renne hinauf in mein Zimmer und komme mit Mary-Judys Hemd zurück. Auf einem Abzeichen an der Seite steht »Ziffman Park Zoo«. Es besteht kein Zweifel daran, dass es echt ist.

»Seht ihr«, sage ich, noch ganz außer Atem davon, dass ich die Treppe hinauf- und wieder hinuntergerannt bin. Ich halte das Hemd in die Höhe und wedele damit vor ihren Nasen herum. »Diese Hemden geben sie nur den richtigen Wärtern, *die bezahlt werden.*« Ich weiß nicht, warum ich das hinzufüge, aber irgendwie muss ich das tun.

»Ich dachte, das wäre ein Schulausflug. Du wirst bezahlt?«, fragt meine Mutter.

»Ja, das werde ich«, antworte ich. Ich blicke ihr direkt in die Augen.

»Wie viel bekommst du denn?«, fragt mein Vater.

Jetzt habe ich sein Interesse gewonnen. Er mag Dinge, die Geld bringen.

Wie viel ist wohl glaubwürdig, frage ich mich. Zehn Dollar? Zu viel. Zwei Dollar? Nicht eindrucksvoll genug. »Fünf Dollar die Stunde«, antworte ich.

»Wirklich?« Er fuchtelt mit seiner Gabel voller orangefarbenem Fleisch in der Luft herum.

»Du wirst nicht bezahlt«, sagt Kate. »Ich weiß, wie viel Geld du hast.«

»Ich bin noch nicht bezahlt worden«, gebe ich zurück. »Ich habe heute erst angefangen.«

»Ich glaube dir nicht«, sagt meine Mutter und tupft sich die Mundwinkel mit ihrer Serviette ab.

»Und was gibt es sonst noch Neues?«, frage ich.

»Oh, hör mal, mach das nicht zu *meinem* Problem.«

Ich zucke mit den Schultern, aber ich sage nichts. In einer Auseinandersetzung ist es immer besser, wenn die andere Person sich aufregt und man selbst ruhig bleibt, so als könnte man nicht verstehen, was sie so aus der Fassung bringt.

»Nun, weißt du, mein Liebling«, sagt mein Vater. »Vielleicht haben sie ja einen Grund, warum sie diese Kinder bezahlen. Es ist billige Arbeit. Den Kindern müssen sie keine Sozialabgaben zahlen und sie müssen auch nicht davon leben. Es muss nur gerade genug sein. Mehr wie ein Taschengeld.«

»Ich bezweifle es, Don. Es gibt Gesetze gegen Kinderarbeit, weißt du . . .?«, sagt meine Mutter.

»Gesetze . . .«, schnaubt mein Vater. »Wo ein Gesetz ist, da ist auch ein Schlupfloch. Das ist Murphys Regierungsgesetz, Evelyn.«

Meine Mutter lacht. Sie hebt die Hände, so als würde sie sich ergeben. »Schön«, sagt sie. »Wenn du deinen ersten Scheck bekommst, dann würde ich ihn gerne sehen, Antonia.«

Liebe richtige Mom,

ich möchte gar nicht Zoowärterin werden, wenn ich groß bin. Und ich werde auch nicht dafür bezahlt, dass ich im Zoo arbeite. Ich weiß, dass du das weißt. Aber das ist okay, denn es ist nur eine kleine Notlüge. Kleine Notlügen muss man erzählen, um in Sicherheit zu bleiben. Das ist so, wie wenn die Chamäleons die Farbe wechseln, um sich zu tarnen, damit ihre Feinde sie nicht fressen. Niemand findet, dass das eine Lüge ist. Alle finden das völlig in Ordnung, denn wie könnten sie sonst überleben?
Ich weiß, dass du mich verstehst. Und ich weiß, dass jemand wie Einfach-Carol das nie tun wird. Sie meint, ich sollte erzählen, dass ich sehr gut in der Schule bin, besonders in Mathe. Jemand wie Einfach-Carol glaubt, es wäre so einfach, das zu sagen. Sie glaubt, dass es allen Sinn der Welt macht, auf diese Weise ehrlich zu sein. Aber jemand wie Einfach-Carol versteht einfach nicht, dass man nicht die ganze Zeit herumrennen und die Wahrheit sagen kann.

Damit muss man vorsichtig sein. Man darf die Wahrheit nicht an Leute verschwenden, die sie nicht verstehen.

In Liebe,
Ant und Pistachio

Die Postkarte

Es ist Mittwochabend und ich telefoniere mit Harrison.

»Du musst deine Mom fragen, ob du zu mir kommen darfst. Du *musst.* Wir haben etwas zu tun«, sagt Harrison.

Elisabeth nimmt unten in der Diele den Hörer ab. »Hört mal, *Kinder«,* sagt sie. »Legt auf! Ich habe einen wichtigen Anruf zu machen.«

»Ich verstehe immer noch nicht, was wir bei dir machen müssen«, sage ich und beachte Elisabeth nicht. Ich bin es gewöhnt, dass sie auf diese Art dazwischenfunkt.

»Wir müssen unsere Entschuldigung planen«, erklärt Harrison.

»Was gibt es denn da zu planen? Ich werde einfach sagen, dass es mir Leid tut«, erwidere ich.

»Dass es dir Leid tut ...? Was tut dir Leid?«, fragt Elisabeth.

Ich halte meine Hand über den Hörer und brülle hinunter zu Elisabeth: »MACH, DASS DU AUS DER LEITUNG KOMMST! DU BIST NICHT AN DER REIHE!«

»Nein, Antonia«, antwortet Elisabeth in den Hörer hinein. »Ich muss *jetzt sofort* ein wichtiges Gespräch führen.«

»Bleib dran!«, sage ich zu Harrison. Ich lege den Hörer aus der Hand und renne die Treppe hinunter.

»LEG AUF!«, schreie ich Elisabeth an.

»Du kannst jederzeit mit Harrison reden. Ich muss jemand *Wichtiges* anrufen. Das ist so wie 112«, sagt Elisabeth.

»112?«

»*So wie* 112 habe ich gesagt«, erwidert Elisabeth.

»Was ist das denn für ein Notfall?«

»Das geht dich nichts an.«

»Na gut, dann wartest du eben«, erkläre ich ihr.

»Weißt du, Antonia, ich habe gerade vor einer Minute Pistachio gehört. Er hat gehustet. Das hat sich gar nicht gut angehört. Ich an deiner Stelle würde mal nach ihm schauen gehen. Vielleicht ist er ja . . . na, du weißt schon.« Sie streckt die Zunge heraus und lässt ihren Kopf hängen wie eine Tote aus dem Zeichentrickfilm.

»Du warst doch in der Küche. Du kannst gar nichts gehört haben.«

»Bevor ich in der Küche war, war ich oben«, entgegnet Elisabeth.

»Oh, natürlich«, sage ich. Ich weiß, dass das nur ein weiterer Trick ist, und ich hasse Elisabeth dafür. Aber trotzdem hat sie mich erwischt. Wenn ich einmal angefangen habe mir Sorgen um Pistachio zu machen, dann kann ich nicht weitertelefonieren. Ich weiß nicht, warum wir uns nicht ein schnurloses Telefon anschaffen, dann könnte ich in meinem Zimmer telefonieren, während Pistachio zusammengerollt neben mir liegt. Jeder auf der Welt hat ein schnurloses Telefon, nur wir nicht.

Ich schnappe mir Elisabeths Hörer. »Ich rufe dich zurück, Harrison«, sage ich.

Als ich gerade hinausrenne, um nach Pistachio zu schauen, kommt meine Mutter in die Küche. »Worüber streitet ihr euch denn schon wieder?«, fragt sie.

»Antonia blockiert mal wieder das Telefon«, antwortet Elisabeth. »Wie immer.«

»Leg da oben den Hörer auf, Antonia!«, ruft meine Mutter mir nach. »Und dann komm her, ich möchte mit dir sprechen!« Jetzt bin ich oben an der Treppe. Elisabeth ist direkt hinter mir.

Ich gehe zu Pistachio hinein. Als er mich sieht, springt er auf, wedelt mit seinem kleinen Schwanz und hüpft mir praktisch in die Arme. Ich nehme ihn mit hinaus auf den Flur. Natürlich hat Elisabeth jetzt das Telefon mit in ihr Zimmer gezogen. Das Kabel ist straff gespannt. Es reicht nicht bis in mein Zimmer, nur in ihres. Aber weil das Kabel am Ende spiralförmig aufgerollt ist, kann sie ihre Tür nicht ganz schließen und ich kann sie immer noch hören. Ich bleibe stehen, um zu horchen, wen sie wohl anruft, wer für sie so wichtig ist wie 112.

»Könnte ich bitte mit Don MacPherson sprechen«, sagt sie in ihrer gepflegtesten Stimme.

Dad? Sie ruft DAD an. Oh, das wird gut. Ich beuge mich vor und lausche so angestrengt ich kann.

»Er ist nicht im Hause. Ich verstehe. Und wann erwarten Sie ihn zurück?«

Ich bewundere die Art, wie sie das sagt. Alles daran klingt so erwachsen. Dieser geschliffene Ton, so als hätte sie es schon Millionen Mal gesagt.

»Okay. Gut. Nein, ich möchte ihm keine Nachricht hinterlassen, vielen Dank«, sagt Elisabeth. Sie klingt erleichtert.

Wie merkwürdig. Ich bin drauf und dran, in ihr Zimmer zu gehen und sie zu fragen, was zum Kuckuck sie da eigentlich macht, warum sie Dad anruft. Aber meine Mom ruft die Treppe hinauf nach mir. »Antonia, habe ich nicht gesagt, du sollst runterkommen?«

Ich zucke die Schultern. »Tut mir Leid, das habe ich nicht gehört.« Ich drücke Pistachio fest gegen meinen Bauch und gehe nach unten.

»Weißt du, Antonia, du musst wirklich lernen zu teilen«, sagt meine Mutter.

Ich überlege, ob ich ihr die Wahrheit sagen soll, aber das wird nichts bringen. Ich folge ihr in die Küche, wo sie sich auf einen Barhocker setzt. Vor ihr auf dem Küchentresen liegt ein Katalog und ein Stapel Post. Uh-oh. Was kommt jetzt bloß? Ist eine Rechnung von der Tierärztin gekommen? Haben sie mich anhand von Pistachios Plakette ausfindig gemacht? Nein, beschließe ich. Wenn eine Rechnung gekommen wäre, dann wäre meine Mutter so wütend, dass sie die Treppe hinaufgestürmt wäre, um mich zu holen. Dies hier ist etwas anderes.

Ich nehme mir einen weißen Holzstuhl und lasse mich darauf fallen. Meine Mutter wirft mir einen bösen Blick zu und schüttelt ihren Kopf. »Antonia«, sagt sie, »musst du dich hinsetzen, als hätte dir jemand die Beine unter dem Po weggezogen?«

Ich zucke mit den Schultern und hoffe, dass dies nicht eine von ihren Du-solltest-dich-viel-damenhafter-benehmen-Belehrungen ist. Ich hasse diesen ganzen Kram mit dem damenhaften Benehmen. Ich bin kein Wildfang. Ich verstehe nur einfach nicht, warum ich, nur weil ich ein Mädchen bin, einen Haufen dummer Regeln befolgen soll, die mir vorschreiben, wie ich zu sitzen habe, wer die Tür öffnet und wie oft ich das Geschirr abwaschen muss.

»Ich verstehe dich nicht«, sagt meine Mutter. So beginnt sie oft ihre Gespräche mit mir. Allerdings ist sie nicht so wütend wie sonst. Und sie hat nach diesem Satz eine Pause gemacht, so als erwarte sie diesmal tatsächlich eine Antwort. Ich blicke mich in der Küche um. Alles ist ordentlich und sauber. So ist es immer. Sogar wenn meine Mutter ein großes Essen kocht, schafft sie es trotzdem immer, alles sauber zu halten. Nicht wie Mr Emerson. Wenn Mr Emerson kocht, dann sieht seine Küche aus, als hätte jemand den Raum auf den Kopf gestellt und alles wäre herausgefallen.

»Ich habe vor ein paar Tagen diese Nachricht von deiner Schule bekommen.« Sie hält eine kleine gelbe Postkarte in der Hand. »Hier steht, dass du, weil du so gut in Mathematik bist, an dem Mathe-Marathon teilnehmen darfst.«

Als ich das sehe, lächle ich. Ich kann einfach nicht anders. Vor ein paar Wochen hatten wir einen Mathetest und die Schüler mit den sechs besten Noten sollten für diesen Wettbewerb ausgesucht werden. Ich kann gar nicht glauben, dass *ich* eine davon sein soll. Ich freue mich so, dass es praktisch aus mir herausbricht.

»Ich war mir sicher, dass sie einen Fehler gemacht haben, denn auf deinem letzten Zeugnis stand doch, du hättest eine Vier in Mathematik. Also habe ich deinen Lehrer, Mr Lewis, angerufen und er hat mir gesagt, er hätte dir eine Eins gegeben.« Meine Mutter legt die Karte weg und nimmt einen Schluck Kaffee. Dann blickt sie mich an, als sei ich ein Rätsel und sie wolle versuchen mich zu lösen.

Ich blicke hinunter auf den Tisch. Mit den Fingern fahre ich den Linien nach. Ich bin damit beschäftigt, mich selbst zu bewundern. Offensichtlich habe ich mehr Punkte bekommen als beinahe alle anderen!

»Tatsächlich hat Mr Lewis gesagt«, fährt meine Mutter fort, »wenn es noch etwas Höheres als eine

Eins gäbe, dann hättest du das bekommen. Er sagte, es käme ihm so vor, als stündest du in Mathematik auf dem Niveau einer zehnten oder elften Klasse.«

Sie wartet eine Minute, bis mich das Gesagte wirklich erreicht hat. Sie beobachtet mich und ich beobachte die Zuckerdose. Mit meinen Augen fahre ich den Buchstaben nach: Z-U-C-K-E-R.

»Du kannst dir vorstellen, wie peinlich mir das war«, beginnt sie von neuem. Ihre braunen Augen ruhen auf mir. »Wie dumm ich mir dabei vorkam: Hier stehe ich und denke, mein Kind fällt in Mathe durch, und dabei steht sie an der Spitze ihrer Klasse. Aber schließlich bin ich ja an diese kleinen Überraschungen von dir gewöhnt. Und als erst einmal meine Wut verflogen war, begann ich mich zu fragen, warum in aller Welt du so etwas tust. Warum du möchtest, dass ich glaube, du wärst ziemlich schlecht in der Schule, während du in Wirklichkeit sehr gute Noten hast? Weißt du, Antonia, ich habe keine Ahnung, warum du solche Sachen machst. Ich verstehe wirklich überhaupt nichts an dir.«

Ich frage mich, ob ich wohl nicken soll. Sie hat Recht, aber wird es sie wohl wütend machen, wenn ich ihr Recht gebe? Meistens bekomme ich nur umso länger Stubenarrest, je mehr ich sage.

»Warum hast du das getan?«, fragt sie.

Ich zucke die Schultern, so als wollte ich sagen, was bedeutet das schon groß.

Sie atmet tief ein und scheint zu versuchen sich zu

entspannen. »Warum lügst du, wenn es doch viel leichter wäre, die Wahrheit zu sagen?«

»Leichter für wen?«

Meine Mutter stöhnt und schüttelt ihren Kopf. Sie legt sich die Hand an die Stirn, als hätte sie Kopfschmerzen. »Leichter für alle. Wenn du die Wahrheit sagen würdest . . .«, beginnt sie. »Oh, Antonia, ich bin es so leid, diese Diskussionen mit dir zu führen . . .«

Ich zucke erneut mit den Schultern. »Wie auch immer«, sage ich. Aber ich sehe sie nicht an, als ich das sage. Ich bin plötzlich so enttäuscht, dass ich es nicht ertragen kann, ihr ins Gesicht zu sehen. Es gibt nichts, was ich tun könnte, um meine Mutter zufrieden zu stellen. Nichts.

Später, als sie fort ist, laufe ich nach unten und hole mir die Postkarte. Ich will sie für das Buch an meine richtigen Eltern haben. Dies ist das erste Mal, dass man mich zu einem Mathe-Marathon eingeladen hat. Meine richtigen Eltern werden ziemlich begeistert darüber sein. Sie werden verstehen, dass nur sechs Schüler aus dem ganzen Jahrgang eingeladen wurden. Das wird ihnen sofort klar sein!

Elisabeths Generalprobe

Als ich am Sonntagmorgen aufwache, gehe ich hinunter, um Pistachio auszuführen.

Meine Mom trägt ihren türkisen Frotteebademantel. Sie nimmt eine Dose Orangensaftkonzentrat aus dem Gefrierfach. Sie sieht aus, als wäre sie noch nicht ganz wach. Wenn mein Dad zu Hause ist, springt er aus dem Bett und ist sofort zum Kampf bereit. Aber meine Mutter muss sich langsam in den Tag hineingleiten lassen, so wie eine sehr alte Frau sich langsam in eine aufrechte Position hochzieht.

Normalerweise versuche ich mit ihr erst später am Tag über wichtige Dinge zu reden, aber diese Sache kann nicht warten. Gestern Abend hat Harrison angerufen, um mir zu sagen, ich müsste unbedingt gleich heute früh zu ihm kommen, damit wir planen können, wie wir Einfach-Carol dazu bewegen, uns wieder mit in den Zoo zu nehmen. Er hat gesagt, wir müssten rasch handeln, denn Kigali bräuchte ihn und sie könne nicht warten. »Was ist, wenn sie beschließt von niemandem sonst Futter anzunehmen?«, hat er gefragt. Ich habe ihm gesagt, er solle ohne mich in den Zoo fahren. Aber er hat geantwortet: »Vergiss es, Ant, vergiss es einfach!«

»Guten Morgen, Mom«, sage ich.

Sie sieht mich schräg von der Seite an, so als wäre jeder, der so etwas sagt, verdächtig. »Antonia?«, fragt sie. Sie schüttet das Konzentrat aus der Dose und dreht den Wasserhahn auf. Ihre Handlungen sind ruckartig und automatisch, so als würde sie durch eine Fernbedienung gesteuert.

»Ich muss Harrison besuchen gehen«, erkläre ich. Sie rührt mit einem langen Holzlöffel in dem Saft herum.

»Antonia?«, unterbricht sie mich. »Nicht so laut, okay?«

»Okay«, flüstere ich. »Ich muss Harrison besuchen gehen, es ist wichtig für die Schule.«

Wieder sieht sie mich schräg von der Seite an. Mrs MacPherson hat ihre Kontaktlinsen noch nicht eingesetzt und ich glaube nicht, dass sie ohne diese besonders gut sieht. Sie tätschelt an ihrer Bademanteltasche herum, um zu sehen, ob ihre Brille dort drin ist. Das ist sie. Sie setzt sie auf.

»Für die Schule?« Sie sieht mich komisch an, so als glaube sie mir nicht.

»Ja . . . irgendwie schon . . . eine Lehrerin ist nämlich sauer auf uns und wir müssen uns überlegen, wie wir sie wieder un-sauer machen können.« Ich hatte gar nicht geplant ihr die Wahrheit zu sagen. Manchmal überrasche ich mich selbst.

»Oh«, sagt sie. Sie nickt, als würde sie mir glauben. Dass Leute auf mich wütend sind, kann sie sich gut vorstellen.

»Gut«, sagt sie.

»Gut? Du fragst gar nicht warum?«

»Fordere dein Glück nicht heraus, Antonia, ich habe *gut* gesagt. Und nein, ich möchte nicht wissen, warum du schon wieder in Schwierigkeiten bist. Wenn du nach Hause kommst, zieh draußen deine Schuhe aus und geh schnurstracks ins Badezimmer, um zu duschen. Ich will nicht, dass mein Haus nach Hühnern und nach was weiß ich noch allem riecht. Und sei vorsichtig damit, was du dort isst. Vielleicht solltest du sogar besser gar nichts essen. Und wasch dir die Hände . . .«

Aber den Rest höre ich schon nicht mehr, denn ich renne die Treppe hinauf, um Harrison anzurufen. »Harrison?«, sage ich, als ich am Telefon seine Stimme höre. »Sie hat gesagt, ich darf.«

»JA!«, brüllt Harrison so laut, dass ich mir den Hörer vom Ohr weghalten muss.

»Ich bin in einer Stunde da«, sage ich, als er sich beruhigt hat.

»Nein. Jetzt gleich. Ich sage meinem Dad, er soll dich abholen.«

Offenbar hat Harrison einen Plan. Das ist der einzige Anlass, aus dem er anfängt herumzukommandieren. Ich nehme Pistachio und setze ihn in seine Lieblingsjackentasche. Diesmal nicht, um ihn zu verstecken, sondern nur, weil er sich dort wohl fühlt.

»Ich dachte, du gehst zu Harrison«, sagt meine Mutter, als ich wieder nach unten komme.

»Das tue ich auch. Sein Dad holt mich ab.«

Kate kommt in die Küche. Sie hält ihr Notizbuch in der Hand. Sie sieht, dass ich meine Jacke anhabe und Pistachio in meiner Tasche sitzt. »Wo gehst du hin?«, fragt sie. Sie hat ihren Bleistift gezückt, um aufzuschreiben, was ich antworte.

»Zu Harrison«, erwidere ich.

»Weiß Mom das?«, fragt sie.

»Ja, Mom weiß das«, antwortet Mrs MacPherson.

Kate nickt. Ihre Locken fliegen ihr durchs Gesicht. Es sieht nicht so aus, als hätte sie sich heute Morgen schon die Haare gebürstet.

»Oh, und übrigens, um wie viel Uhr ist dein Mathe-Marathon übernächste Woche?«, fragt meine Mom. »Ich habe mir den achtundzwanzigsten aufgeschrieben, aber nicht die Zeit. Ich dachte, ich hätte ja die Postkarte hier, aber die scheint verschwunden zu sein. Hast du sie gesehen, Antonia?«

Ich pule an meinem Daumennagel herum. Nichts zu sagen ist nicht dasselbe wie lügen, es ist nur einfach nichts sagen.

»Guten Morgen.« Ihre Hoheit schiebt sich durch die Küchentür. Sie trägt rosafarbene Strumpfhosen und einen rosafarbenen Pullover und ihr Haar ist ordentlich zu einem Ballerinaknoten zusammengekämmt. Elisabeth versteht sich gut auf großartige Auftritte. Wenn sie einen Raum betritt, dann hat man immer den Eindruck, als erwarte sie einen Blumenstrauß überreicht zu bekommen.

»Guten Morgen«, sagt meine Mutter. »Ich frage deswegen, weil Elisabeth eine Kostümprobe hat, die ist auch am achtundzwanzigsten.«

Ich blicke hinunter auf den angeschlagenen Resopaltresen. Meine Finger fahren die unebene Kante der abgesplitterten Stelle nach, unter der das Holz hervorguckt. Ich atme kurz, so als wären meine Lungen in mir aufgerollt.

»Antonia?«, fragt meine Mutter.

»Um zehn«, sage ich und schiebe meinen Finger der Maserung des Holzes entgegen, in der Hoffnung, einen Splitter zu erwischen.

»Um die Zeit ist meine Kostümprobe, Mom, und da musst du hingehen! Das hast du *versprochen*!«, sagt Elisabeth zu meiner Mom. »Angela Beaumonts Mom kommt auch. Angela Beaumonts Mom kommt *immer*!«

»Nun, vielleicht kann ich zu einem Teil der Probe kommen. Oder wenn Dad zu Hause ist, dann kann er zu der einen Sache gehen und ich zu der anderen.«

»Angela Beaumonts Eltern kommen *beide* für die *ganze* Aufführung«, sagt Elisabeth.

Meine Mom sieht Elisabeth an. Dann sieht sie mich an. Sie beißt sich auf die Lippe. »Nun, ich habe es ihr zuerst versprochen, Antonia«, sagt meine Mutter. »Ich soll die Limonade mitbringen.«

Der alte Schmerz erhebt sich in meiner Brust. Ich versuche ihn niederzudrücken. Was macht es schon, wenn sie lieber zu Elisabeths vierhundertster Kostümprobe geht als zu meinem ersten Mathe-Marathon? Was bedeutet das schon? Sie ist sowieso nicht meine richtige Mom. Deshalb ist es völlig egal. »Mach dir keine Gedanken, Mom«, sage ich mit ruhiger, sicherer Stimme, frei von Gefühlen. »Du bist gar nicht zum Mathe-Marathon eingeladen.«

Auf der Stirn meiner Mutter bilden sich Falten. »Aber ich dachte, auf der Postkarte hätte ich gelesen . . .«

Ich schüttele den Kopf. »Sie haben beschlossen, dass es gar nicht genug Platz für die Eltern gibt. Sie wollten es in der Turnhalle machen, aber die konnten sie nicht bekommen. Und in der Bibliothek ist nicht genug Platz für ein großes Publikum. Das wussten sie bloß noch nicht, als sie die Postkarte verschickt haben. Sie haben gesagt, wir sollen es unseren Eltern erzählen.« Ich mache ein ganz ernsthaftes Gesicht und blicke meiner Mutter geradewegs in die Augen. »Bitte glaube mir nicht«, bettelt tief in mir eine Stimme. »Bitte komm! Ich möchte, dass du kommst.« Aber ich drücke diese Stimme nieder.

»Oh, na ja . . .« Sie zuckt mit den Schultern. »Das löst dann ja wohl mein Problem, nicht wahr?« Ihr Gesicht erhellt sich. Sie lächelt ihr breites Lächeln, bei dem ihre Zähne zu sehen sind.

Es fühlt sich an, als würde jemand mein Inneres mit einer Zange bearbeiten.

Die Türklingel mit der unechten Musik ertönt. Es klingt, als wäre jemand gestorben.

»Wer ist denn da?«, fragt meine Mutter.

Kate rast zur Tür und presst ihre Nase gegen das Cola-Flaschen-Glasfenster neben der Tür. »Es ist Harrisons Dad«, berichtet sie.

»Nun, dann fahr mal los«, sagt meine Mutter zu mir. »Aber ich sehe aus wie ein verunglückter Zug, deshalb wage es ja nicht, ihn hereinzubitten.«

»Okay«, sage ich und schon bin ich draußen. Ich gebe Mr Emerson ein Zeichen, dass er gleich wieder umkehren soll. Ich will hier raus. Ich will meiner Mutter keine Chance geben, es sich anders zu überlegen. Schließlich hat sie noch vor einem Monat gesagt, ich dürfe keinen Fuß in das Haus der Emersons setzen, »bis die Hölle zufriert«. Und jetzt habe ich vor den ganzen Tag dort zu bleiben und sie ist vollkommen einverstanden. Darüber sollte ich glücklich sein, aber ich bin es nicht.

Die Emersons

Die Emersons haben ein lustiges Haus. Außen sieht es aus wie ein Bauernhaus und eine große alte Scheune, aber es ist kein Ackerland dabei. Nur ein Garten mit einer Palme. Innen ist es voller Teppichstücke aus dem Teppichladen von Harrisons Tante Sue. Es gibt allerdings nicht viele Möbel, es sei denn, man zählt die Bohnensacksessel dazu. Die sind überall. Bei den Emersons gibt es eine Sache entweder überhaupt nicht oder in großen Mengen. Zum Beispiel findet man nie eine Schere, aber Harrison und ich haben einmal elf Gemüseschäler gezählt.

Trotzdem mag ich das Haus der Emersons. Zum einen ist es einer der wenigen Orte in Sarah's Road, der weit genug von der Sarah's Road entfernt liegt, so dass man den Straßenlärm nicht hört. Aber das Beste ist, dass Mr Emerson nichts dagegen hat, wenn man Unordnung macht. Im Gegenteil, er benimmt sich so, als könnte man ohne ein Huhn, das in der Küche wohnt, und ohne drei oder vier Projekte, die gleichzeitig im Wohnzimmer stattfinden, unmöglich richtig Spaß haben. Wann immer ich anfange aufzuräumen, sagt Mr Emerson: »Lass nur, Ant. Vielleicht wollt ihr ja morgen damit weitermachen, Harrison und du.«

Bei mir zu Hause ist der einzige Ort, an dem man Unordnung machen darf, der Garten und sogar dort muss man sofort aufräumen, wenn man fertig ist, sonst bringt meine Mom einen um. Harrisons Haus ist also ein viel besserer Ort, um sich Projekte vorzunehmen und ganz offensichtlich ist es das, was Harrison heute vorhat.

»Okay, was wir machen müssen, ist Folgendes . . .«, sagt Harrison, als wir mit gekreuzten Beinen auf der braunen Cordtagesdecke auf seinem Bett sitzen. »Wir müssen ihr einen Brief schreiben, dass es uns Leid tut . . .«

»Aber es tut mir gar nicht Leid.«

»Doch, das tut es.« Er nimmt Pistachio, der sich zwischen uns einen eigenen Platz gesucht hat, auf den Schoß.

»Meinst du?«

Er nickt so eifrig, dass ich sein Haar fliegen höre.

Ich seufze. Er hat Recht. Es tut mir Leid. Ich wollte die Sache mit den Zoo-Teens nicht verderben, so viel ist sicher. Es hat so viel Spaß gemacht, mich zusammen mit Einfach-Carol um die Tiere zu kümmern. Aber jetzt ist alles total vermasselt. Es scheint keinen Sinn zu machen, sich deswegen so anzustrengen. »Sie wird mich niemals wieder mit in den Zoo kommen lassen, Harrison.«

»Doch, das wird sie. Du musst ihr nur versprechen,

dass du Tashi nie wieder mitnimmst. Du kannst ihn hier bei uns lassen, wenn du dir wegen seiner Pillen Sorgen machst. Mein Dad wird sie ihm geben.« Er berührt Tashi ganz leicht, so wie man den Zuckerguss auf einem Kuchen berührt, wenn man keine Spuren hinterlassen will. Pistachio leckt Harrisons zerrissene Fingernägel.

»Du musst Fahne bekennen, Ant.«

»Was?«

»Na, sagen, dass du einen Fehler gemacht hast und dass das nicht richtig war.«

»Oh. Farbe. Farbe bekennen, nicht Fahne bekennen.«

Harrison rümpft die Nase. »Wie auch immer.« Er kratzt sich an der Brust. »Wir werden ihr eine Karte machen. Eine sehr große Karte und . . . wir brauchen etwas zu essen.«

»Etwas zu essen?«

Er nickt. »Wenn man möchte, dass jemand seine Meinung ändert, dann muss man ihm etwas backen. Einen Kuchen, denke ich. Und ich werde die Karte zeichnen. Sie wird sooo groß.« Er breitet seine Arme aus, so weit es geht. »Und du wirst innen etwas reinschreiben. Dann wird es schon funktionieren.«

Ich lächle darüber. Harrison glaubt, dass er alles in Ordnung bringen kann. Er glaubt, dass er unter all seinem Haar Superman ist.

»Was soll ich denn schreiben?«, frage ich, während ich Pistachio unter dem Kinn kraule. Er hebt den

Kopf, damit ich noch besser rankomme, und legt seinen kleinen Kiefer auf meine Hand.

»Mein Dad wird uns bei dem Kuchen helfen«, sagt Harrison. Aber das beantwortet meine Frage nicht.

Er reicht mir ein Stück Papier und einen von seinen Bleistiften. »Und jetzt an die Arbeit!« Er wedelt mit erhobenem Zeigefinger. So ist Harrison in der Schule nie.

Ich nehme den Bleistift und schaue ihn an. Überall sind Abdrücke von Zähnen, aber er ist sorgfältig angespitzt, so wie Harrison es gerne hat.

Harrison besitzt einen großen Stapel Zeichenkarton. Er lässt seine Finger über jedes Stück gleiten, sucht nach Unebenheiten, Rissen und Falten. Harrison ist sehr genau, was Papier angeht. Als er sich für ein Stück Karton entschieden hat, schneidet er es mit einer Rasierklinge und einem Lineal in der Mitte durch.

»Es muss ganz schmal sein«, erklärt er mir. »Denn ich werde eine Giraffe zeichnen.«

»Ich kann doch einfach ganz groß ›Es tut mir Leid‹ schreiben, über die ganze Innenseite hinweg.«

Harrisons Augenbrauen rutschen seine Stirn hinauf. »›Es tut mir Leid‹ reicht nicht.«

Ich seufze und fange an zu schreiben, während Harrison seine Giraffe skizziert. Ich liebe es, ihm dabei zuzusehen. Er beginnt damit, dass er einen Haufen Kreise und Rechtecke zeichnet, die überhaupt nicht wie eine Giraffe aussehen, aber wenn er sie alle verbunden hat, dann sehen sie genauso aus wie eine Giraffe. Die Art, wie Harrison zeichnet, ist reine Magie.

Ich mache es mir bequem und versuche etwas zu schreiben, das Harrison akzeptieren wird. Ich gebe mein Bestes. »Okay, ich bin fertig.«

»Gut«, sagt er. »Ich brauche deine Hilfe.«

Harrison lässt mich nicht sehr oft bei seinen Zeichnungen helfen. Und wenn er es tut, dann bekomme ich die leichten Aufgaben wie Ziegelsteine oder Grashalme oder den Himmel. Aber sogar das kann ich nicht so gut wie er. Dennoch liebe ich es, wenn er mich um Hilfe bittet. Es ist ihm auch nicht wichtig, dass ich es perfekt mache. Er sagt immer, Zeichnungen sehen nicht richtig aus, wenn sie zu perfekt sind.

Jetzt liegen wir beide auf dem Bauch und zeichnen. Pistachio hat sich an meinem Fuß zusammengerollt. Harrison arbeitet an einem Bein und ich zeichne Wolken. Ich versuche sie ganz leicht und luftig aussehen zu lassen, wie Harrison es mir gezeigt hat, aber meine tanzen nicht, wie sie sollen. Sie sehen so schwer aus, als wollten sie vom Himmel fallen und die Giraffe erschlagen.

Als wir eine Weile gearbeitet haben, klopft Mr Emerson an den Türrahmen. Die Tür ist offen, aber er klopft dennoch. Irgendwie erinnert mich das daran, wie gern ich die Emersons habe, und ich werde innerlich ganz panisch. Ich sollte mich nicht zu sehr einlassen, das weiß ich. Wenn man sich einlässt, dann tut es zu weh, wenn man fortziehen muss.

»Komm rein«, sagt Harrison.

»In zehn Minuten nehme ich ein Bananen-Nuss-Brot aus dem Ofen. Wollt ihr eine Pause machen und ein Stück essen, solange es heiß ist?«

Das Wasser läuft mir im Mund zusammen. Ich will gerade Ja sagen, als Harrison antwortet: »Jetzt nicht. Wir haben zu tun.« Ich beklopfe Harrison mit meinem Bleistift, aber er beachtet mich nicht.

»Ihr seid aber still hier oben. Woran arbeitet ihr denn?«

»Wir machen eine Giraffenkarte. Und könntest du uns bei dem Kuchen helfen?« Harrison blinzelt durch seine wilden Haare hindurch.

Sein Vater hat gerade Bananen-Nuss-Brot gebacken. Er wird jetzt keinen Kuchen backen wollen. »Vielleicht können wir ihr einfach etwas Bananenbrot mitbringen«, schlage ich vor.

»Oh nein«, erwidert Harrison. Er streicht sich die Haare aus dem Gesicht. »Es muss Kuchen sein. Wenn man einen Fehler gemacht hat, dann muss man Kuchen schenken.«

»Kuchen?«, fragt Mr Emerson. Er richtet sich auf. Seine Augen beginnen zu leuchten. Er sieht so aus wie mein Vater, wenn er mit seinen Händen über seine Golfschläger gleitet. Das überrascht mich. Dann fällt es mir wieder ein: Mr Emerson backt wirklich sehr gerne.

»Ein Fehlerkuchen«, erklärt Harrison.

»Oh, ich weiß schon.« Mr Emerson setzt sich auf den braunen Bohnensacksessel in Harrisons Zimmer. »Ein kleiner, bescheidener Entschuldigungskuchen.«

»Ja.« Harrison lächelt. »Genau den. Welchen Geschmack hat der?«

»Nun . . . hm, ihr beiden . . .« Mr Emerson streicht sich über seine Oberlippe. »Ich weiß nicht, ob es einen bestimmten Geschmack für einen Entschuldigungskuchen gibt. Was tut euch denn Leid? Vielleicht sollten wir damit anfangen.«

»Lies doch mal vor, was du geschrieben hast«, bittet mich Harrison. Ich schüttele den Kopf. Nein. Ich tue so, als wäre ich zu schüchtern, aber das ist es nicht. Ich hasse es, wenn Mr Emerson herausbekommt, dass ich Mist gebaut habe. Ich hasse es einfach.

Harrison bohrt seine Zunge in die Wange. Er kratzt sich am Kopf. »Wir brauchen die Meinung eines Erwachsenen. Wirklich, Ant. Mein Dad wird uns sagen, ob es so in Ordnung ist.«

Ich seufze laut und lange und verdrehe die Augen. Pistachio stöhnt und läuft steifbeinig hinüber zu Mr Emerson. Er wedelt mit seinem kurzen Schwanz. Ich lese: »Es tut mir sehr Leid. Ich werde Pistachio nie wieder mit in den Zoo nehmen. Ich wollte nicht, dass ihm etwas passiert. Ich habe ihn nur mitgenommen, um gut auf ihn aufzupassen, aber das ist wohl nach hinten losgegangen. Ich weiß, du möchtest, dass ich ehrlich bin, und ich werde es versuchen. Genau wie George Washington, der erste Präsident der Vereinigten Staaten. Nur weiß ich leider nicht, ob er nun wirklich ehrlich war oder nicht. Du weißt schon, diese Geschichte, als er den Kirschbaum gefällt hat, und dann hat ihn jemand gefragt, ob er es war, und er hat gesagt, er könne nicht lügen und ja, er hätte den Baum gefällt. Ich habe gehört, dass *das* alles eine große, dicke Lüge ist. Ich habe gehört, jemand hätte sich die ganze Geschichte ausgedacht. Und ich glaube das auch, denn warum hätte wohl George Washington einen Kirschbaum fällen sollen? Sogar damals muss es Sachen gegeben haben, die viel mehr Spaß machen.«

Ein Entschuldigungskuchen

Die Karte ist so groß, dass sie nicht in Harrisons Schließfach passt, deshalb biegt Harrison sie ein wenig um ohne einen Knick zu machen und schiebt sie vorsichtig hinein. Wir haben einen französischen Apfelkuchen gebacken und der passt gut auf das Regalbrett, nachdem Harrison sein Geschichtsbuch woanders hingelegt hat. Der Kuchen duftet herrlich. Das ganze Schließfach ist erfüllt von dem Geruch nach Zimt und braunem Zucker. Ich bin traurig, dass wir den ganzen Kuchen weggeben müssen, aber Harrison sagt, ich soll mich nicht anstellen wie ein Baby. »Das hier ist eine ernste Angelegenheit, Ant. Ohne mich bekommt Kigali vielleicht nichts zu fressen.«

Ich würde ihm gerne sagen, dass das lächerlich ist und dass er das weiß. Aber die Giraffe, die Harrison gezeichnet hat, ist so wunderschön, sie sieht aus, als bräuchte man sie nur anzufassen, um anstelle des Papiers das Giraffenhaar zu fühlen. Ein Blick auf diese Zeichnung und jeder weiß, wie sehr Harrison Kigali jetzt schon liebt. Harrison kann sich schneller verlieben als irgendjemand sonst, den ich kenne.

Nach dem Mittagessen suchen wir Einfach-Carol und finden sie, als sie gerade im Materialschrank neben dem Büro nach Kappen für Markierstifte sucht. Sie ist so beschäftigt, dass sie uns gar nicht sieht. Harrison und ich stehen nur da und schauen uns an, bis sie uns bemerkt.

»Oh, hallo«, sagt Einfach-Carol, während sie mit dem Daumen eine roten Kappe auf einen roten Markierstift klickt.

Wir stehen verlegen mit dem Kuchen und der Karte in der Hand herum. Harrison stößt mich mit seinem Ellenbogen an.

»Wir möchten dir etwas geben«, sage ich. Ich reiche ihr den Kuchen. Harrison dreht die Karte um, damit sie sie sehen kann.

Einfach-Carol stellt den Kuchen auf einen Stapel mit grünem Papier und starrt die Karte an. Sie saugt die Luft ein, wie die Leute es machen, wenn sie glauben, dass man gleich etwas Gefährliches tun wird.

»Oh, Harrison, die ist wunderschön! Absolut bezaubernd. Hast du sie ganz aus dem Gedächtnis gezeichnet?«

Harrison nickt.

»Du bist wirklich erstaunlich!« Einfach-Carol schüttelt den Kopf. »Was für ein Gefühl! Unglaublich! Sie sieht auch genau aus wie Kigali. Obwohl du ihr ein paar Jahre abgenommen hast, das war nett von dir. Wenn ich alt bin, dann lasse ich dich mein Porträt malen.« Einfach-Carol verwuschelt Harrisons sowieso schon verwuscheltes Haar. »Ich hoffe, dass du mich die Karte ausstellen lässt. Bitte sag ja!«, bittet Einfach-Carol. Sie sprudelt richtig über, ihre grünen Augen sind klar und lebhaft.

Normalerweise hasst Harrison es, wenn seine Arbeiten an ein schwarzes Brett gehängt oder in einen Glaskasten gesteckt werden. Ich weiß nicht warum. Er mag es, wenn die Leute nette Sachen über seine Arbeit sagen, aber es ist ihm auch peinlich. Er ist komisch, was das angeht. Aber jetzt nickt er, obwohl sein Gesicht leuchtend rot ist, es hat dieselbe Farbe wie der Markierstift in Einfach-Carols Hand. Als ich das sehe, fällt mir wieder ein, wie er einmal »Mrs Carol Emerson« unter ein Bild geschrieben hat, das er von Einfach-Carol gezeichnet hatte.

»Könnten wir wieder mit dir in den Zoo fahren? Es tut Ant sehr Leid. Nicht wahr, Ant? Sie hat mir auch bei der Karte geholfen. Lies doch, was sie geschrieben hat!«, murmelt Harrison. Ich kann ihn kaum verstehen. Die Klingel zum Ende der Mittagspause schrillt laut in meinem Ohr.

»Ja«, sage ich. »Es tut mir Leid.« Das klingt falsch, so als hätte ich eine Zeile aus einem Buch vorgelesen.

Einfach-Carols Mund verzieht sich zu einer harten Linie.

Harrison räuspert sich. »Iss doch ein Stück Kuchen«, sagt er, diesmal etwas deutlicher.

Sie beachtet den Kuchen nicht, so als wäre das mein Beitrag und als wolle sie davon nichts anrühren.

»Harrison, ich nehme dich mit in den Zoo, aber Ant kann ich nicht mitnehmen.«

Ich presse meine Lippen zusammen und blicke zu Harrison auf. Er nickt zu Einfach-Carol hinüber, so als solle ich ihr etwas sagen.

»Ich habe einen Fehler gemacht. Das tut mir Leid.« Ich zeige auf das Innere der Karte, wo ich meinen Teil geschrieben habe. Sie liest es. Aber ihr Gesichtsausdruck verändert sich nicht. Es sind jetzt eine Menge Kinder auf dem Flur, die in ihre Klassenräume eilen. Einfach-Carol sieht so aus, als hätte sie genug geredet.

»Jeder macht mal Fehler«, sage ich so laut, dass sie es trotz des Lärms, den die schwatzenden Kinder machen, hören kann.

Einfach-Carol klappt die Karte zu. »Kommt mit in Raum Nummer 10. Wir werden uns einen Moment unterhalten«, sagt sie. Ihre Augen weichen mir aus. Sie nimmt ihren Stapel grünes Papier und drei Kisten Markierstifte an sich und geht eilig den Gang hinunter zu dem leeren Raum Nummer 10. Sie legt ihre Materialien und die Karte ab und setzt sich auf den Tisch. Ich mag es, dass sie das tut, denn Mr Borgdorf würde es nie tun. Und meine Mom auch nicht. »Stühle sind zum Sitzen da, Tische zum Arbeiten«, sagt sie immer.

»Was mir Sorgen macht«, sagt Einfach-Carol, als wir uns ebenfalls hingesetzt haben, »ist nicht so sehr der Fehler, den du gemacht hast, sondern der Betrug. Du hast diesen Hund in deiner Tasche versteckt.«

»Ich habe ihn immer in meiner Tasche. Wie sollte ich denn wissen, dass es gegen die Regeln ist, einen Hund mit in den Zoo zu bringen?«

»Das kann ich schwer glauben.«

Ich sehe hinüber zu Harrison. Er beißt auf seiner Unterlippe herum. Mit seinem Finger gleitet er über die Buchstaben, die jemand in den Tisch geritzt hat. Irgendetwas an der Art, wie er das tut, erinnert mich daran, wie viel ihm diese Sache bedeutet. »Nun, ich habe es dir vorsichtshalber nicht gesagt, falls es gegen die Regeln sein sollte«, sage ich.

»Vorsichtshalber«, wiederholt Einfach-Carol.

»Hm.« Ich versuche ernst auszusehen.

»Sieh mal, das ist genau das Problem.« Einfach-Carol klopft mit dem Radiergummiende eines gelben Bleistifts auf den Tisch. »Ich bin immer in der Position, dass ich herausfinden muss, ob du nun die Wahrheit sagst oder nicht. Und in diese Position lasse ich mich nicht bringen. Entweder sagst du mir die Wahrheit oder ich will mit dir nichts zu tun haben.«

»Sie wird es tun«, murmelt Harrison.

Einfach-Carol sieht Harrison lange an. Ich glaube, sie will ihn genauso wenig verletzen wie ich. »*Falls* – und ich meine *falls* – du bei den Zoo-Teens weiter mitmachen willst, dann musst du zwei Dinge tun.« Sie hebt zwei Finger. »Erstens musst du mir versprechen, dass du mich nie wieder anlügen oder versuchen wirst mich zu hintergehen. Keine direkten Lügen – nicht einmal ganz kleine. Und auch keine indirekten Lügen oder Heimlichkeiten wie Pistachio in deiner Tasche zu verstecken. Verstehst du, was ich sage?«

Ich nicke.

»Und zweitens musst du das Problem mit der Tierärztin aus der Welt schaffen.«

»Was für ein Problem mit der Tierärztin?«

»Komm schon, Ant.« Einfach-Carol verschränkt die Arme vor ihrer Brust und stellt die Ellenbogen auf den Tisch. Ihre grünen Augen wollen mich nicht loslassen. »Du weißt ganz genau, wovon ich rede.«

»Wie kann ich das denn aus der Welt schaffen? Ich habe kein Geld, um sie zu bezahlen!«

»Ich bin mir sicher, dass wir dafür eine Lösung finden können. Aber wir werden mit deiner Mutter darüber sprechen müssen.«

»Meine Mom? Warum müssen wir die denn in diese Sache hineinziehen?«

»Weil das, was du getan hast, illegal war. Und sie ist die Person, die für dich verantwortlich ist.«

Ich blicke hinüber zu Harrison.

Er nickt.

Ich atme tief ein. Ich glaube, bei Einfach-Carol könnte ich es vielleicht mit der Wahrheit versuchen, als eine Art Experiment. Vielleicht. Aber nicht bei meiner Mutter. Bitte nicht bei meiner Mutter! Lügen sind die einzige Art, wie ich mit ihr zurechtkomme.

Ich fühle mich in die Enge getrieben. Es ist stickig in diesem Klassenzimmer und dieser staubige, kreidige Geruch macht, dass ich husten muss. Ich will hier raus.

»Sieh mal, Ant, deine Mutter wird das mit der Tierärztin sowieso auf die eine oder andere Art erfahren. Es wird besser sein, du erzählst es ihr.«

»Besser als was?«, frage ich und starre die Tafel an, auf der eine Liste von Dingen steht, die Kolumbus nach Amerika gebracht hat: Muskatnüsse, Seide, Zimt, Salz.

»Besser als wenn sie es von jemand anderem erfährt.«

Ich starre Harrison wütend an. »Siehst du! Ich verrate ihr eine Sache und sie erzählt sie überall herum.«

»Ich meine damit nicht, dass ich dich anzeigen oder deiner Mom irgendetwas erzählen werde. Das werde ich nicht tun. Alles, was ich sage, ist: Wenn du bei dem Zoo-Programm weitermachen willst, dann ist es dies, was du tun musst. Ansonsten bleibt es dir überlassen, wie du mit der Tierärztin umgehen willst. Aber ich nehme an, dass sie dich irgendwann ausfindig machen wird . . .« Sie legt den Kopf auf die Seite. »Oder *die Polizei.*«

»Aber vielleicht auch nicht«, gebe ich zurück. Ich blicke im Zimmer herum. Überall hin außer zu Einfach-Carol. Meine Augen bleiben an einem Overhead-Projektor hängen, dessen Kabel zu einem ordentlichen Stapel zusammengerollt ist.

»Das stimmt, aber wenn du es wieder tust, sind die Chancen groß, dass sie dich finden.«

»Wer sagt denn, dass ich es wieder tun werde?«

»Ich hoffe, dass du das nicht tust. Aber ich sehe doch, wie sehr du diesen Hund liebst, und ich vermute mal, dass du ihn wieder zur Tierärztin bringen wirst, wenn er noch einmal krank wird.«

»Ich gehe einfach zu einem anderen Tierarzt, das ist alles.« Ich schaue zum Fenster hinaus, wo gerade eine Gruppe von Mädchen aus der vierten Klasse vorbeigeht.

»Es gibt gar nicht so viele Tierärzte. Und wer weiß, ob der nächste nicht darauf besteht, dass du sofort bezahlst, wenn er Pistachio untersucht hat. So funktioniert es normalerweise, weißt du?«

Jetzt hat sie mich. Daran habe ich auch schon gedacht. Ich habe überlegt, was ich wohl tun würde, wenn ich wieder mit Pistachio hingehen müsste. Es gibt noch vier andere Tierkliniken in den Gelben Seiten, aber die sind weit entfernt.

Harrison hält einen Bleistift in der Hand. Er hat ein halbes Auto ausradiert, das jemand auf den Tisch gezeichnet hat. Jetzt zeichnet er es neu, aber diesmal viel besser.

»Aber wenn wir ihr vom letzten Mal erzählen, was hat das mit dem nächsten Mal zu tun?«

»Ich möchte dir nichts versprechen, Ant. Aber ich werde mit deiner Mutter darüber sprechen, dass es wichtig wäre, eine Vereinbarung zu treffen – eine Vereinbarung darüber, unter welchen Bedingungen du mit Pistachio zum Tierarzt gehen kannst, wenn es nötig ist.« Sie schaut hinüber zu Harrison. »Abgemacht?«

Ich antworte nicht. Die Spätglocke läutet. »Ich komme heute Abend zu euch nach Hause, okay, Ant?«

Harrison tritt mich unter dem Tisch.

Ich schaue hinaus auf den Flur, der jetzt ganz ruhig daliegt. Die Lichter im Raum brummen. Es klingt, als wären tausend winzig kleine Grashüpfer darin eingesperrt. Aber ich nicke. Ja, das tue ich.

Einfach-Carol

Ich blicke zum Fenster hinaus und halte Ausschau nach Einfach-Carol. Pistachio sitzt auf meinem Schoß. Ich habe meiner Mutter erzählt, dass Einfach-Carol kommen wird, aber ich habe nicht erklärt warum genau. »Sie möchte mit dir über das Zoo-Programm sprechen«, habe ich gesagt. »Oh«, hat meine Mutter geantwortet und das war's. Sie wirkt heute, als mache sie sich wegen irgendetwas Gedanken. Ich weiß nicht warum.

Ich versuche mir vorzustellen, was geschehen wird, wenn Einfach-Carol hier eintrifft. Ein Teil von mir wünscht sich, dass meine Mutter sich vor Einfach-Carol schlecht benimmt. Ich glaube, Einfach-Carol wird mich lieber mögen, wenn meine Mutter gemein ist. Niemand würde Cinderella lieben, wenn sie nicht so eine gemeine Stiefmom hätte. Aber der andere Teil von mir möchte, dass Einfach-Carol einen Zauberstab über meiner Mutter schwingt und sie in die Mom verwandelt, die ich mir wünsche. Eine Mom, die sagt: »Du weißt, dass es mir Leid tut. Hätte ich dich von Anfang an mit Pistachio zur Tierärztin gehen lassen, dann wäre dies alles nicht passiert.« Ich denke an meine richtige Mutter. Das ist genau, was sie sagen würde.

Ich sitze unruhig herum und beobachte die Auffahrt. In meinem Magen brodelt es, so wie es immer brodelt, wenn ich mich aufrege. Dann, ohne auch nur darüber nachzudenken, tue ich etwas, was ich beinahe nie tue. Ich wähle die Nummer, die an der Pinnwand in der Küche hängt. Die, neben der »Don/Büro in Atlanta« steht.

Mein Dad wird sauer sein, aber in diesem Augenblick ist mir das egal. Ich meine, wenn Elisabeth ihn anrufen kann, warum dann ich nicht? Auf diese Weise kann er am Telefon mit Einfach-Carol sprechen und meine Mom muss gar nichts davon erfahren. Wenn Einfach-Carol kommt, dann reiche ich ihr einfach den Hörer und sie muss meine Mom gar nicht erst treffen. Mein Vater regt sich wegen solcher Sachen nicht so auf. Einmal, als ich noch klein war, habe ich Felicia Johnston in den Arm gebissen, weil sie eine große Hand voll von Elisabeths Haaren abgeschnitten hatte, und als mein Dad das herausfand, war er beinahe stolz darauf, was ich getan hatte.

Ich wickle das Telefonkabel um meinen Finger und warte auf die Verbindung. »Leebson Versicherung«, sagt die Dame in der Telefonzentrale.

»Könnte ich bitte mit Don MacPherson sprechen?«

»Es tut mir Leid, Don MacPherson ist nicht mehr bei uns. Könnte Ihnen sonst irgendjemand aus unserer Vertriebsabteilung behilflich sein?«

»Wie bitte?«

»Mr MacPherson ist nicht mehr bei Leebson beschäftigt.«

Mein Mund öffnet sich. Aber es kommt nichts heraus.

»Hallo? Miss?«, fragt die Dame in der Telefonzentrale. »Könnte Ihnen sonst irgendjemand helfen?«

»Nein«, antworte ich und lege auf. Pistachio windet sich. Ich brauche eine ganze Weile, bis ich merke, dass ich ihn zu fest halte.

Die Dame in der Telefonzentrale irrt sich. Das ist alles, was an der Sache dran ist. Ich stehe da und glotze dumm auf die ordentliche Schrift meiner Mutter: »Don/Büro in Altlanta«. Dann gehen meine Füße die Treppe hinauf in Elisabeths Zimmer. Ich bin nicht ganz sicher, warum ich das tue, aber ich weiß immerhin, dass Elisabeth diese Umzüge genauso hasst wie ich. Das ist das Einzige, bei dem wir einer Meinung sind, Elisabeth und ich.

Elisabeth hat ihren Stuhl ganz dicht vor ihren Frisiertisch gezogen. Ihre Nase ist nur zwei Zoll vom Spiegel entfernt. Sie untersucht ihr Kinn. »Elisabeth«, sage ich, »ich habe das Büro in Atlanta angerufen. Die Dame in der Telefonzentrale hat gesagt, dass Dad nicht mehr bei Leebson arbeitet.«

Ich kann beinahe zuschauen, wie die Worte durch Elisabeths Kopf wandern und sich schließlich in ihren Augen zeigen. Ihre Augenlider schließen sich, ihr Kopf schwingt nach hinten.

»Wahrscheinlich irrt sie sich«, sage ich, »bestimmt ist das Ganze ein Irrtum.«

Elisabeth schüttelt den Kopf. »Es muss eben erst passiert sein. Ich habe jede Woche angerufen, um zu überprüfen, ob er noch da ist.«

»Das hast du getan? Warum denn?«

»Weil ich wusste, dass es passieren würde, deswegen.«

»Oh«, antworte ich. Elisabeth hat also Nachforschungen über unseren Dad angestellt. Das ist nicht das, was ich hören wollte. Ich fühle mich, als hätte mir Elisabeth soeben einen Stoß in den Magen verpasst. Ich atme tief ein und versuche mich davon zu erholen. Das fühlt sich noch schlimmer an als die Dame in der Telefonzentrale, die gesagt hat, dass Dad nicht länger bei Leebson arbeitet. Irgendwie wirklicher.

Eine Minute lang sitzt Elisabeth absolut still, dann springt sie auf ihre Füße und rennt die Treppe hinunter. Ich folge ihr hinaus in den Garten, wo meine Mutter gerade eine wilde Weinrebe ausreißt, die sich um ihre gelben Stiefmütterchen gerankt hat.

»MOM, HAT DAD GEKÜNDIGT?«, schreit Elisabeth.

Der Kopf meiner Mutter schnellt hoch, ihre Hand umklammert die Weinrebe. Ihre Augen sehen überrascht und unglücklich aus, so als hätte sie sich eben mit Traubensaft bekleckert. Als ich das sehe, weiß ich, dass es wahr ist. Ich versuche mir eine Lösung zurechtzubiegen, wie alles in Ordnung kommen wird. Vielleicht hat er ja bereits einen neuen Job hier in der Gegend. Vielleicht hat er deshalb gekündigt.

»Wie hast du das herausgefunden?«, fragt meine Mutter gerade, als die Türklingel ihre falschen Orgeltöne erklingen lässt.

»Er soll besser zusehen, dass er einen neuen Job in Sarah's Road findet, denn ich gehe hier nicht fort. *Das mache ich nicht!*«, sagt Elisabeth in einer tiefen, harten Stimme.

»Ich auch nicht. Auf keinen Fall!«, sage ich. »Wo ist Dad denn, wenn er nicht in Atlanta ist?«

Meine Mutter schüttelt ihren Kopf und beißt sich auf die Unterlippe.

»Mom, wo ist er?«, fragt Elisabeth.

Die Türklingel läutet erneut.

»Er ist in Philadelphia und besucht Onkel Anthony. Wer ist denn da?«, fragt sie und wischt sich die Hände an einem gelb karierten Geschirrhandtuch ab, das sie in der Tasche ihrer Gartenhose aufbewahrt.

»Einfach-Carol«, antworte ich.

»Warum hat er gekündigt?«, fragt Elisabeth.

»Hör mal, ich werde nicht die Vermittlerin in dieser Sache spielen. Er wird heute Abend anrufen. Du kannst mit ihm darüber sprechen, nicht mit mir«, sagt sie zu Elisabeth, dann wendet sie sich mir zu: »Antonia, bist du schon wieder in Schwierigkeiten?«

Ich zucke mit den Schultern. Die Hände meiner

Mom fliegen hinauf zu ihrem Kopf, um eine lose Haarsträhne hinter ihr Ohr zu streichen. Ihr Gesicht hat einen schmerzerfüllten Ausdruck.

»Ich bin ganz und gar nicht in der Stimmung dafür«, sagt sie.

»Ich meine es ernst, Mom«, sagt Elisabeth.

»Genug, Elisabeth. Das hast du mir jetzt gesagt. Wir sprechen später darüber.«

Ich gebe meiner Mom einen großzügigen Vorsprung, als sie durch das Haus zur Vordertür geht. Ich möchte nicht, dass sie bemerkt, dass ich Pistachio bei mir habe, und dass sie mich bittet ihn hinauszubringen. Ohne ihn kann ich dieser Sache nicht ins Auge blicken.

»Hallo, Mrs MacPherson. Es tut mir sehr Leid, wenn ich störe«, sagt Einfach-Carol, als meine Mutter die Tür öffnet. Einfach-Carol lächelt angestrengt, ein seltsames Lächeln, das die Zähne nicht zeigt.

Kate sitzt im Wohnzimmer und sieht fern. Die Türklingel ist im Wohnzimmer am lautesten, aber Kate hat sie wahrscheinlich nicht gehört. Kate sieht fern, wie sie Geld zählt. Wenn vor ihr ein Stapel Münzen steht, dann sieht sie nichts anderes mehr.

»Kate, du wirst das ausmachen müssen«, sagt meine Mutter. Kates ganzes Gesicht wird rot und sie sieht aus, als würde sie gleich explodieren. Das ist der einzige Anlass, bei dem Kate wütend auf meine Mutter wird: wenn meine Mutter sie zwingt den Fernseher auszuschalten.

»Katherine.« Meine Mom flüstert ihr etwas ins Ohr. Kate beruhigt sich. Sie sieht immer noch mürrisch aus, aber nicht mehr so, als sei sie bereit zu töten. Sie atmet ein paar Mal schwer, dann drückt sie den *Power*-Knopf.

In der plötzlichen Stille, die entsteht, ist Kates Trance gebrochen und sie blickt hinüber zu Einfach-Carol.

»Sie sind doch die Kunstlehrerin für die höheren Klassen«, sagt Kate.

»Ja, das bin ich.« Einfach-Carol lächelt.

Kate macht es sich auf dem Sofa bequem, so, als hätte sie vor zu bleiben.

»Kate«, sagt meine Mom. »Würdest du bitte nach oben gehen, Liebling?«

Kate lächelt meiner Mom süßlich zu. »Ja, Mommy.« Sie geht an mir vorbei. Ich höre die Münzen in ihren Schuhen klimpern. »Was hast du denn jetzt wieder angestellt?«, fragt sie tonlos mit ihren Lippen.

»So«, beginnt meine Mutter, als Kate oben ist, »worum geht es denn nun eigentlich?« Meine Mutter ist sehr höflich, aber sie ist auch auf der Hut. Ihr Mund lächelt ein falsches Lächeln. Sie ist stehen geblieben und hat auch nicht vorgeschlagen, dass jemand von uns sich setzen könnte.

»Ant hat Ihnen etwas zu erzählen«, sagt Einfach-Carol.

»Antonia«, erwidert meine Mutter.

»Ja, Antonia«, berichtigt sich Einfach-Carol.

Jetzt starrt meine Mutter mich an. Ihr Mund lächelt nicht mehr, nicht einmal ein vorgetäuschtes Lächeln.

Ich blicke hinauf zu Kate, die sich oben ans Treppengeländer gekauert hat und versucht jedes Wort mit anzuhören. »Ich bin mit Pistachio zur Tierärztin gegangen«, sage ich. Ich blicke zu ihm hinunter. Er versucht sich aus meinen Armen zu befreien. Der Klang unserer Stimmen macht ihn nervös. Aber vielleicht weiß er auch nur genau, dass er eigentlich nicht ins Wohnzimmer darf.

Meine Mutter wartet auf mehr.

»Ich bin mit Pistachio zur Tierärztin gegangen und habe nicht dafür bezahlt«, sage ich.

»Wie viel?«, fragt meine Mutter. Sie setzt sich. Einfach-Carol und ich setzen uns auch.

»Ich weiß es nicht«, antworte ich.

»Weißt du es nicht oder willst du es mir nicht sagen?«

»Ich weiß es nicht.«

Einfach-Carol räuspert sich. Ihre grünen Augen bohren sich wie Laserstrahlen durch meinen Kopf.

»Ich habe der Tierärztin die falsche Adresse gegeben, damit du keine Rechnung bekommst.« Ich blicke hinunter auf den Teppich.

Ich wünschte, ich könnte darunter kriechen. Als ich es getan habe, ist es mir gar nicht so schrecklich vorgekommen. Ganz bestimmt nicht so wie stehlen. Es hat sich so angefühlt, als würde ich mich gut um meinen Hund kümmern. Aber jetzt, da Einfach-Carol und meine Mutter mich beide anstarren, da fühle ich mich, als hätte ich ins Bett gepinkelt.

»Die Tierärztin an der Ecke von Deeson und Mayer Way?«

»Nein. Ich bin zu einer neuen gegangen.«

Meine Mutter schnaubt. »Und warum erzählst du mir das?« Sie blickt Einfach-Carol an.

»Weil Einfach-Carol gesagt hat, dass ich die Sache in Ordnung bringen muss, sonst darf ich nicht mehr in den Zoo gehen.« Ich streichle Tashi und hoffe, dass meine Mom mir nicht sagt, ich soll ihn rausbringen.

Meine Mutter nickt. Ihre Zunge rollt über ihre Zähne.

»Also war es nicht deine eigene Idee, mir das zu erzählen, sondern Miss Carols.«

Ich blicke hinab zu Pistachio.

»Sie sind die Kunstlehrerin?«, fragt meine Mutter.

»Ja.«

»Und was schlagen Sie also vor?«, fragt meine Mutter Einfach-Carol.

»Ich denke, Sie und Antonia sollten zur Tierärztin gehen und herausfinden, wie viel Sie ihr schulden, und dann sollten Sie versuchen einen Weg zu finden, wie Antonia das Geld abarbeiten kann. Und ich glaube . . .«, Einfach-Carol sieht jetzt unsicher aus, ». . . dass Sie eine Vereinbarung darüber treffen sollten, wie ihr Hund in Zukunft tierärztlich betreut werden kann. Denn ich habe den Verdacht, dass das

Gleiche wieder passieren wird, wenn Ant ... wenn Antonia nicht das Gefühl haben kann, dass sie sich verantwortlich um Pistachio kümmert.«

»*Verantwortlich um Pistachio kümmert*«, wiederholt meine Mutter. Bis jetzt ist sie ziemlich ruhig geblieben, aber dieser letzte Satz scheint sie zu verärgern. »Und könnten Sie mir jetzt auch noch sagen, was diese ganze Sache mit dem Kunstunterricht zu tun hat?«

»Die Sache betrifft mich nur deswegen, weil Antonia mir davon erzählt hat.«

»Und dann sind Sie also hergekommen, um mir zu erzählen, dass ich eine schlechte Mutter bin und schlechte Entscheidungen getroffen habe?«

»Ganz und gar nicht, Mrs MacPherson.«

»Aber doch, natürlich«, sagt meine Mutter, zieht ein Papiertaschentuch aus ihrer Tasche und putzt sich die Nase. Meine Mutter ist der einzige Mensch, den ich kenne, der sich so zart die Nase putzen kann. Der Rest der Menschheit trötet einfach drauflos, aber sie schnieft nett und lieblich. Ich verstehe nicht, wie sie auf diese Weise ihren Rotz herausbekommt.

»Das haben Sie doch damals auf diesem Ausflug in das Büro des Direktors gesagt. Sie haben gesagt, ich wäre eine so schlechte Mutter, dass mein Kind sich eine neue wünscht. Als ob ich nicht wüsste, dass sie sich diese ganze Adoptionsgeschichte zurechtspinnt. Sie haben versucht mich mit der Nase da hineinzustoßen, aber glücklicherweise hat Ihr Direktor Sie durchschaut.«

»Ich kann verstehen, dass Sie sich so gefühlt haben.« Einfach-Carol blickt meine Mutter mit der gebündelten Intensität ihrer grünen Augen an. »Es tut mir Leid, dass ich die Sache damals so angefasst habe.«

Das stoppt meine Mutter. Sie scheint überrascht zu sein, dass Einfach-Carol das gesagt hat.

Sie atmet tief ein und beginnt von neuem: »Und was Pistachio angeht, Pistachio ist alt. Und wenn es nach Antonia ginge, dann würde dieser Hund zweimal in der Woche zum Tierarzt gehen. Ich meine, was kann denn ein Tierarzt gegen Altersschwäche tun? Oder ist das auch meine Schuld?«

»Ich versuche nicht zu sagen, dass irgendetwas an dieser Sache Ihre Schuld ist«, sagt Einfach-Carol.

»Ich bringe ihn nicht jede Woche hin. Ich bringe ihn nur hin, wenn er krank ist«, sage ich.

»Nun, vielleicht könnten wir einen Tierarztfonds einrichten. Und Antonia könnte etwas Extraarbeit machen, so dass genug Geld da wäre, wenn Sie beide der Meinung sind, dass er Hilfe braucht.« Einfach-Carol blickt erst mich und dann meine Mutter an.

»Sind Sie eine neue Lehrerin?«, fragt meine Mutter.

»Ich unterrichte seit zwei Jahren.«

»Das ist keine sehr lange Zeit.«

»Nein, das ist es nicht.«

»Sehen Sie, ich weiß, dass Sie Antonia helfen wollen, aber ich kann mir nicht helfen ... ich glaube nicht, dass Ihrer der richtige Weg ist«, sagt meine Mom.

Ich blicke meine Mom an. Ich sehe, wie sehr sie versucht die Kontrolle nicht zu verlieren.

»Sie mögen Recht haben. Aber ich habe Ihrer Tochter versprochen, dass sie wieder am Zoo-Programm teilnehmen kann, wenn sie die Sache mit diesen Tierarztrechnungen aus der Welt schafft, und ich wäre gerne in der Lage, mein Versprechen zu halten. Ich glaube allerdings, dass sie Ihre Hilfe braucht, um einige dieser Angelegenheiten in Ordnung zu bringen.«

»Warum lehnen Sie sich eigentlich so für sie aus dem Fenster?«

»Weil ich sie mag«, antwortet Einfach-Carol.

Meine Lippen lächeln. Ich fühle einen warmen Schwall über mich kommen. Eine Sekunde lang fürchte ich, ich könnte anfangen zu weinen. Ich frage mich, ob Kate das wohl gehört hat. Ich hoffe es. Und ich hoffe, sie erzählt es auch Elisabeth.

Meine Mutter blickt mich an, als versuche sie zu verstehen warum. Eine Minute lang ist sie still, dann nickt sie. Ihr Kopf bewegt sich kaum dabei.

»Mit den anderen beiden komme ich gut zurecht«, sagt sie leise. »Wegen denen hat man mir noch nie Vorhaltungen gemacht.«

»Mrs MacPherson, bitte, ich mache Ihnen keine Vorhaltungen. Es ist nur so, dass wir da ein Problem haben, und ich glaube, wir müssen es angehen.«

»Mit Antonia ist alles ein Problem.«

»Antonia, warum gehst du nicht nach oben? Ich möchte gerne einen Moment alleine mit deiner Mutter sprechen«, sagt Einfach-Carol.

Ich schüttele heftig meinen Kopf. »Ich glaube nicht, dass das eine gute Idee ist«, flüstere ich.

»Aber ich glaube das«, erwidert Einfach-Carol. Die Art, wie sie das sagt, ist scharf. So als könnte man sich an ihren Worten schneiden wie an Papier, wenn man sie berührt. Ich gehe nach oben.

Kate sitzt auf der obersten Treppenstufe. »Du sollst doch Pistachio nicht mit ins Wohnzimmer nehmen«, sagt Kate. Sie hat ihr Notizbuch in der Hand, so als hätte sie das schon festgehalten. »Und ich verstehe nicht, wie du im Kunstunterricht in Schwierigkeiten geraten kannst. Was kann man denn an *Kunst* falsch machen?«

»Ich bin nicht im Kunstunterricht in Schwierigkeiten geraten«, antworte ich.

»Was hast du denn dann angestellt?« Sie beugt sich vor. Ihr Mund öffnet sich. Ihre blauen Augen glühen.

»Das geht dich nichts an«, sage ich und schließe die Tür zu meinem Zimmer.

Die Nase

Jetzt wähle ich Einfach-Carols Nummer und wünsche mir, dass sie nur dieses eine Mal den Hörer abnimmt anstelle des Anrufbeantworters, den ich nun schon so oft gehört habe. Nein, es ist wieder die Maschine. Ich lege auf ohne eine Nachricht zu hinterlassen und dann sitze ich einfach da und starre ins Leere. Wenn sie mir völlig egal ist, warum rufe ich sie dann eigentlich so oft an?

Meine Mutter ist in der Garage. Sie öffnet alte Umzugskartons, die sie nie ausgepackt hat. Ich höre, wie die Klinge ihrer Schere das braune Packband zerschneidet und dann das Reißen des Kartons, wenn sie die Deckel aufzieht. Sie schaut nach, ob sie das, was in den Kartons ist, noch braucht. Ich gehe ins Wohnzimmer, um eine CD aufzulegen und damit die Geräusche zu übertönen. Ihre Hoheit kommt mir zuvor. Keine von uns beiden kann die Geräusche ertragen, die meine Mutter beim Ausräumen der Garage macht, denn wir wissen nur zu genau, was das bedeutet: Sie glaubt, dass wir bald umziehen werden. Wir erinnern uns noch gut an das letzte Mal und an das Mal davor.

Jetzt ist es bald Zeit, dass mein Vater anruft. Um halb acht! Ich schaue in der Küche auf die Uhr. Jedes Mal, wenn ich gucke, ist es Viertel nach sieben. Schließlich bewegen sich die Zeiger – 7.18 Uhr. Das Telefon klingelt. Ich nehme unten in der Diele den Hörer ab. Elisabeth reißt ihn mir aus der Hand. »Dad!«, höre ich Elisabeth sagen, als ich die Stufen hinaufrenne zum anderen Apparat. »Du suchst doch nicht etwa einen Job in Philadelphia, oder?«

»Was ist mit Hallo? Fangen wir nicht normalerweise damit an?«

»Antonia hat bei Leebson in Atlanta angerufen und sie haben ihr gesagt, dass du dort nicht länger arbeitest.«

»Oh, hat sie das?«

»Ja, das habe ich«, antworte ich.

»Hallo, Antonia.«

»Dad, wir müssen *hier* bleiben, weißt du? Du kannst keinen Job in Pennsylvania annehmen.«

»Kein ›Hallo‹. Kein ›Wie geht es dir?‹. Ihr Mädchen seid eine ganz schön knallharte Truppe, das kann ich euch sagen. Aber um deine Frage zu beantworten, nein, ich suche keinen Job in Philadelphia. Zufrieden?«

»Warum hast du bei Leebson aufgehört?«, fragt Elisabeth.

»Ich habe meine Kündigung eingereicht, weil es an der Zeit war. Ich wollte noch bleiben, bis sie einen

Ersatz für mich gefunden haben, aber mein verrückter Exboss Dave hat sich so aufgeregt, dass er gesagt hat, ich soll meinen Schreibtisch ausräumen und verschwinden. Auch gut. Es war nicht der richtige Platz für mich. Das ist eine sehr positive Veränderung.«

»Warum hast du uns nichts gesagt?«, frage ich.

»Ihr habt mir keine Zeit dazu gelassen.«

»Okay, Dad, aber wir ziehen nicht um«, sagt Elisabeth.

»Junge, seid ihr heute aufgedreht. Beruhigt euch, okay? Es gibt nichts, worüber ihr euch Sorgen machen müsstet.«

»Aber wo wirst du jetzt arbeiten?«, fragt Elisabeth.

»Elisabeth, es ist jetzt zweiundsiebzig Stunden her – vielleicht auch achtzig –, dass ich meinen letzten Job verlassen habe. Ich weiß noch nicht, wo ich arbeiten werde. Aber ich plane nicht mit euch nach Sibirien umzuziehen, das verspreche ich. Natürlich werde ich versuchen in Nordkalifornien zu bleiben. Ich weiß, dass ihr Mädchen euch hier wohl fühlt und eure Mutter auch.«

»Du wirst es *versuchen*?«, frage ich.

»Ja, ich werde es versuchen. Und jetzt gebt mir eure Mutter. Ich bin es leid, mich mit dem dritten Rang abzugeben.«

»Du musst dir schon etwas mehr Mühe geben«, sagt Elisabeth.

»ELISABETH! So sprichst du nicht mit mir, verstanden! Und jetzt gib mir bitte deine Mutter!«

Ich lege den Hörer auf. Ich will nichts mehr hören. Elisabeth kommt nach oben. Kate folgt ihr. Sie hat gehört, was geschehen ist, aber sie versteht es noch nicht ganz. Sie vertraut meinen Eltern immer noch auf eine Weise, wie Elisabeth und ich es nicht mehr tun.

Ich weiß nicht, was wir uns von dem Gespräch mit meinem Dad erhofft haben, Elisabeth und ich. Aber was immer es war, wir haben es nicht bekommen. Wir haben umsonst gewartet. Keine Informationen. Gar nichts.

Wir setzen uns in die Türrahmen zu unseren Zimmern auf den Flur. Das ist die neutrale Zone. Elisabeth rollt mir einen rosafarbenen Gummiball zu. Ich rolle ihn zu Kate. Kate rollt ihn zu Elisabeth. Wir hören zu, wie meine Mom mit meinem Dad telefoniert – eine entfernte Stimme, die sich hebt und senkt. Nach wenigen Minuten verstummt sie. Schneller als sonst.

Wir sind wie Zombies, die von diesem Ball hypnotisiert sind, den wir immer weiter hin und her rollen. Hin und her. Nach einer Weile kommt meine Mutter mit einem Stapel Wäsche an uns vorbei. Ich freue mich das zu sehen. Die Wäsche ist etwas Alltägliches, sie hat nichts mit einem Umzug zu tun.

Meine Mutter steigt über Elisabeth, dann bleibt sie stehen. Es ist noch nie vorgekommen, dass wir drei etwas zusammen machen. Das scheint meiner Mutter aufgefallen zu sein. »Was spielt ihr denn?«, fragt sie.

»Nichts«, antwortet Elisabeth. Ihr Kopf schwingt hin und her, als ob sie den Takt zu einem Lied schlägt, das nur sie hört. Das macht sie immer, wenn sie unglücklich ist. Meine Mutter beobachtet Elisabeth. Sie wartet auf mehr. Elisabeth starrt den Ball an, als fordere es ihre ganze Aufmerksamkeit, ihn mit der Hand anzuhalten und zu mir hinüberzurollen. »Wir spielen mit einem rosafarbenen Ball«, erwidert sie.

»Das sehe ich«, sagt meine Mom, während sie einen Stapel sorgsam zusammengefalteter Kleidung auf Elisabeths Bett legt. Meine Mom kommt aus Elisabeths Zimmer und geht in Kates. Als sie wieder an uns vorbeikommt, sagt Elisabeth: »Wir wollen nicht umziehen.«

»Euer Dad hat nicht gesagt, dass wir umziehen«, antwortet meine Mom und fährt sich mit ihren lackierten Fingernägeln durch ihr sorgfältig gelocktes blondes Haar.

»Er muss sich jetzt einen neuen Job suchen. Du weißt, was das bedeutet«, sagt Elisabeth. Sie konzentriert sich immer noch auf den Ball. Sie hat den Kopf gesenkt, der Ballerinaknoten ragt in die Luft. Normalerweise ist Elisabeth sehr ordentlich, aber heute fällt ihr das Haar aus dem Knoten und sie trägt ein Sweatshirt mit Löchern drin. Ihre helle Haut ist ganz fleckig, so wird sie, wenn sie geweint hat.

»Es gibt eine Menge Jobs in dieser Gegend, wisst ihr?«, sagt meine Mom. Sie versucht das sehr klar und bestimmt zu sagen. Aber die Worte zittern, als sie herauskommen.

»Seht ihr«, sagt Kate. »Habe ich es euch nicht gesagt?«

Elisabeth verdreht die Augen. »Es gibt immer eine Menge Jobs, aber Dad nimmt sie nie an. Er nimmt die, die bedeuten, dass wir tausend Meilen oder weiter umziehen müssen und meine Aufführungen verpassen«, flüstert Elisabeth und starrt zu Boden.

»Wie bitte?«, fragt meine Mutter.

»Ich kann auf keinen Fall hier weggehen, Mom. Das weißt du«, sagt Elisabeth jetzt laut, so dass meine Mutter es hören kann. Sie hat jetzt den Ball und sie dribbelt ihn hart und schnell auf und nieder wie einen Basketball. »Ich kann absolut nicht. Dieses Jahr trete ich im ›Nussknacker‹ auf. Hast du das denn ganz vergessen?«

»Um Himmels willen . . . Niemand verlangt, dass du den ›Nussknacker‹ aufgibst. Hat dein Dad nicht gesagt, dass er versuchen wird hier einen Job zu finden? Was kann er denn sonst tun?«, fragt meine Mutter. Das ist ihr Ich-will-nichts-mehr-davon-hören-Ton. Es überrascht mich, dass sie so mit Elisabeth spricht. Und es freut mich . . . begeistert mich geradezu. Aber dann denke ich an Harrison und Mr Emerson und an Einfach-Carol und an alles, was ich verlieren werde, wenn wir umziehen, und meine Freude verfliegt.

»Warum räumst du denn dann die Garage aus?«, frage ich sie.

»Weil sie schmutzig ist«, erwidert meine Mutter.

»Ihr werdet uns doch nicht mitten in der Nacht aufwecken, oder?«, fragt Elisabeth. Ihre Stimme ist jetzt sanft und leise. Sie hat Angst.

»Elisabeth, ich weiß nicht, woher du diese Ideen nimmst. Das war eine Urlaubsreise. Wir haben euch mitten in der Nacht aufgeweckt, weil wir quer durch die Wüste gefahren sind und es tagsüber zu heiß dazu war. Was ist denn nur in dich gefahren?«, fragt sie und hebt ihren leeren Wäschekorb aus Plastik auf. Dann schüttelt sie den Kopf und murmelt: »Du klingst schon fast wie Antonia.«

»Was hast du gesagt?«, fragt Elisabeth.

»Egal«, sagt meine Mutter und dann ist sie auch schon die Treppe hinuntergegangen.

»Ich gehe nicht von hier weg«, sagt Elisabeth, als wir hören, wie die Küchentür hinter meiner Mutter zuschwingt.

»Ich gehe auch nicht von hier weg«, erwidere ich.

»Sie können uns nicht dazu zwingen«, verkündet Elisabeth. Es ist ungewöhnlich für Elisabeth, dass sie sich weigert etwas zu tun. Normalerweise bekommt sie das, was sie will, auf eine raffiniertere Art.

»Natürlich können sie das. Sie können uns zwingen, wozu sie wollen«, erwidere ich. Ich habe viel mehr Erfahrung, was Ungehorsam angeht. Das ist mein Spezialgebiet.

»Wir könnten von zu Hause weglaufen«, sagt Elisabeth und ihre blauen Augen leuchten in ihrem fleckigen Gesicht.

Ich schnaube verächtlich. »Elisabeth, es gibt keine Notunterkünfte mit rosafarbenen Himmelbetten.«

»Halt die Klappe, Ant!«, sagt Elisabeth.

Es überrascht mich, dass sie mich »Ant« nennt. Das macht mich froh, auch wenn sie davor »Halt die Klappe« gesagt hat. Ich blicke sie an. Noch nie zuvor habe ich sie so unglücklich gesehen. Sie schaukelt vor und zurück, Tränen rinnen ihr aus den Augen und die Wangen hinunter.

Ich beiße mir auf die Lippe. Ich bin mir nicht ganz sicher, was ich jetzt tun soll. Es fühlt sich ganz merkwürdig an, dass wir beide sauer auf unsere Mom sind, Elisabeth und ich.

»Antonia, hast du diesen Dreck hier unten hinterlassen?«, ruft meine Mom die Treppe hinauf.

»Geh lieber runter.« Elisabeth nickt in die Richtung meiner Mom.

Normalerweise lieben Elisabeth und Kate es, wenn ich in Schwierigkeiten gerate. Sie weiden sich daran. Wenn meine Mutter wütend auf mich wird, dann laufen sie immer eine Weile hinter ihr her und helfen ihr, nur um zu beweisen, dass sie viel besser sind als ich. Aber heute hat es den Anschein, als wolle Elisabeth nicht, dass ich Ärger bekomme.

»Ich habe keinen Dreck hinterlassen«, erkläre ich Elisabeth.

»Doch, das hast du. Als du Pistachio gekämmt hast.«

»Oh ja. Vielleicht habe ich das.« Ich lächle.

»Antonia!«, ruft meine Mutter wieder, lauter diesmal.

Ich schüttele meinen Kopf und stehe auf.

Elisabeth hat mit einer Hand den Ball angehalten. »Sie hasst dich gar nicht so sehr, wie du glaubst, weißt du das?«, sagt sie.

Ich bin überrascht, dass Elisabeth das sagt. So etwas hat sie noch nie gesagt. Tatsächlich behauptet sie normalerweise genau das Gegenteil.

»Aber du machst sie ganz schön wütend. Besonders wenn du ihr sagst, dass sie nicht deine richtige Mutter ist. Mann oh Mann. Genauso gut könntest du sie mit Benzin überschütten und ein Streichholz anzünden.«

»Aber sie ist es nun mal nicht«, sage ich.

»Oh, hör doch auf, Ant. Nur weil du unsere Mom nicht leiden kannst, kannst du dir noch lange keine neue zurechtbasteln.« Sie schüttelt den Kopf.

»Sie ist deine Mom, nicht meine. Falls du es noch nicht bemerkt hast, sehe ich auch gar nicht aus wie sie«, erkläre ich.

»Jetzt nicht mehr, aber sie hat so ausgesehen wie du, als sie ein Kind war. Vor ihrer Nasenoperation und ihrer Dauerwelle und bevor sie sich die Haare gefärbt hat.«

Als Elisabeth dies sagt, fühle ich einen stechenden Schmerz in meiner Brust.

»Das ist nicht wahr«, sage ich, aber es ist schon zu spät. Denn plötzlich taucht vor meinem inneren Auge ein Foto auf. Es steht in Tante Mindys Haus, auf dem Frisiertisch in ihrem Schlafzimmer. Es ist ein Foto von Tante Mindy und meiner Mutter, als sie noch kleine Mädchen waren. Sie tragen passende Kleider mit weißen Matrosenkragen. Sie streicheln beide eine große orangefarbene Katze. Tante Mindy sieht aus wie sie selbst, nur jünger. Aber meine Mom sieht aus wie ich.

Der Gestank anderer Hunde

Liebe richtige Mom,

okay, dich gibt es also in Wirklichkeit gar nicht. Na gut, das habe ich also auch die ganze Zeit gewusst. Was soll's. Ich werde trotzdem genauso weiter an dich glauben. Denn ich bin nicht Mrs MacPhersons Tochter. Das bin ich nicht. Viele Leute sehen sich ähnlich und sind trotzdem nicht verwandt. Ja, so ist das. Und Pistachio ist auch nicht ihr Hund. Das weiß ich ganz sicher.

Mit freundlichen Grüßen,
Ant und Pistachio

Seit zwei Wochen bin ich nun jeden Tag nach Hause gegangen, um Pistachio abzuholen und habe mich gleich darauf auf den Weg zur Tierärztin gemacht, um dort zu arbeiten. Meistens mache ich die Hundezwinger im Hof sauber. Ich benutze dieses stinkige grüne Zeug und eine große gelbe Bürste. Das macht keinen Spaß. Besonders weil sie vorher die Hunde und die Katzen rausnehmen, so dass ich sie nicht streicheln oder mit ihnen sprechen kann und all so was. Die Tierärztin hat keinen Zweifel daran gelassen, dass ich bestraft werde. Sie mag mich nicht. Ich mag sie auch nicht, aber die Arzthelferin mit dem flauschigen weißen Hund ist sehr nett. Ich spüre, dass sie das, was ich getan habe, nicht besonders schlimm findet. Ich wette, dass sie auch an diesen Nilpferd-Eid glaubt.

Wenigstens erlaubt mir die Tierärztin, dass ich Pistachio mitbringe. Ich habe ihm aus einer alten blauen Decke ein Bett gemacht, aber da liegt er so gut wie nie drin wegen all dieser Gerüche. Er kriegt einfach nicht genug von dem Gestank anderer Hunde. Das Einzige, was er nicht mag, ist die eklige grüne Seife. Wenn ich die in den Eimer spritze, dann rollt er die Lefzen auf, schüttelt den Kopf und geht rückwärts. Ich kann ihm das nicht verübeln. Ich hasse sie auch. Ich bekomme davon das Gefühl, dass ich jeden Moment niesen muss. So als würde ich immerzu »Ha-ha-ha« sagen, aber nie »tschi«.

Was ich auch noch hasse, sind diese gruseligen lilafarbenen Flugblätter. Sie liegen auf dem Regal mit den Broschüren, neben anderen Flugblättern in anderen Farben über Flöhe und Würmer und Einbrecher. Oder jedenfalls lagen sie da. Jetzt sind diese lilafarbenen Zettel nämlich ganz unten im Mülleimer unter einem großen Haufen Hundekot. Da gehören sie hin. Sie sind Müll. Schlimmer als Müll. Vorne drauf sieht man das Bild eines traurigen, alten Golden Retrievers und eine schlecht gezeichnete Uhr. Darüber steht in einer Computerhandschrift: »Zeit zum Einschläfern?« In Wahrheit bedeutet das: »Bist du bereit, deinen besten Freund abzuschlachten?« Aber wenn das dort neben dem Bild von einem Menschen stehen würde, dann würde die Polizei kommen und die Leute hier verhaften.

Diese Uhr macht mich wirklich fertig. Sie erinnert mich an diese Hausaufgabenblätter, die Kate bekommen hat, als sie in der ersten Klasse war. Sie musste bei jedem Bild die Zeiger in die Uhr einzeichnen: Zeit zum Frühstück, Zeit zum Mittagessen, Zeit zum Abendessen. Und jetzt: Zeit zum Abschlachten.

Ich habe das Innere des Flugblatts nicht einmal gelesen. Das Titelbild reicht mir schon, um zu wissen, dass ich Pistachio nie wieder hierher bringen würde. Es ist mir egal, dass ich hier Geld verdienen soll, damit er in Zukunft tierärztlich betreut werden kann. Ich gehe lieber ins Gefängnis, als ihn zu einer Tierärztin zu bringen, wo solche Flugblätter herumliegen. Ich halte jetzt meine Augen nach ihnen offen, und wenn ich eins entdecke, bringe ich es schnurstracks zum Mülleimer beim Hinterausgang.

So wie ich es sehe, ist das meine gute Tat für den Tag. Es ist viel wichtiger, als die Zwinger sauber zu machen. Aber weil ich die Zwinger sauber mache, darf ich samstags mit Harrison in den Zoo fahren. Und das macht wirklich Spaß. Das Ganze hat auch noch eine andere gute Seite: Weil ich immer bei der

Tierärztin oder im Zoo bin, war ich in letzter Zeit wenig in der Nähe meiner Mom. Und wenn ich zu Hause bin, benimmt sich meine Mutter komisch mir gegenüber. Sie vergisst nicht einfach, dass ich da bin, wie früher immer. Sie beobachtet mich und stellt eine Menge Fragen über Einfach-Carol. »Was würde wohl diese Lehrerin von dir dazu sagen?«, fragt sie, wenn sie mich dabei erwischt, wie ich mit Pistachio in meiner Tasche heimlich das Spalier hinter dem Haus herunterklettere. »Wie soll ich das denn wissen?«, antworte ich dann.

Eines Tages hat sie gefragt: »Und was hat also diese Lehrerin von dir über mich zu sagen?«

»Über dich? Einfach-Carol sagt überhaupt nichts über dich«, erkläre ich ihr, aber sie benimmt sich so, als könne das einfach nicht wahr sein, als würde ich ihr etwas verschweigen. Es gefällt mir, dass es ihr anscheinend wichtig ist, was Einfach-Carol denkt. Ich fühle mich dadurch irgendwie sicherer, so als hätte meine Mutter nicht mehr bei allem das letzte Wort.

Mein größtes Problem ist immer noch mein Dad. Elisabeth hat ihm eine Karte gezeichnet und mit rosafarbenem Stift alle Orte hier in der Gegend markiert, in denen er arbeiten könnte. Aber ich frage mich, ob er sie überhaupt beachten wird. Er sagt, das wird er tun, aber er hat einfach diese Angewohnheit, »etwas zu vergessen«. Wenn mein Vater sagt, er kann sich an etwas nicht erinnern, dann frustriert mich das so, dass ich schreien könnte. Denn dann gibt es nichts, was ich dazu sagen könnte. Etwas zu vergessen ist ein einfaches Schlupfloch. Ein aalglattes Ausweichmanöver. Vergessen ist schlimmer als lügen. Deshalb bin ich froh, dass es die Karte gibt. Jetzt steht alles auf dem Papier. Wir haben sie meinem Dad an den Aktenkoffer geklebt, dann kann er sie nicht so leicht »vergessen«.

Das andere Problem ist Harrison. Er benimmt sich komisch wegen diesem Mathe-Marathon. Zuerst hat er gesagt, er könnte unmöglich kommen, weil der Mathe-Marathon am Samstag stattfindet und da fahren wir doch immer in den Zoo. Als er dann herausgefunden hatte, dass Einfach-Carol zum Mathe-Marathon kommt und dass es an diesem Tag nicht zum Zoo gehen würde, wurde er sehr still. Ich hasse es, wenn er das macht. Wenn ich ihn nicht so gut kennen würde, würde ich glauben, er wäre gemein. Aber ich weiß, dass es das bei Harrison niemals ist. Harrison ist nie gemein.

Als ich ihm heute begegne, sitzt er draußen vor der Spanischklasse auf dem Fußboden. Natürlich zeichnet er. Normalerweise zeichnet er jetzt Giraffen statt Hühner, aber heute ist er wieder einmal bei einer Hühnerzeichnung – es ist eine, die er schon vor langer Zeit begonnen hatte. Er ist beinahe fertig. Das Einzige, was noch zu zeichnen ist, ist ein Hühnerfuß und ein Teil des Kopfes. Es ist für mich immer ganz erstaunlich, woher er so genau weiß, wie Hühner von jeder Blickrichtung aus aussehen. Es ist so, als hätte er eine CD-ROM voller Hühnerteile in seinem Kopf.

»Warum bist du so komisch wegen diesem Mathe-Marathon?«, frage ich ihn.

»Warum gehst du denn da hin?«

Das ist eine gute Frage. Ich habe nie darüber nachgedacht, warum ich gesagt habe, dass ich mitmache, aber bisher hat es mir keinerlei Mühe bereitet und der Neandertaler hat gesagt, ich sollte es tun. Allerdings tue ich ja normalerweise auch nicht das, was mir ein Lehrer sagt – im Gegenteil, das ist für mich meistens erst recht ein Grund, mich zu weigern.

Ich bin mir nicht sicher, was der wirkliche Grund ist. Vielleicht möchte ich ja, dass Einfach-Carol denkt, ich wäre klug. Natürlich ist mir klar geworden, dass sie das bereits glaubt, und wenn ich in diesem Mathe-Marathon sang- und klanglos untergehe, dann überlegt sie es sich bestimmt anders. Aber ich glaube nicht, dass das passiert, denn ich bin gut in Mathe. Ich strenge mich nicht einmal besonders an. Es ist, als wüsste ein Teil meines Gehirns bereits, wie ich die Aufgaben lösen muss. Es kennt die falschen und die richtigen Wege. Ich folge allen Wegen bis an ihr Ende und dann wieder zurück.

Einer der Gründe, warum ich Mathe mag, ist, dass eine richtige Antwort immer richtig ist, unabhängig davon, wer deine Hausaufgaben benotet. In Englisch kann es passieren, dass dir ein Lehrer eine schlechte Note für eine Arbeit gibt, nur weil du eine große

Klappe hast oder weil er deine Handschrift nicht leiden kann. Aber in Mathe kommt das nie vor.

Ich überlege, wie ich Harrison das erklären kann. Offenbar glaubt er, dass dieser Mathe-Marathon irgendwie gefährlich ist, so als würde er mich irgendwohin führen, wohin er nicht folgen kann. Er will einfach nicht einsehen, wie lächerlich das ist.

Letztes Jahr, als ich es bis obenhin satt hatte, immer in Mr Borgdorfs Büro geschickt zu werden, und als ich deshalb anfing im Unterricht mitzuarbeiten, da hat er sich auch solche Sorgen gemacht. Aber dann hat er sich daran gewöhnt und es war okay. Es ist nicht so, dass Harrison gerne in Schwierigkeiten gerät. Das tut er nicht. Aber er hasst Veränderungen und er befürchtet, die Schule könnte sich wichtigen Dingen wie seiner Kunst und unserer Freundschaft in den Weg stellen. Die Erwachsenen benehmen sich immer so, als ob die Schule wichtiger wäre als deine Freunde, aber Harrison und ich finden das grundverkehrt. Darüber haben wir sehr oft gesprochen.

»Ich möchte es einfach«, sage ich.

Er kaut an seinem Bleistift herum und sagt gar nichts. Ich begreife, dass diese Antwort nicht gut genug ist.

»Vielleicht hat es was mit Einfach-Carol zu tun«, sage ich.

Er beugt sein Gesicht wieder über sein Blatt und beschäftigt sich mit seinem Bleistift. »Du musst gar nicht gut in Mathe sein, weißt du?«

»Das weiß ich«, antworte ich. »Es ist wie ein Puzzle, Harrison. Ich möchte einfach wissen, ob ich es kann.«

»Und was ist, wenn du es kannst?«

Ich zucke mit den Schultern. »Na, dann kann ich es eben.«

»Machst du das dann jeden Samstag anstatt in den Zoo zu fahren?«

»Nein. Ich gehe gerne in den Zoo.«

Harrison zeichnet jetzt nicht mehr. Er kaut auf seinem Bleistift herum. Seine Haare hängen ihm ins Gesicht, so dass ich seine Augen nicht sehen kann.

»Und was ist, wenn dir dieser Mathekram besser gefällt?«

»Harrison, ich will es einfach versuchen. Es ist nur ein einziger Samstag. Die Leute machen das nicht jeden Samstag.«

»Fährst du mit einem Bus?«

»Nein.«

»Ich bin nicht gut in Mathe. Ich könnte nicht mit dem Bus mitfahren«, sagt Harrison.

»Es gibt keinen Bus, Harrison. Und es spielt doch gar keine Rolle, dass du nicht gut in Mathe bist. Ich kann auch nicht gut zeichnen.«

Er nickt. »Wirst du dich dann mit Keegan und Madison anfreunden wollen? Die sind gut in Mathe. Wahrscheinlich sitzen sie im Bus nebeneinander.«

»Harrison«, ich gebe ihm einen sanften Klaps auf den Arm. »Ich werde mich nicht mit Keegan und

Madison anfreunden und ich fahre nirgendwohin mit einem Bus. Bist du mit Sarah Feldman befreundet, nur weil sie eine gute Künstlerin ist?«

»Nein. Ich bin mit dir befreundet.«

»Ja, und ich bin mit dir befreundet, also werde jetzt nicht komisch. Außerdem könnte es doch sein, dass Einfach-Carol uns diese Woche am Sonntag mit in den Zoo nimmt. Wir könnten sie fragen.«

»Ja, lass uns fragen.« Er lächelt sein schiefes Lächeln, das mit dem einen Grübchen. Seine Augen kann ich immer noch nicht sehen. Alles, was ich sehe, sind Haare und sein Mund.

»Kommst du also zu dem Mathe-Marathon? Ich brauche dich.«

Harrison streicht sich die Haare aus dem Gesicht und schielt.

Dann lächelt er mich an. »Okay, na klar«, sagt er.

Eine Mitfahrgelegenheit

Meine Mutter hat sich ganz fein gemacht mit ihren blauen, hochhackigen Schuhen und mit ihrem Parfüm nur für spezielle Anlässe. Ich weiß gar nicht, warum sie sich so herausgeputzt hat. Es ist doch nur Elisabeths Kostümprobe, nicht einmal die richtige Aufführung oder so was.

Elisabeth trägt ihr gutes rosafarbenes Trikot und eine Strumpfhose. Ihr Haar ist so straff zurückgekämmt, dass es so aussieht, als bekäme sie davon Kopfschmerzen. Kate trägt auch ihr rosafarbenes Trikot und ihr Haar ist auch so angeklatscht wie Elisabeths. Kate geht nur zum Tanzunterricht, aber meine Mom hat ihr erlaubt, dass sie sich auch fein macht.

Dad ist gestern Nacht nach Hause gekommen. Ich kann ihn unter der Dusche hören. Ich hänge draußen vor der Tür herum und warte, bis er fertig ist. Pistachio hat es sich in meiner Armbeuge bequem gemacht.

»Wie kommst du denn zu deinem Mathe-Marathon, Antonia?«, fragt meine Mom, als sie in einer Wolke aus Lavendelduft an mir vorüberschwebt.

»Einfach-Carol holt mich ab«, behaupte ich. Das ist eine Lüge – und eine dumme noch dazu. Eigentlich müsste meine Mom mich hinbringen, aber ich möchte, dass mein Dad mich fährt. Elisabeth muss früher da sein, deshalb nimmt meine Mom sie mit. Mein Dad fährt wahrscheinlich später, wenn die Aufführung beginnt. Aber vielleicht auch nicht. Wenn er mich fährt, dann sieht er vielleicht, was für eine großartige Sache dieser Mathe-Marathon ist, und dann bleibt er vielleicht und sieht mir zu – wenigstens eine Weile.

Ich warte, bis ich meine Mom und Elisabeth und Kate ins Auto steigen höre, dann klopfe ich an die Badezimmertür. »Dad?«

»Ja?« Seine Stimme klingt etwas gedämpft durch die Tür.

»Gehst du heute Golf spielen?«

»Nein.«

»Oh.« Pistachio zappelt auf meinem Arm herum. Er will runter. Ich wechsle den Arm und hoffe, dass er es sich dort wieder bequem macht.

»Hast du sonst irgendetwas vor?« Ich wünschte, er würde herauskommen. Es ist unmöglich, sich durch eine geschlossene Tür hindurch zu unterhalten.

»Viele andere Sachen. Ich habe heute ein volles Programm und morgen fliege ich nach New York. Ich muss einige Dokumente zusammensuchen und eine Menge . . .«

»NEW YORK!«, schreie ich. Die Worte dröhnen in

meinen Ohren. »DU NIMMST DOCH NICHT ETWA EINEN JOB IN NEW YORK AN?«

Das Schloss springt auf, der Türgriff dreht sich und eine warme Dampfwolke weht mir entgegen, als sich die Tür öffnet. Mein Dad kommt heraus und sieht frisch aus, eben geduscht. In seinem nassen Haar sind noch die Spuren des Kamms zu sehen und seine Haut ist ganz rosa. Er riecht nach Shampoo und Zahnpasta und Seife und Dampf.

»Beruhige dich, Antonia. Das ist der Hauptsitz der Firma. Der Job ist hier.«

»Oh«, seufze ich. Mein Dad geht ins Schlafzimmer meiner Eltern. Ich folge ihm. Ich glaube nicht, dass er etwas sagt, weil ich Pistachio mit hier reinnehme. Meine Mutter würde das sofort tun, aber mein Dad bemerkt solche Sachen gar nicht.

»Kommst du denn bei irgendeiner von den Sachen, die du zu tun hast, unten an der Johnson Ranch Road vorbei?«, frage ich.

»Nein.«

»Und wenn du doch zum Golfplatz fährst?«

»Was möchtest du, Antonia?«, fragt mein Vater. Er bückt sich, um sich im Spiegel seines Ankleidetischs zu betrachten. Dann blickt er mich im Spiegel an.

»Ich gehe zu dem Mathe-Marathon, hat Mom dir davon erzählt?« Ich sehe das Spiegelbild von mir und meinem Vater.

Er nickt. »Sie hat es erwähnt. Irgendetwas von einer Postkarte und von einer Verwirrung, wer nun eigentlich eingeladen ist.«

»Oh, ich habe gehofft, dass du mich hinfährst«, sage ich. Ich möchte ihn gerne fragen, ob er mitkommt. Ich möchte ihm sagen, dass ich mich sehr darüber freuen würde, aber das kann ich nicht. Es kommt mir zu persönlich vor. Zu wahr. Außerdem könnte ich es nicht ertragen, wenn er ablehnt.

»Dich hinfahren?« Mein Vater dreht sich um und sieht mich an. »Deine Mutter ist gerade da vorbeigekommen. Warum bist du nicht mit ihr gefahren?«

Ich zucke die Schultern und blicke hinunter auf den Ankleidetisch meiner Eltern. An dem Schmuckkästchen meiner Mutter lehnen eine Karte und eine Rose. Die Karte sieht so aus, als käme sie von Elisabeth. Sie ist in dieser geneigten Handschrift geschrieben, die Elisabeth gerne mag, und vorne drauf ist das Bild einer Ballerina. Die hat sie aus einem Buch abgemalt. Ich nehme die Karte in die Hand. »Ihr seid herzlich eingeladen zu einer Voraufführung«, steht da. Ich hasse Elisabeth. Sie weiß immer, wie sie bekommen kann, was sie will.

Ich atme tief ein. »Gehst du zu Elisabeths Kostümprobe?«, frage ich.

»Das hoffe ich. Ich werde es ganz bestimmt versuchen. Ich muss erst bei Kinko's vorbei, aber ich hoffe wirklich, dass es dort nicht allzu lange dauert.«

»Machst du es also?«, frage ich und streichle Pistachios Kopf.

»Was mache ich also?« Er durchwühlt auf der Suche nach irgendetwas seine Schublade.

»Fährst du mich hin?«

Mein Vater stöhnt. Sein Kopf fliegt nach hinten, so als hätte jemand ihn ins Gesicht geschlagen. »Antonia, warum machst du das nur? Es scheint, als ob du dir immer besondere Mühe gibst, um deine Mutter und mich zu ärgern.« Er schüttelt den Kopf. »Ich komme dort gar nicht vorbei. Und ich wollte auch jetzt noch nicht losfahren.«

»Na, dann vergiss es«, sage ich. Ich nehme Pistachio mit in mein Zimmer und setze ihn auf den Boden. Dann fülle ich seinen Wassernapf aus meinem eigenen Wasserhahn. Einen Moment lang überlege ich, ob ich Tashi mit zu dem Mathe-Marathon nehmen soll. Ich hätte ihn wirklich gerne bei mir, aber wahrscheinlich ist es zu schwer, ihn zu verstecken. Außerdem habe ich keine Lust, dass Einfach-Carol gleich wieder sauer auf mich ist. Es war viel zu viel Arbeit, sie zu entsäuern. »Tschüss, Tashi«, sage ich, dann marschiere ich in Elisabeths Zimmer, um ihren Helm zu holen. Ich werde einfach ihr Fahrrad ausborgen müssen. Das ist alles.

Mein Vater sitzt unten und liest die Zeitung, als ich auf meinem Weg zur Garage an ihm vorbeikomme. »Du kommst jetzt wohl zu spät«, sagt er hinter seiner Zeitung hervor.

Ich beachte ihn nicht und gehe in die Garage, um Elisabeths Fahrrad zu holen. Es steht in einer Ecke hinter den Kisten mit dem Zeug, das meine Mutter gerade sortiert. Als ich versuche es hinauszuschieben, da will es nicht. Es hat einen Platten und die Kette ist abgesprungen.

Mein Vater öffnet die Tür und kommt in die Garage. Er sieht den platten Reifen. »Antonia.« Er schüttelt den Kopf. »Du musst lernen vorauszuschauen!«

Das ist wie ein Stich. Ich habe vorausgeschaut. Ich habe mir alles ganz sorgfältig überlegt. Wenn ich ihn gestern Abend gefragt hätte, ob er mich zum Mathe-Marathon begleitet, dann hätte meine Mutter herausbekommen, dass ich gelogen habe, und außerdem hätte ich dann immer noch mit Elisabeth konkurrieren müssen. Zu warten, bis meine Mom und Elisabeth aus dem Haus sind, war meine einzige Chance. Ich bin vielleicht eine Lügnerin, aber ich bin nicht dumm.

»Komm schon«, sagt mein Vater. »Lass uns losfahren. Wenn wir so weitermachen, schaffe ich es niemals zur Kostümprobe deiner Schwester. Und deine Mutter reißt mir den Kopf ab, wenn ich sie verpasse.«

Ich folge ihm zum Auto. Wir steigen ein. Er fährt rückwärts aus der Garage, seine Hand liegt auf der Lehne des Vordersitzes und er schaut nach hinten. Ich sage kein Wort, während wir zur Schule fahren.

Meine Schule liegt in einer Sackgasse und heute ist sie ganz verstopft vom Verkehr. Autos versuchen zu parken, Autos setzen Kinder ab, Autos wenden. Familien gehen in die Aula. Überall sind Leute. Auf der großen Anzeigetafel vorne steht: »Mathe-Marathon, Bezirk 2. Teilnehmer und ihre Familien herzlich willkommen«.

Ich hoffe, dass mein Dad das sieht. Ich hoffe, dass er begreift, dass nicht jeder dazu eingeladen wird, am Mathe-Marathon in Bezirk 2 teilzunehmen. Ich möchte, dass er weiß, dass das hier etwas ganz Besonderes ist. Ich möchte, dass er mit mir hineinkommt.

»Antonia, das sieht völlig verstopft aus, hier findet heute wohl ein Fußballspiel statt. Ich lasse dich hier raus, dann kann ich durch die Rio Road verschwinden und vermeide dieses Chaos.«

»Das ist kein Fußballspiel, das ist ein Mathe-Marathon.«

Er nickt. »Mach schon, spring raus! Ich blockiere den Verkehr. Ich muss sehen, dass ich schnell weiterkomme.«

Ich bewege mich nicht von der Stelle.

»Antonia!«

»Hör mal, Dad, vielleicht bleibe ich heute einfach bei dir.«

»Bei mir? Ich fahre zu Kinko's.« Die Stimme meines Vaters senkt sich. Seine Augen blicken hastig vor und zurück, als suche er nach einem Ausweg. »Ich dachte, du wolltest zu diesem Mathe-Ding gehen?«

Ich schaue aus dem Fenster zu meiner Schule hinüber. Plötzlich habe ich Angst auszusteigen. Ich will, dass mein Dad mit mir kommt. Ich will seine Hand halten, so wie damals, als ich klein war.

Das Auto hinter uns hupt.

»Antonia!«, brüllt mein Vater.

»Vergiss es«, sage ich. Ich steige aus, knalle die Tür zu und schaue zu, wie mein Dad losfährt. Er schaltet den Blinker ein. Ich beobachte das gelb-orange Blink-blink. Dann wendet das Auto und er ist fort.

Der Mathe-Marathon

Ich war noch niemals zuvor bei einem Mathe-Marathon. Aber der Neandertaler hat mir erklärt, wie es funktioniert. Er hat gesagt, sie geben jedem Kind eine Aufgabe und dann starten sie eine riesige, wandgroße Stoppuhr. Alle, die die Aufgabe richtig lösen, bevor der Summer ertönt, kommen in die nächste Runde. Sechs Kinder aus meiner Klasse sind in meiner Sektion. Joyce Ann Jensen, Alexandra Duncan, Keegan und Madison, ich und noch ein anderer Junge, den ich nicht sehr gut kenne, einfach weil die intelligenten Kinder nicht mit Harrison und mir herumhängen. Tatsächlich starrt mich Joyce Ann jetzt an, als wäre ich die letzte Person auf der Welt, die sie hier erwartet hätte.

Ich blicke mich nach Harrison um. Ich wünschte, wir wären zusammen gekommen. Er müsste eigentlich schon hier sein, denn ich bin so spät dran, dass diese Frau in dem blauen Kleid schon dabei ist, die Sechstklässler auf die Bühne der Aula zu treiben, wo zwanzig Tische und zwanzig Stühle aufgestellt sind. Ich reihe mich hinter Joyce Ann Jensen ein und wähle einen Tisch, der so weit wie möglich vom Publikum entfernt ist. Ich setze mich hin, schaukele auf meinem Stuhl vor und zurück und verziehe die Augen zu schmalen Schlitzen, als wäre mir so ein blöder Mathe-Marathon völlig wurscht. Ich will nicht mit meinem Gehirn gegen andere Kinder antreten. Das erinnert mich an die Konkurrenz mit Elisabeth. Jedes Mal, wenn ich mich mit ihr anlege, verliere ich. Und wenn ich mal nicht verliere, glauben alle, ich hätte geschummelt. Harrison hat Recht. Ich gehöre nicht hierher.

Ich stehe gerade auf, um zu gehen, als ich Einfach-Carol erblicke. Sie winkt mir zu und ich winke zurück. Dann mache ich ein paar lahme, aufgesetzte Bewegungen, als wäre ich nur aufgestanden, um mich zu strecken und zu dehnen. Das mache ich schlecht, so als wäre ich eine nahe Verwandte von Goofy.

Jetzt beginnt die Antworten-Frau in dem blauen Kleid über die Regeln zu sprechen. Sie erklärt sie in so vielen Einzelheiten, dass sie sie doppelt so kompliziert macht, wie sie eigentlich sind: ». . . Falls euer Bleistift abbricht . . . bei einer Störung wie zum Beispiel einem Feueralarm . . . bla bla bla bla . . .«

Schließlich verteilt sie die Aufgaben und jetzt bin ich nicht länger nervös. Ich bin gelangweilt. Das hier ist so leicht, dass ein Kindergartenkind es lösen könnte. Ich male Kringel auf mein Blatt, weil ich lange vor der Zeit fertig bin. Tatsächlich sind alle früher fertig, und bis der Summer losgeht, haben die Antworten-Frau und ihre Schülerhelfer schon alle Karten kontrolliert. Dann knipst die Antworten-Frau ihr Mikrofon an. »Ausgezeichnet. 100 Prozent richtig bei dieser ersten Runde. Meine Damen und Herren, bitte Applaus für diese Kinder.«

In der vierten Runde fängt die Sache langsam an spannend zu werden und wir verlieren ein paar Leute. Jetzt brauche ich die gesamte Zeit, um die richtige Lösung zu finden, und ich wünschte, ich hätte niemals zugestimmt hierher zu kommen. Warum habe ich das eigentlich getan? Vielleicht sollte ich nach dieser Runde aussteigen. Ich weiß nicht, wie klug ich wirklich bin, und ich möchte lieber nicht herausfinden, dass ich doppelt so dumm bin, wie ich dachte. Warum habe ich daran nicht bloß schon früher gedacht? Ich blicke zu Einfach-Carol hinüber. Sie unterhält sich gerade mit dem Neandertaler. Vielleicht könnte ich einen plötzlichen Fall von Magen-Darm-Grippe entwickeln. Der Trick dabei ist, dass ich sie schnell zwischen den Runden bekommen muss, nicht mit einer Matheaufgabe vor meiner Nase. Ich möchte nicht, dass es so aussieht, als könnte ich die Aufgabe nicht lösen.

Aber jetzt ist es schon zu spät, denn das Kind, das der Antworten-Frau hilft, hat mir bereits die fünfte Aufgabe gegeben. Mist. Ich klopfe mit dem Bleistift auf meinen Tisch. Ich mag keine Lügen, die mir eine große Show abverlangen. Und außerdem ist diese Aufgabe ganz schön schwer. Sie handelt von einer Gruppe von Kindern und davon, wie alt sie sind, wenn eines doppelt so alt ist wie ein anderes und so weiter. Es ist ziemlich knifflig und ich muss die Aufgabe zweimal durchgehen, um sicher zu sein, dass meine Antwort richtig ist.

Als der Summer ertönt und die Helfer-Kinder die Karten kontrollieren, sind Keegan und Madison und noch zwei andere intelligente Kinder aus meiner Klasse ausgeschieden. Aber ich nicht. Ich habe gerade meine Hand erhoben, um der Antworten-Frau zu sagen, dass ich mich übergeben muss, als einer der intelligenten Jungen sich umdreht und mich anschaut. Er ist ganz offensichtlich überrascht, dass ich noch hier bin und er nicht. Irgendwie erhitzt das mein Blut, und als die Antworten-Frau meinen Namen aufruft, antwortet mein Mund: »Schon gut, hat sich erledigt.« Aber sobald sie die Fragen für die siebente Runde verteilen, bin ich wütend auf mich selbst. Warum bin ich nicht gegangen, als ich die Gelegenheit dazu hatte? Diese Aufgabe ist viel zu schwer. Was ist, wenn ich tatsächlich dumm bin? Ich sollte nicht bis an meine Grenze gehen. Das ist eine ganz dumme Idee. Wenn ich alles gebe, was ich habe, und dann versage, was dann?

Ich fühle den Schweiß auf meinem Gesicht. Meine Achselhöhlen sind heiß. Jetzt hasse ich Einfach-Carol. Es ist ihre Schuld, wenn ich mich lächerlich mache. Warum ist sie denn überhaupt zu diesem Mathe-Marathon gekommen? Kunstlehrerinnen kommen normalerweise nicht zu einem Mathe-Marathon, niemand erwartet das von ihnen. Und wenn sie nicht hier wäre, dann würde ich jetzt sofort aufstehen und gehen. Aber während ich dies alles denke, arbeitet ein anderer Teil meines Gehirns eifrig an der Aufgabe. Mein Bleistift nimmt die Berechnungen vor. Sie erfordern viel Zeit und die große Uhr tickt laut. *Tick. Tick. Tick.*

Ich löse die Aufgabe und mir bleiben noch dreißig Sekunden Zeit. Ich atme wieder freier. Ich stehe auf, um der Antworten-Frau mein Blatt abzugeben, als ich plötzlich den Fehler entdecke. Er springt aus den Tiefen meines Gehirns wie Toast aus dem Toaster. Ich setze mich auf einen Stuhl in der Nähe und ändere die Antwort, dann renne ich zu der Antworten-Frau, während der Summer ertönt.

Die Antworten-Frau hält den Kopf gesenkt, als sie unsere Antwortkarten kontrolliert. Jetzt sind wir nur noch zu dritt, so dass sie keine Hilfe von den Helfer-Kindern mehr benötigt.

Ich blicke hinüber zu Joyce Ann Jensen. Sie hat ihre Antwort etwas früher abgegeben. Auch ihre Hausaufgaben hat sie immer etwas früher fertig. Ich frage mich, ob sie ihr Frühstück wohl schon am Abend zuvor isst, damit sie auch damit früher fertig ist.

Der Kopf der Antworten-Frau fährt hoch. Sie streicht ihr blaues Kleid glatt. Ich will gar nicht hören, was sie sagt. Aber gleichzeitig kann ich es kaum erwarten.

Die Lautsprecheranlage geht an. Ich schaue immerfort hinüber zu Harrison und tue so, als ob ich die Antworten-Frau ignoriere. »Hm, das hier kann ich nicht lesen«, sagt die Antworten-Frau. »Es muss wohl Ann heißen. Ann Mac-Fur-Son«, sagt die Antworten-Frau. »Der Mathe-Champion im Bezirk 2 für die sechste Klasse ist Miss Ann Mac-Fur-Son von der Sarah's Road School. Jasper Schwartz von der Laredo Middle School und Joyce Ann Jensen von der Sarah's Road School sind unsere Vize-Champions. Herzlichen Glückwunsch euch allen!«

Harrison hört es auch. Er streicht sich das Haar aus den Augen und lächelt mich an. Dann springt er auf die Bühne und geht zum Mikrofon.

Die Antworten-Frau steht steif und unbehaglich da, so als dürfte er gar nicht da sein und als solle sie vielleicht die Bundespolizei anrufen. Ich frage mich, was zum Kuckuck er vorhat. Dieses Benehmen ist sehr ungewöhnlich für Harrison.

»Entschuldigung«, sagt Harrison und übernimmt das Mikrofon. »Sie heißt Ant«, sagt er. Dann gibt er der Antworten-Frau das Mikrofon zurück.

»Ant.« Die Antworten-Frau probiert es aus. »Ant Mac-Furson.«

Harrison lächelt sein Ein-Grübchen-Lächeln. Ganz offensichtlich ist er jetzt nicht mehr so besorgt. Er sieht tatsächlich stolz aus, so als hätten wir dies hier zusammen gewonnen. Und ich glaube, auf irgendeine Weise ist es auch so.

Alle klatschen. Einfach-Carol und der Neandertaler jubeln und trampeln mit den Füßen. Die Antworten-Frau überreicht mir einen großen alten Pokal und einen Gutschein für einen Eisbecher mit 31 Sorten. Irgendein Typ mit einem Strickhut fotografiert mich. Ich denke darüber nach, dass es bei uns zu Hause keinen Pokal gibt, der so groß ist.

Auf meinem Gesicht macht sich ein großes Lächeln breit. Ich wollte es dort gar nicht haben, es ist einfach da. Es ist auch kein falsches Lächeln. Es ist so, als würden die Gefühle in mir durch ein Loch in meinem Gesicht nach außen überfließen. Ich blicke ins Publikum. In diesem ganzen Saal gibt es nicht eine einzige Person, die glaubt, dass ich dumm bin. Und auch niemanden, der glaubt, Elisabeth wäre klüger als ich. Niemand hier macht sich auch nur das Geringste aus Elisabeth. Alle klatschen sie für mich! Kein Wunder, dass Elisabeth das so liebt.

Einfach-Carol scheint sehr aufgeregt zu sein. Sie kann kaum aufhören davon zu sprechen, was geschehen ist. Sie besteht darauf, dass ich jede einzelne Aufgabe beschreibe, sogar die ganz einfachen. Das tue ich auch. Nur das mit der Magen-Darm-Grippe lasse ich weg und dass ich beinahe wieder gegangen wäre, noch bevor die ganze Geschichte losgegangen war, wenn ich sie nicht gesehen hätte. Ich bin so froh, dass ich das nicht gemacht habe.

Als Einfach-Carol schließlich keine Fragen mehr hat, blickt sie sich um und ich glaube, sie fragt sich, ob meine Mutter wohl hier ist. Dann sagt sie: »Ich würde euch beide sehr gerne zum Mittagessen einladen. Wollt ihr eure Eltern anrufen und fragen, ob das in Ordnung ist?«

»Na klar«, sage ich, vor allem deswegen, weil ich nicht möchte, dass dies alles endet.

Ich hinterlasse zu Hause eine Nachricht auf dem Anrufbeantworter, wo ich bin, dann gehen Harrison und Einfach-Carol und ich Mittag essen. Wir gehen zu McDonald's und ich esse nur Pommes. Und Einfach-Carol lässt mich auch. So ein großartiger Tag ist das!

Als wir bei mir zu Hause ankommen, ist meine Mutter im Garten und schneidet toten Lavendel von einem Strauch ab. Kate sitzt im Schatten unseres Ahornbaumes und rollt Münzen ein. Meine Mutter blickt auf, als sie Einfach-Carols Auto hört. Sie legt ihre Gartenschere zur Seite, rückt ihren Strohhut zurecht und kommt uns entgegen. Der Pokal ist so groß, dass Einfach-Carol ihn hinten in den Kofferraum gesteckt hat, und jetzt springt sie aus dem Auto, um ihn zu holen. Sie nimmt meinen glänzenden Messingpokal heraus und gibt ihn mir. So, wie sie das tut, ist mir zumute, als hätte ich noch einmal gewonnen.

»Was ist denn das?«, fragt meine Mutter. Sie hält ihr Kinn in einer Hand und ihren Ellenbogen mit der anderen. Sie starrt den Pokal an, als hätte sie noch nie zuvor einen gesehen.

»Antonia hat den ersten Platz in dem Mathe-Marathon gewonnen«, erklärt Einfach-Carol. »Wir sind alle sehr stolz auf sie.« Einfach-Carol lächelt so breit, dass ihre Mundwinkel beinahe ihre baumelnden Ohrringe berühren.

»Wissen Sie, ich bin auch immer gut in Mathe gewesen«, sagt meine Mutter. Sie lächelt Einfach-Carol zu.

Einfach-Carol nickt. Sie starrt auf den Pflanzenspaten in der Tasche meiner Mutter.

»Und Sie waren in Ihrer Funktion als Kunstlehrerin dort?«, fragt meine Mutter.

Einfach-Carol runzelt die Stirn. »Mehr oder weniger.«

»Ich bin überrascht, dass genug Platz für Sie war, aber nicht für die Eltern«, sagt meine Mutter.

»Nicht genug Platz?«, fragt Einfach-Carol.

Meine Mutter starrt mich an. »Ich dachte, du hättest mir erzählt, dass sie die Turnhalle nicht bekommen haben. Dass sie den Marathon in der Bibliothek abhalten mussten und dass sie deswegen alle Eltern wieder ausgeladen haben.« Sie wartet darauf, dass ich etwas sage. Aber ich sage nichts. Ich schwinge meinen Pokal an einem seiner Henkel hin und her. Ich weiß, hier muss ich vorsichtig sein. Einfach-Carol darf ich nicht anlügen. Das ist unsere Abmachung.

Meine Mutter fährt sich mit der Zunge über die Zähne. »Offensichtlich ist das nicht wahr«, sagt meine Mutter.

»Der Mathe-Marathon hat in der Aula stattgefunden«, sagt Einfach-Carol. »Es gab dort jede Menge Platz.« Sie schaut mich an. Ich frage mich, ob sie deswegen wohl wütend auf mich werden wird.

»Lügnerin, Lügnerin, Ant ist eine Lügnerin«, singt Kate von ihrem Fleckchen Schatten unter dem Ahornbaum herüber.

»Nun, ich hätte sowieso nicht hingehen können. Meine älteste Tochter hatte ihre Kostümprobe für den ›Nussknacker‹. Sie ist die Clara, wissen Sie?«, sagt meine Mutter, während sie sich mit der Hand den Nacken entlangfährt. Ihr Hals ist lang wie meiner. Nicht kurz und gedrungen wie der von Ihrer Hoheit. Das ist mir noch nie zuvor aufgefallen.

»Nein, natürlich hättest du nicht kommen können«, sage ich, als ich auf das Haus zugehe. »Das versteht doch jeder.«

»Was meinst du denn damit genau, junge Dame?«, fragt mich meine Mutter.

»Nichts. Ich stimme dir nur zu, das ist alles. Ich stimme voll und ganz mit dir überein«, sage ich, als ich die Haustür aufmache.

Familienabend bei Chevy's

Es ist Samstagabend und mein Vater kommt aus New York zurück nach Hause. Wir holen ihn vom Bahnhof ab und dann lädt er uns zu Chevy's zum Dinner ein. Ich mag Chevy's, vor allem wegen der einfachen Tortillas, die es dort gibt, und weil das Root Beer immer wieder kostenlos nachgefüllt wird – man bekommt sogar Maraschinokirschen dazu, wenn man danach fragt.

Meine Mutter hat uns bereits erzählt, dass mein Vater noch nicht weiß, ob er den Job bekommen hat oder nicht. Sie hat gesagt, dass sie in der Firma darüber nachdenken und dass er erst nächste Woche Bescheid bekommt. Dennoch werden Elisabeth und ich kein Risiko eingehen. Wir werden anfangen ihn zu bearbeiten, sobald wir ihn sehen.

Als mein Vater ins Auto steigt, fängt Elisabeth sofort an sich bei ihm einzuschmeicheln. Das kann sie so gut! Sie und meine Mom und mein Dad lachen jetzt, als wären sie die einzigen Menschen auf der Welt. Ich bin ein bisschen unglücklich, aber nicht so sehr wie sonst, denn ich weiß, dass Elisabeth in einer speziellen Mission handelt. Sie arbeitet Vollzeit daran, Dad von seiner besten Seite zu erwischen. Wir brauchen sie dort.

Als wir ins Restaurant kommen, studiert Kate die Karte, um zu sehen, wie viel alles kostet. »Wenn ich etwas bestelle, das billiger ist als Elisabeths und Antonias Essen, kann ich dann den Unterschied bar ausgezahlt bekommen?«, fragt Kate.

»Ich mag deinen Unternehmergeist«, antwortet mein Dad. »Aber ich glaube nicht, mein Schatz. Warum bestellst du nicht einfach das, was du gerne essen würdest?«

»Irgendetwas von der ganzen Speisekarte?«

Meine Mutter schüttelt den Kopf. »Irgendetwas von der Kinderkarte«, erwidert sie.

Wir bestellen und unser Essen kommt schnell. Ich schlinge zwei einfache Tortillas hinunter, weil ich richtig hungrig bin. Ich bin gerade bei meinem zweiten Root Beer, als mein Vater sagt: »Ich habe gute Neuigkeiten.«

Elisabeth und ich blicken uns an. Es war doch ausgemacht, dass er noch gar keine Neuigkeiten haben sollte. Wir schauen unsere Mom an. Sie bricht kleine Stücke von ihrer Tostada-Kruste ab und schichtet gebratene Tortilla-Stückchen zu einem kleinen Haufen auf. Noch nie zuvor habe ich sie so etwas tun sehen.

»Ich werde in Zukunft nicht mehr so hart arbeiten. Ich werde viel mehr Freizeit für euch alle haben.« Mein Dad lächelt sein breites Vertreterlächeln.

»Hast du den Job hier in der Nähe bekommen?«,

fragt Elisabeth. Sie starrt meinen Vater an, als hätte sie Röntgenaugen, die sein Gehirn durchleuchten können. Ich habe Angst, ihn direkt anzuschauen. Ich versuche die Kirsche in meinem Root-Beer-Glas aufzuspießen. Kate scheint nicht zu verstehen, was los ist. Sie ist damit beschäftigt, die Chilischoten auf den Kinderplatzdeckchen auszumalen.

»Ich habe den Job bekommen. Ich werde nicht für die neuen Büros verantwortlich sein. Ich werde ein bisschen reisen müssen, aber nicht so viel wie vorher. Und die Dame, für die ich arbeite, ist wirklich großartig. Ich bekomme ein bisschen mehr Geld und deutlich mehr Respekt.«

Meine Mutter schaufelt ihren zerdrückten Mais mit dem großen roten Chip auf, der die Form eines Kaktus hat und der eigentlich nur zur Dekoration da ist. Wenn ich das täte, dann würde sie zu mir sagen, dass ich aufhören soll mit dem Essen zu spielen.

Das Lächeln meines Vaters scheint jetzt ein bisschen verkrampft. Er blickt von meiner Mutter zu Elisabeth, zu Kate und zu mir.

Elisabeth beginnt mit ihrer nervösen Schaukelei. Sie hält sich die Hände vors Gesicht, als wolle sie nicht sehen, was als Nächstes passiert.

»Du hast gesagt, der Job ist hier in der Nähe, nicht wahr?« Ich klopfe mit den Fingern auf dem Tisch herum. Ich schaue ihn nicht an. Ich kann es nicht ertragen, wenn er mir jetzt in die Augen blickt und mir sagt, dass das nicht wahr ist.

»Wo ist der Job?«, fragt Elisabeth.

»Nun, sieh mal, mein Schatz . . .«, fängt mein Vater an.

»Wo?«, wiederholt Elisabeth, diesmal lauter und schärfer.

Mein Vater seufzt. »Man kann nicht nur einen isolierten Faktor betrachten. Man muss das ganze Bild sehen. Man muss einen Schritt zurücktreten und in Betracht ziehen . . .«

Elisabeth schnaubt laut durch ihre Nase und schüttelt den Kopf. Sie schließt die Augen. Die Tränen treten hinter ihren geschlossenen Lidern hervor. »Mom, ist das Auto offen? Kann ich die Schlüssel haben?«, fragt sie.

»Elisabeth, lass uns doch darüber reden!«, sagt mein Vater. »So schlimm ist es gar nicht. Ich gehe mit euch doch nicht in irgendeine gottverlassene Gegend. Wir ziehen nach Connecticut. Es ist wunderschön dort, wirklich. Und . . .«

»Bitte, Mom, die Schlüssel.« Elisabeth fuchtelt mit ihrer ausgestreckten Hand herum. Ihre Augen sind feucht. Sie sieht niemanden von uns an.

Meine Mutter gräbt die Schlüssel aus ihrer Handtasche und lässt sie in Elisabeths Hand fallen.

Die Augen meines Vaters sind verwirrt. Er versteht es wirklich nicht. »Connecticut ist ein wunderschöner Ort. Du bist noch nicht einmal dort gewesen. Du kennst es gar nicht. Wir stehen kurz davor, alles zu bekommen, was wir uns für unser Leben wünschen.

All die Dinge, für die eure Mutter und ich so hart gearbeitet haben . . .«

Elisabeths Stuhl quietscht auf dem Boden, als sie ihn zurückschiebt. Sie legt den Riemen ihrer kleinen rosafarbenen Handtasche über ihre Schulter, streicht sich mit der Hand durch ihr Haar und schreitet quer durch den Raum. Wir alle sehen zu, wie sie geht. Und einige andere Leute im Restaurant auch.

»Weißt du, sie ist die letzte Person auf der Welt, von der ich so ein Benehmen erwartet hätte«, sagt mein Vater zu meiner Mom. Er schaut mir in die Augen. Eine Sekunde lang scheint er zu überlegen, ob er versuchen soll mich auf seine Seite zu bringen, dann entscheidet er sich für Kate. Sie ist jetzt sein Fan-Club.

»Ich arbeite so hart für euch – für euch alle . . .«, erzählt er Kate. »Das ist eine sehr positive Veränderung für mich. Weniger Reisen. Mehr Geld. Ich komme von diesem verrückten Dave fort.«

Kate beobachtet meinen Vater mit voller Aufmerksamkeit. Es interessiert sie, wie er an die Dinge herangeht.

»Wie viel mehr Geld?«, fragt Kate.

»Nun, mehr Geld. Lass es uns dabei belassen.«

Mein Vater lächelt. Das liebt er.

»Gibt es Wells Fargo's Kreditinstitut in Connecticut?«, fragt Kate.

»Ich bin mir nicht sicher«, antwortet mein Vater.

»Ich kann nämlich nicht mitkommen, wenn ich die

Bank wechseln muss. Wenn man die Bank wechselt, kostet das Gebühren. Das haben sie mir gesagt, als ich mein Konto eröffnet habe.«

»Ich gehe fort«, sage ich. »Dies alles betrifft mich ja eigentlich auch gar nicht. Ich gehöre nicht zu dieser Familie, ich habe noch nie dazugehört.« Ich sehe meinem Dad direkt ins Gesicht.

»Jesus Christus, Antonia, kannst du dir kein besseres Spiel ausdenken als dieses?«, sagt meine Mutter. Sie hält sich den Kopf, so als hätte sie Schmerzen.

Ich gehe an der Tortillamaschine vorbei, die Luft stampft, weil niemand sie mit diesen Teigbällen gefüttert hat. Vorbei an dem Sombrero, der mit Pfefferminzbonbons gefüllt ist. Ich gehe zur Tür hinaus.

Auf dem Parkplatz finde ich unseren blauen Honda mit Dads Koffer hinten im Kofferraum. Elisabeth sitzt auf dem Rücksitz. Sie hat das Gesicht in den Händen vergraben. Sie schluchzt, wie ich sie noch nie zuvor habe weinen sehen.

Ich sage nichts. Ich sitze nur da und beobachte, wie ein Mann seine Lebensmittel in das Führerhaus seines metallicgrünen Trucks lädt. Ich bin wütend – wütend auf mich selbst. Ich hätte meinem Dad niemals glauben dürfen. Niemals.

Als wir nach Hause kommen, geht Elisabeth sofort in ihr Zimmer. Ich nehme Pistachio auf den Arm, gehe auf den Flur hinaus und klopfe an Elisabeths Tür. An der Tür hängt ihr Schild: »Bitte nicht stören, Tänzerin bei der Probe«.

»Wer ist da?«, ruft sie.

»Ich«, antworte ich.

»Komm rein!«, sagt sie.

Ich öffne die Tür einen Spalt weit und stecke meinen Kopf hinein. Elisabeth sitzt auf ihrem Bett und stickt. Sie arbeitet an einem Bild mit zwei rosafarbenen Ballettschuhen aus Satin. Die Riemen der Ballettschuhe bilden in schnörkeliger rosafarbener Handschrift die Worte: »Strebe nach Exzellenz«.

»Kann ich Pistachio mit reinbringen?«, frage ich.

»Setz ihn einfach nicht auf den Boden«, antwortet sie ohne von ihrer Arbeit aufzublicken. Ich starre ihr Zimmer an. Es ist so rosa, dass ich das Gefühl habe durch eine rosa eingefärbte Brille zu schauen. Wenn Elisabeth etwas mag, dann mag sie es ganz und gar.

»Glaubst du, Mom wird ihn aufhalten?«

Elisabeth bläst Luft zum Mund hinaus. »Hat sie das schon jemals getan?«

»Nein, aber ich glaube nicht, dass sie umziehen möchte.«

Elisabeth zuckt mit den Schultern. »Sie hat die gemieteten Häuser satt. Sie möchte ihr eigenes Haus haben.«

»Wir müssen etwas tun«, sage ich.

Sie zuckt wieder mit den Schultern.

»Hast du irgendeine Idee?«, frage ich.

Elisabeth schüttelt den Kopf. Sie blickt nicht auf.

Ich schaue Elisabeth an. Sie ist traurig, aber da ist auch noch etwas anderes. Irgendetwas ist faul. Es sieht ihr nicht ähnlich, einfach aufzugeben.

»Was ist los?«, frage ich.

Sie zieht die Nadel mit einem Ruck durch den Stoff, aber sie antwortet nicht.

»Na los, sag schon!«

Sie blickt zu mir hoch. »Wenn du es Kate erzählst, dann bringe ich dich um«, sagt sie.

»Wenn ich Kate was erzähle?«

»Schwöre es bei Pistachios Leben. Berühre ihn und sage es, aber setze ihn nicht auf den Boden. Ich möchte nicht, dass er mein Zimmer voll stinkt«, kommandiert Elisabeth.

Ich lege meine linke Hand auf Pistachios Rücken und halte meine rechte Hand hoch in die Luft. »Ich schwöre es bei Pistachios Leben«, sage ich.

»Ich werde bei Miss Marion Margo bleiben, bis der ›Nussknacker‹ vorbei ist und dann vielleicht noch das nächste Jahr. Und dann . . . wer weiß, vielleicht bleibe ich ja dann für immer bei ihr!«

»Und was ist mit mir?«

»Für dich ist es nicht so wichtig wie für mich hier zu bleiben.«

»Doch, das ist es.«

»Oh, bitte . . . wegen Harrison? Ich bin mir sicher, dass es auch in Connecticut Leute gibt, die nach Salamisandwiches riechen. Vielleicht findest du sogar jemand Besseres. Jemand, der nach Bolognese riecht.«

»Halt den Mund«, sage ich.

»Es tut mir Leid, aber ich muss an meine Karriere denken«, sagt sie.

»An deine Karriere?«

»Ich werde Tänzerin.«

Ich stöhne und schüttele den Kopf. »Dein Hals ist zu kurz.«

»Halt den Mund«, sagt sie.

»Halt selber den Mund«, gebe ich zurück. Ich weiß, ich sollte jetzt gehen, aber irgendwie will ich es nicht. Ich kann es einfach nicht glauben. Ich kann nicht glauben, dass sie es ernst meint. »Wann wirst du es Mom sagen?«, frage ich.

»Gar nicht. Ich werde Miss Margo bitten das zu tun.«

Das macht mich ganz verrückt, vor allem deshalb, weil ich begreife, wie schlau es ist. Meine Mom wird Miss Marion Margo niemals etwas abschlagen. Sie findet, dass Miss Marion Margo ein gänzlich perfektes menschliches Wesen ist. »Das ist mir alles egal«, sage ich. »Ich brauche dich sowieso nicht, weil meine richtigen Eltern jeden Tag hier sein können.«

»Oh, natürlich. Genau wie der Weihnachtsmann und der Osterhase«, erwidert Elisabeth.

»Na gut.« Ich zucke mit den Schultern. »Dann glaubst du mir eben nicht. Aber sie kommen morgen früh um zehn«, sage ich. Mein Herz schlägt mir bis zum Hals. Ich zittere, so wütend bin ich. Und dennoch weiß ich, dass es das Dümmste auf der Welt ist, so etwas zu sagen.

Elisabeth macht hinten in ihrer Kehle ein Geräusch wie ein Schnellfeuergewehr. *Hut-tut-tut-tut.* »Der große Tag.«

»Sie werden kommen . . . Halt also deine hässliche Fresse!« Ich stürme aus ihrem Zimmer und knalle die Tür so hart hinter mir zu, dass ihr »Tänzerin-bei-der-Probe«-Schild herunterfällt. Ich stampfe in mein Zimmer und schmettere auch hier die Tür zu. Dann setze ich Pistachio aufs Bett. Er zittert und blickt mich an. Er hasst es, wenn ich wütend werde. Es ist das Einzige auf der Welt, wovor er Angst hat. Ich flüstere mit ihm und streichle sein drahtiges Fell. Als er sich beruhigt hat, nehme ich das Buch für meine richtigen Eltern heraus:

Liebe richtige Mom,

ich verstehe es einfach nicht. Warum ziehen wir so viel öfter um als andere Leute? Warum? Dad arbeitet doch nicht für die Armee oder irgend so was. Wie kommt es, dass er nie lange bei einem Job bleibt? Wie kommt es denn, dass er immer einen Job annimmt und dann beschließt, dass es nicht der Wahre *ist? Warum sind es bloß immer die falschen? Und wie kommt es, dass meine Mom das jedes Mal mitmacht? Warum sagt sie nie Nein? Und warum hat mein Dad mir nicht von Anfang an die Wahrheit er-*

zählt? Warum hat er mich angelogen, als er mir gesagt hat, wo der Job ist? Das war gemein von ihm. Ja, das war es.

In Liebe,
Ant und Pistachio

PS: Ich habe Elisabeth erzählt, dass ihr morgen hier auftaucht. Ich weiß, dass ihr nicht kommen werdet, weil ihr für alle anderen außer für mich nicht so richtig existiert. Aber Pistachio glaubt, dass ihr vielleicht doch kommt. Ihr wisst ja, wie er ist.

Meine richtigen Eltern

Ich sitze auf den Stufen vor unserem Haus. Meine beiden Bücher liegen auf meinem Schoß. Das eine mit den Fotos von mir und meinen Kunstwerken. Und das andere mit den Briefen an meine richtigen Eltern. Sie sind mit einem Patchworkmuster aus Bordüren, Knöpfen und Bändern verziert.

Ich habe auch einen Rucksack voller Sachen bei mir: meinen orangefarbenen Pullover mit all den Reißverschlüssen, meine karierte Hose, meine Fred-Feuerstein-Zahnbürste und meine Rehkitze aus geblasenem Glas. Außerdem noch Futter für Pistachio, weil er diese ganz spezielle Sorte braucht, die schwer zu finden ist. Und ich habe Pistachios Leine dabei und ein Spielzeug, auf dem er herumkauen kann. Er liegt an einem sonnigen Plätzchen drüben beim Briefkasten und schläft. Er ist wie eine Eidechse. Er liebt es, in der Sonne zu schlafen.

Es ist Sonntagmorgen. Mein Dad und meine Mom schlafen lange. Kate sieht fern und Elisabeth ist in der Küche. Ich möchte gerne Auf Wiedersehen sagen, denn ich möchte, dass sie alle wissen, dass ich fortgehe. Aber ich habe es noch nicht getan.

Ich habe keine Uhr, deshalb gehe ich in die Küche, um nachzusehen, wie spät es ist. Es ist zehn Minuten vor zehn. Ihre Hoheit sitzt am Küchentresen und isst eine Schüssel voll Cornflakes. Sie scheint vergessen zu haben, dass ich gesagt habe, dass meine richtigen Eltern heute Morgen kommen. Ich erinnere sie nicht daran. Ich möchte nicht, dass sie um mich herumschleicht und nur auf eine Gelegenheit wartet, um sich über mich lustig zu machen. Außerdem weiß ich noch nicht genau, was ich tun werde. Vielleicht laufe ich einfach fort.

»Hast du schon mit Miss Marion Margo darüber gesprochen, dass du bei ihr wohnen willst? Weiß sie überhaupt von diesem Plan?«, frage ich.

Der Kopf Ihrer Hoheit schießt in die Höhe. »Wirst du wohl still sein!? Mein Gott, hast du einen großen Mund!«

Ich zucke mit den Schultern. »Kate sieht fern, sie würde es nicht einmal hören, wenn ich es ihr ins Ohr brüllen würde«, sage ich.

»Wehe, wenn sie es herausbekommt! Du hast bei Pistachios Leben geschworen, das ist alles, was ich dazu zu sagen habe.« Ihre Hoheit wedelt mit ihrem Löffel vor meiner Nase herum.

»Also, hast du es nun getan?«

»Warum interessiert dich das überhaupt?«

»Ich bin einfach neugierig«, antworte ich, obwohl ich viel mehr als neugierig bin. Ich kann es nicht ertragen, dass Elisabeth einen Weg gefunden hat, wie sie hier bleiben kann, und ich nicht. Es macht mich völlig verrückt, dass sie sogar darin besser ist als ich: eine neue Familie zu finden.

Ich gehe wieder hinaus und setze mich auf die Stufen. Sie sind aus hartem Zement und mein Hintern hat es schon satt, hier zu sitzen. Es ist so blöd, dass ich das tue. Aber ich kann mich einfach nicht dazu bringen, aufzustehen und fortzugehen.

Die Frau aus dem Haus gegenüber pflanzt Blumen. Sie trägt einen grünen Schlapphut, den sie unter dem Kinn zugebunden hat, und Stretchshorts. Sie winkt mir zu. Ich winke zurück, obwohl ich hoffe, dass sie nicht herüberkommt und einen Haufen Fragen stellt. Ich habe keine Lust, mir eine große Geschichte auszudenken, um zu erklären, was ich hier mache.

Wie lange werde ich warten? Wenn ich fortgehen will, dann sollte ich es jetzt tun. Ich ziehe meine Jacke aus dem Rucksack und setze mich darauf. So ist die Treppenstufe ein bisschen weicher.

Die Frau von gegenüber geht jetzt ins Haus. Ich bin froh, dass sie mich nicht gefragt hat, was ich hier mache, aber es tut mir Leid, dass sie hineingegangen ist. Jetzt habe ich nichts mehr, was ich beobachten kann.

Jetzt kommt mein Dad heraus. Er trägt ein paar Golfschläger, ein Tee und zwei Bälle. Wahrscheinlich wird er seinen Anschlag auf dem Rasen üben. Er kommt nicht sehr oft dazu, Golf zu spielen, aber er übt sehr häufig seinen Anschlag.

»Das sieht ja so aus, als würdest du an einer Bushaltestelle sitzen, Antonia«, sagt er. Er steckt einen Golfball in seine Tasche. »Was machst du denn hier?«

»Ich warte.«

»Und worauf wartest du?«

»Auf nichts.«

»Auf nichts? Du hast schon eine Stunde lang auf nichts gewartet?«

Ich nicke. Ich bin überrascht, dass er weiß, dass ich schon so lange hier bin. Aber es freut mich auch. Ich hasse es, unsichtbar zu sein.

Mein Vater setzt ein Tee ins Gras, legt einen Ball darauf und übt dann den Ball zu schlagen ohne ihn jemals wirklich zu berühren. Ich frage mich, warum er das so macht. Wenn ich an seiner Stelle wäre, würde ich dem Ball einen ordentlichen Hieb versetzen. Ich würde sehen wollen, wie weit er fliegt.

Jetzt legt er einen Schläger beiseite und nimmt einen anderen in die Hand. Er wechselt wieder und wieder zwischen den Schlägern, aber er berührt den Ball immer noch nicht.

»Wirst du das Ding jetzt mal wegschlagen oder was?«, frage ich.

»Antonia«, sagt er und blickt zu mir herüber. Er schüttelt seinen Kopf und stöhnt, als ob er die Nase voll von mir hat. »Wenn das irgend so ein Weglauftheater sein soll . . .« Er wedelt mit dem Golfschläger vor mir herum.

»Wenn ich weglaufen wollte, warum sollte ich dann

hier herumsitzen?«, frage ich. Das ist eine gute Frage, die nicht einmal ich selbst beantworten kann.

Er berührt mit dem silbernen Ende seines Golfschlägers den Ball und offensichtlich versucht er zu vergessen, dass ich hier bin.

Nach ein paar Minuten seufzt er und sieht zu mir auf. »Weißt du, ich bin hier rausgekommen, um ein paar Bälle zu schlagen und einen klaren Kopf zu bekommen. Ich habe im Moment nicht genug Energie, um mich mit dir zu befassen, Antonia.«

»Dann nimm doch Vitamine!«

»Was?«

»Nimm Vitamine, dann hast du mehr Energie.«

»Sehr lustig.« Sein Auge verfolgt den Ball.

Ich beobachte ihn, wie er den Ball schlägt. Einmal, zweimal, dreimal, bis er in dem kleinen Erdloch, das mein Vater gegraben hat, zur Ruhe kommt.

»Nicht schlecht, Antonia, hm?«, sagt er. Dann scheint er plötzlich überrascht zu sein mich da auf der Treppe vor unserem Haus sitzen zu sehen, die voll gestopfte Tasche mit meinen Sachen neben mir.

»Ich hole deine Mutter.« Er lehnt den Golfschläger an den Baum und geht auf das Haus zu.

»Warte, Dad! Nein! Bitte, warte!«, rufe ich.

Er bleibt stehen. Seine Schultern bewegen sich, als hätten sie gehört, was ich gesagt habe. Er dreht sich um.

»Warum bist du jetzt immer auf Moms Seite?«, frage ich.

»Es ist ziemlich klar, dass es deine Probleme sind, Antonia. Und nicht ihre.«

»Nun, das liegt daran, dass du alles von ihr hörst. Möchtest du denn meine Seite gar nicht hören?«

Sein Kinn wird steif. Seine Schultern spannen sich an. Er macht eine Geste mit seiner Hand, als würde ich auf der Bühne stehen und er mich ankündigen. Ich hasse das. Aber ich möchte nicht, dass er Mom holt, deshalb rede ich weiter.

»Sie behandelt mich nicht so wie Elisabeth und Kate. Das tut sie nicht. Es ist so, als ob sie es liebt, ihre Mutter zu sein, und als ob sie es hasst, meine zu sein. Sie wäre bestimmt glücklicher, wenn ich nicht hier leben würde. Bestimmt.«

Bei diesem letzten Satz fühlt sich meine Nase ganz eng und kribbelig an. Ich weine nicht, aber die Tränen scheinen sich hinten in meiner Nase zu stauen.

Er schüttelt seinen Kopf. »Weißt du, Antonia, was du im Leben aussendest, das bekommst du zurück. Elisabeth und Kate machen keinen Ärger, also bekommen sie auch keinen Ärger. Du machst deiner Mom Schwierigkeiten, deshalb macht sie dir Schwierigkeiten. Wenn du damit aufhörst, ihr Schwierigkeiten zu machen, dann wird sie auch aufhören dir Schwierigkeiten zu machen. Es ist nicht so kompliziert, wie du es machst.«

»Und wenn es andersrum ist? Wie wäre es damit: Wenn sie aufhört mir Schwierigkeiten zu machen, dann höre ich auf ihr Schwierigkeiten zu machen.

Oder damit: Wenn sie mich lieben würde, dann würde ich sie auch lieben. Warum nimmst du einfach an, dass das Problem von mir ausgeht?«

»Hör mal, Antonia, ich möchte nicht mit dir darüber diskutieren, was zuerst war, das Huhn oder das Ei.«

»Wie kommt es denn, dass alles, was ich denke, so anstrengend ist, dass du nicht darüber sprechen willst?«

»Ich *spreche* gerade darüber.«

»Du hast gerade gesagt, dass du diese Diskussion mit mir nicht führen willst.«

»Was willst du eigentlich von mir, Antonia?«

Ich denke darüber nach. »Erinnerst du dich daran, wie du mal nur mit Kate und mir zelten gegangen bist und wie du dann mitten in der Nacht eine Spinne gesehen hast? Du hattest so viel Angst, dass ich deine Hand halten musste. Und wie wir dann ins Holiday Inn gefahren sind und French Toast mit Preiselbeersirup gegessen haben?«

»Ja.« Er lächelt ein wenig. Nicht das glatte, charmante Lächeln. Sondern das witzige Lächeln, das ich liebe.

»Das hat Spaß gemacht. Wann können wir das mal wieder machen? Jetzt arbeitest du immer. Es ist, als hättest du nur dann Energie für mich, wenn ich genau das tue, was du willst. Du hast nur Platz für eine perfekte Tochter. Du hast keinen Platz für mich.«

»Antonia, ich mache es so gut, wie ich kann.«

»Warum müssen wir wieder umziehen, Dad? Warum besorgst du dir nicht hier einen neuen Job?«

Mein Vater gibt ein kurzes, wütendes Geräusch von sich, halb Stöhnen, halb Grunzen. »Antonia, das habe ich schon hundertmal mit Elisabeth durchgekaut. Ich diskutiere nicht mehr über den Umzug. Das tue ich einfach nicht.«

Er geht zum Haus. Die Tür fällt hinter ihm zu. Von drinnen höre ich, wie er nach meiner Mutter ruft. Meine Mutter antwortet etwas, aber ich höre nicht was. »Ich habe versucht sie zu ignorieren«, sagt mein Vater.

Ich horche angestrengt, um den Rest zu hören. Ich kann es nicht verstehen, aber an dem Ton höre ich, dass mein Vater mich verpetzt. Seine Stimme klingt genau wie Kate oder Elisabeth, wenn sie meiner Mom über mich Bericht erstatten.

Jetzt erscheint meine Mutter. Sie ist angezogen, aber sie hat sich das Haar noch nicht zurechtgemacht und sich auch noch nicht geschminkt. Normalerweise geht sie nicht aus dem Haus, wenn sie so aussieht. Nicht einmal in den Vorgarten.

»Was in aller Welt tust du hier, Antonia?«, fragt sie.

»Ich warte.«

»Ja, das sehe ich, aber worauf?«

»Auf nichts.«

»Du fährst doch heute nicht in den Zoo, oder?«

»Nein.«

»Wartest du auf *diese* Lehrerin?« Meine Mutter nennt Einfach-Carol immer »*diese* Lehrerin«.

»Nein.« Ich versuche so gut ich kann nicht zu weinen. Aber ich verliere die Schlacht. Die Tränen strömen über mein Gesicht.

»Nun, auf wen wartest du dann?« Ich sehe, dass meine Mutter langsam ärgerlich wird. Aber sie scheint sich auch Sorgen zu machen. Ich weine so gut wie nie vor ihr.

Meine Lippen formen die Worte: »meine richtige Mom«, aber ich spreche sie nicht aus. Ich kann sie einfach nicht laut sagen. Stattdessen sage ich: »Du bist nicht meine richtige Mom.«

»Jesus, Maria und Josef . . . Antonia«, sagt meine Mutter.

»Das bist du nicht«, sage ich. Meine Stimme ist heiser und so voller Tränen, dass ich kaum sprechen kann. »Du liebst mich nicht. Und Daddy auch nicht«, flüstere ich.

Meine Mutter runzelt die Stirn. Ihre Lippen werden schmal und verschlossen, wie wenn man eine Papiertüte mit einem Gummiband zubindet. »Sei doch nicht lächerlich!«

»Nein, das tust du nicht«, sage ich.

»Ich koche zum Mittagessen nicht das, was du magst, ich zwinge dich dein Zimmer aufzuräumen, ich bestrafe dich, wenn du schlechte Noten bekommst, und was nicht noch alles.« Sie schnipst mit den Fingern. »Ich bin nicht deine richtige Mutter.

Weißt du, ich habe das wirklich satt. Ich habe schon vor langer Zeit begriffen, dass man als Mutter keinen Beliebtheitswettbewerb gewinnen kann. Also erwarte ich gar nicht, dass du mir für all die Sachen dankst, die ich für dich tue. Aber dieser Unsinn steht mir bis hier . . .« Sie legt sich die Hand an die Stirn.

Diese Rede mit dem Beliebtheitswettbewerb habe ich schon hundertmal gehört. Ich weiß, dass sie jetzt ins Haus gehen und mich hier draußen sitzen lassen wird, damit ich »meine Lektion lerne«.

Sie setzt sich auf die Stufe. Das überrascht mich. Ich rücke von ihr weg, aber ich höre nicht auf zu weinen. Ich kann nicht. Die Tränen strömen einfach aus mir heraus.

Sie ist still. Ich erwarte, dass sie jeden Moment aufsteht und hineingeht. Aber das tut sie nicht.

»Antonia . . .«, beginnt sie, aber dann seufzt sie und sagt gar nichts. Wir sitzen da und beobachten einen Kolibri, der um eine blaue Blume herumsummt und dann davonfliegt. Ich wünschte, er würde hier bleiben.

»Antonia . . .«, beginnt sie von neuem. »Ich liebe dich wirklich. Ich verstehe dich nur ganz einfach nicht. Und wenn ich mit dir spreche, dann habe ich das Gefühl, mit einer Backsteinmauer zu sprechen. Als würde nichts, was ich sage, bis zu dir durchdringen.« Sie blickt zu mir herüber. Ich kann es nicht ertragen, sie anzusehen. Meine Augen ruhen auf der grau gesprenkelten Betonstufe. Sie hat so ein leichtes Glitzern, das ich noch nie zuvor bemerkt habe.

Sie seufzt. »Manchmal frustriert mich das so, dass ich schreien könnte. Und außerdem weiß ich nie, ob du die Wahrheit sagst oder nicht. Immer habe ich das Gefühl, dass du versuchst mich lächerlich zu machen.«

»Ich will nicht, dass du meine Mutter bist«, sage ich und rücke so weit von ihr fort, wie ich nur kann ohne von der Stufe zu rutschen.

»Nun, an manchen Tagen möchte ich auch nicht, dass du meine Tochter bist. Aber du bist meine Tochter und ich bin deine Mutter. Wir kommen nicht voneinander los, also sollten wir vielleicht versuchen das Beste daraus zu machen. Warum gehst du dich jetzt nicht waschen und bringst deine Sachen weg?« Sie ist es leid, mit mir zu reden. Ihre Stimme hat diesen Ich-habe-jetzt-genug-davon-Ton.

Ich rühre mich nicht von der Stelle.

»Was hast du denn übrigens da in der Hand?«, fragt sie.

»Bücher.«

»Sammelalben?«

»So etwas Ähnliches.«

»Sie sind hübsch, so wie du sie dekoriert hast. Kann ich mal sehen?«

»Sie sind für meine richtigen Eltern«, antworte ich.

»Antonia, du bist viel zu alt, um dir solche Geschichten auszudenken. Du glaubst doch nicht wirklich an irgendetwas von dem, was du da sagst, oder?«

Sie wartet darauf, dass ich antworte. Ich sage nichts.

»Tust du das?«

»Vielleicht«, antworte ich.

»Kann ich mal sehen?«, fragt sie und lässt ihre Finger über den Deckel des Buches gleiten.

Ich schüttele so heftig den Kopf, dass mir das Haar ins Gesicht fliegt. »Nein!« Dies ist die einzige Macht, die ich habe. Wenn ich Ja sage, wird sie sich meine Bücher anschauen und mir erzählen, wie dumm ich bin, dass ich sie geschrieben habe. Aber wenn ich Nein sage, wird sie sich immer fragen und niemals wissen, was darin ist.

Sie nickt, als hätte sie das erwartet.

»Bist du bereit wieder reinzukommen?«, fragt sie.

»Nein«, sage ich zu ihr, aber ich bin es.

Als sie gegangen ist, nehme ich meine Bücher, meinen Rucksack und Tashi, klettere das Spalier hinter dem Haus hinauf und schiebe mich durch das Flurfenster hinein. Dann schleiche ich auf Zehenspitzen in mein Zimmer. Ich will nicht, dass sie mich wieder hereinkommen sieht. Ich muss wenigstens so weit gewinnen.

Das muss ich einfach.

Moms Plan

Es ist halb acht am Samstagmorgen und in unserem Haus ist niemand außer mir auf den Beinen. Ich bin gerne wach, wenn niemand sonst es ist. Es gibt mir das Gefühl, dass ich wichtige Dinge zu tun habe und alles, was die anderen tun, ist schlafen.

Außerdem ist früh aufzustehen eine gute Möglichkeit, den anderen aus dem Weg zu gehen. Das habe ich in der letzten Zeit ausgiebig getan. Ich tue so, als wäre ich nur eine Untermieterin in diesem Haus und hätte keine Beziehung zu irgendjemandem hier. Ich hasse sie sowieso alle. Ja, das tue ich. Pistachio ist der Einzige, der ganz auf meiner Seite ist.

Ich schaue hinaus, um zu sehen, ob Einfach-Carol schon hier ist, aber auf der Straße stehen nur geparkte Autos, dieselben, die jeden Morgen und jede Nacht hier stehen. Ich stelle meine grüne Plastikschüssel in die Spülmaschine und nehme mein Lunchpaket heraus, damit ich bereit bin, wenn sie kommen. Das Lunchpaket stelle ich auf den Schreibtisch neben der Tür. Normalerweise hat meine Mom diesen Schreibtisch immer fein säuberlich aufgeräumt. Rechnungen, Zettel aus der Schule,

Coupons, alles hat ein eigenes kleines Fach. Aber heute fliegen überall lose Papiere herum: Kostenvoranschläge für den Umzug, irgendetwas über eine Kaution, eine Zeitung aus Connecticut. Und plötzlich sehe ich etwas in Lila zwischen all dem anderen hervorleuchten. Die Farbe lässt mich innehalten. Dieses Lila kenne ich doch! Ich habe meine Augen trainiert, danach Ausschau zu halten, damit ich es auf den Boden meines Eimers werfen kann und Hundekot obendrauf. »Aber warte erst einmal«, sage ich mir. Nur weil ein Zettel lila ist, heißt das noch nicht, dass es eins dieser unheimlichen Flugblätter sein muss. Es könnte auch ein Zettel sein, der Werbung für Staubsauger macht. Es könnte alles Mögliche sein. Ich nehme die kleine lilafarbene Ecke und ziehe das Blatt heraus. Dann wird es mir ganz eng um die Brust. Mit seinen traurigen alten Augen blickt mich der Golden Retriever an. Die Uhr fragt: »Zeit zum Einschläfern?«

Meine Augen halten Ausschau nach Pistachio. Er liegt unter meinem hohen Küchenhocker, zusammengerollt zu einem Ball, seine Nase liegt auf seinem Schwanz. Ich versuche zu überlegen, wann meine Mutter wohl zu dieser Broschüre gekommen ist. Und warum? Vielleicht hat sie irgendwann mal ein Stück Schmierpapier gebraucht. Ich schaue nach, ob das Blatt irgendwelche Bemerkungen enthält. Ja. Sie hat etwas eingekreist. »Veränderungen in der Umgebung können für ein altes Tier ganz besonders schwierig sein. Flüge, längere Aufenthalte im Tierheim und lange Autofahrten sind nicht ratsam.«

Ich weiß, dass meine Mutter Pistachio nicht gerne im Auto mitnimmt. Sie sagt, er pinkelt auf die Sitze und dann stinkt das Auto wie ein Hundezwinger. Mein Dad hat gesagt, wir werden einen großen Möbelwagen mieten und unsere Sachen nach Connecticut fahren. Aber was ist mit Pistachio? Er kann doch nicht im Möbelwagen mitfahren, und wenn meine Mutter sich weigert ihn im Auto mitzunehmen . . .

Und dann fällt es mir plötzlich wie Schuppen von den Augen. Meine Mom hat gar nicht vor ihn mitzunehmen. Sie hat vor ihn . . . Mein Herz rast. Ich werde Pistachio von nun an keine Minute mehr aus den Augen lassen. Unter keinen Umständen werde ich ihn mit meiner Mutter allein lassen. Niemals! Ich nehme ihn auf den Arm, gehe nach oben, nehme einen Stoffbeutel und lasse ihn hineingleiten. Einfach-Carol wird keinen Verdacht schöpfen, sie wird glauben, ich hätte mein Lunchpaket in dem Beutel. Allerdings kann ich mein Lunchpaket nicht mit Pistachio zusammen in den Beutel stecken, er würde es auffressen. Ich muss aber ein Sandwich mitbringen, sonst wird Einfach-Carol misstrauisch. Es würde keinen Sinn machen, dass ich einen Lunchbeutel mitgebracht, aber das Essen vergessen habe. Ich nehme das Klebeband aus der Schublade und verbrauche beinahe die ganze Rolle, um mein Sandwich und meine Banane an meinem Bauch festzukleben. Zum

Glück bin ich so schlank und trage keine engen Sachen. Es ist noch mehr als genug Platz, um meine Jeans, um die Tüte mit dem Sandwich herum zuzuknöpfen.

Ich stopfe mir gerade meinen Müsliriegel in die Tasche, als ich Einfach-Carols Auto vor unserem Haus halten sehe. Ich schnappe mir den Beutel mit Pistachio drin und renne nach draußen. Ich achte sorgfältig darauf, dass mir der Beutel nicht gegen die Beine schlägt, während ich renne. Ich lächle und blicke Einfach-Carol fest in die Augen. »Hey«, sage ich.

»Selber hey.« Sie lächelt. Sie hat ihr Haar mit einem orangefarbenen Zopfband zu einem Pferdeschwanz zusammengebunden und trägt ihr braunes »Freiwilliger-Zoo-Helfer«-T-Shirt.

Ich steige ins Auto und lege den Beutel mit Pistachio neben meine Füßen auf den Boden.

»Wo ist Harrison?«, frage ich und hoffe, ja, bete, dass Einfach-Carol sagen wird, dass wir ihn heute als Zweiten abholen.

»Er hat die Grippe.«

»Oh«, antworte ich. Ich bin so enttäuscht, dass ich kaum sprechen kann. Wie konnte er denn ausgerechnet heute krank werden?

»Er fühlt sich bestimmt ziemlich mies, dass er Kigali heute nicht sehen kann«, sagt Einfach-Carol.

Das Einzige, woran ich denken kann, ist Pistachio in meinem Beutel. Wenn er auch nur einen Laut von sich gibt, ist das mein Tod. Ich schaue Einfach-Carol an. Ich frage mich, ob es wohl eine Chance gibt, dass wir uns auf dem Weg zum Zoo verfahren und niemals dort ankommen. Das hoffe ich während der gesamten Fahrt, bis wir auf den Zooparkplatz fahren.

Einfach-Carol hält den Wagen an. Ich nehme den Beutel mit Pistachio und greife nach dem kühlen, metallenen Türgriff. Mein Arm ruht an der toastfarbenen Ledertür. Langsam klettere ich hinaus, aber ich lasse die Tür nicht los. Als Einfach-Carol den Knopf der Zentralverriegelung drückt, setze ich mich plötzlich in Bewegung und springe zurück ins Auto, bevor es zu spät ist.

Pistachio und ich sind jetzt in Sicherheit im Auto. Einfach-Carol steht draußen. Ich hatte das nicht geplant, ich habe es einfach getan. Aber jetzt fühle ich mich besser. Niemand kann mich zwingen dieses Auto zu verlassen. Pistachio und ich werden für den Rest unseres Lebens in Einfach-Carols Auto bleiben. Hier werden wir in Sicherheit sein.

Einfach-Carol klopft an das Seitenfenster. »Hey, Ant, was machst du denn da?«

Ich starre durch die Windschutzscheibe, mein ganzer Körper ist steif.

»Ant?«

Ich schaue sie nicht an.

»Ant? Was machst du denn?«

Ich antworte nicht. Ich schaue gerade nach vorne durch die Windschutzscheibe hindurch, so als würde ich das Auto fahren und als wäre es gefährlich, in irgendeine andere Richtung zu schauen. Einfach-Carol öffnet die Fahrertür und klettert zurück ins Auto. *Fruuuup,* die Tür schließt sich. Eine Minute lang sitzen wir schweigend da, dann flüstert sie: »Möchtest du, dass ich dich nach Hause fahre?«

Ich schüttele den Kopf. Einfach-Carol seufzt. Ich weiß nicht, was sie denkt, denn ich blicke sie nicht an. Ich schaue immer weiter durch die Windschutzscheibe. Ich versuche mich dazu zu zwingen, mich zu ihr zu drehen und ihr in die Augen zu blicken, denn ich weiß, das ist die einzige Art und Weise, wie ich lügen kann. Aber es gelingt mir nicht.

»Was ist los, Ant?«

Ich beobachte die Zweige einer großen Kiefer. Es weht gerade genug Wind, dass sie einen kleinen Tanz aufführen. Bäume haben es so gut! Niemand kann sie zwingen sich zu bewegen. Sie verbringen ihr gesamtes Leben an einem Fleck.

Ich öffne meinen Mund, um etwas zu sagen. Es kommt nichts heraus. Ich versuche es noch einmal. Meine Stimme klingt seltsam, wie eine Tonbandaufnahme von mir selbst. »Ich habe Pistachio bei mir«, sage ich.

Einfach-Carol knirscht mit den Zähnen. Ich überlege, ob ich weinen soll, aber ich fürchte, wenn ich einmal damit anfange, dann werde ich nicht mehr aufhören.

»Warum?«, fragt Einfach-Carol.

Ich kann nicht sagen, ob sie wütend ist oder nicht,

und ich bin zu aufgewühlt, um sie anzuschauen. Ich nehme das lilafarbene Flugblatt aus meiner Tasche und gebe es ihr. »Meine Mom hatte das hier. Ich habe Angst, dass sie vorhat ... ich habe Angst ...« Meine Hand tastet nach Pistachios kleinem Körper und ich nehme ihn aus dem Beutel und vergrabe mein Gesicht in seinem zerzausten Fell. Ich sauge seinen durchdringenden, schmutzigen Geruch ein.

»Oh«, sagt Einfach-Carol. Sie ist sehr still. Ich frage mich, ob sie mich nach Hause bringen und sich weigern wird je wieder etwas mit mir zu tun zu haben.

Einfach-Carol bleibt einen Moment lang still sitzen, dann reicht sie mit ihrer Hand zu mir herüber und drückt meinen Arm. »Ich bin stolz auf dich, Ant«, sagt sie. »Du hast mir die Wahrheit gesagt.«

Ich fühle, wie Erleichterung meinen steifen Nacken, den angespannten Rücken und die angestrengten Arme lockert. Sie hat es gehört. Und sie hat es verstanden. Ich kann die Tränen jetzt nicht länger zurückhalten. Sie laufen mir die Wangen herab.

»Okay, wir werden es folgendermaßen machen. Ich werde mir ein Seil und eine Schüssel borgen. Dann fülle ich die Schüssel mit Wasser und bringe sie hierher. Ich werde das Auto dort bei den Kiefern parken. Wir binden Pistachio draußen vor dem Auto fest und stellen ihm die Schüssel mit dem Wasser hin. So wird er es für ein paar Stunden gut aushalten. Und was deine Mom und Pistachio angeht ... dafür werden wir eine Lösung finden. Ja, das werden wir.«

Das klingt gut in meinen Ohren. Ich mag dieses »Wir«, so als wäre das unsere gemeinsame Sache. Jetzt überlege ich, ob ich ihr von dem Umzug erzählen soll. Aber das will ich nicht. Irgendetwas sagt mir, dass das ein Problem ist, das Einfach-Carol nicht lösen kann. Mein Mund bleibt verschlossen. Ich sitze ruhig da und streichle Pistachio, solange Einfach-Carol fort ist.

Als sie zurückkommt, machen wir alles für Pistachio fertig. Ich bin nicht begeistert davon, ihn hier anzubinden. Ich mache mir Sorgen, dass er aus seinem Halsband schlüpfen oder sich in dem Seil verfangen könnte. Aber Einfach-Carol hat wahrscheinlich Recht. Es wird okay für ihn sein. Ich schnalle Pistachios Halsband ein wenig enger, nur um sicher zu sein, dass er unmöglich herausschlüpfen kann.

Pistachio jault und springt wie verrückt auf und ab, als wir fortgehen, aber das ist nur Show. Als wir weit genug fort sind, macht er sich ein Nest auf meinem Lunchbeutel zurecht, rollt sich zusammen und legt sich schlafen.

Einfach-Carol sagt immer wieder, ich soll mir keine Sorgen machen, wir werden eine Lösung finden, wir werden uns einen Plan ausdenken, aber zuerst müssen wir uns zur Arbeit melden, denn sonst wird Mary-Judy uns das Fell über die Ohren ziehen.

Mary-Judy scheint das letzte meiner Probleme zu sein, aber ich folge ihr. Ich bin froh, dass ich jemanden habe, der mir sagt, was ich tun soll, denn mein Kopf ist völlig matschig. Wir gehen durch den Zooeingang, vorbei an den Flamingos, vorbei an dem Schimpansen mit seinem Teddy und bis hinunter zu dem Bambuszaun mit seinem Schild »Zutritt verboten«. Wie üblich laufen dort die Khakileute herum. Fast ist es so, als wäre dies hier ihr Käfig im Zoo ... das Zoowärtergehege.

Einfach-Carol begrüßt eine dünne Khakifrau. Wir gehen in den Raum, der wie eine Zoohandlung riecht, ziehen wie immer unsere Stiefel an und marschieren wieder nach draußen, um Mary-Judy zu folgen.

Mary-Judy sagt, dass sie uns aufteilen wird. Einfach-Carol wird damit beginnen, das Kamelgehege zu säubern, und ich soll Mary-Judy im Vogelhaus helfen. Normalerweise wäre ich davon ganz begeistert, denn das bedeutet, dass ich die Aras füttern darf. Aber heute würde ich gerne mit Einfach-Carol zusammenbleiben. Doch wenn Mary-Judy sagt, man soll etwas tun, dann tut man es. Ohne Fragen zu stellen. Außerdem ist es so etwas wie eine Auszeichnung, wenn ich ohne Einfach-Carol mit Mary-Judy mitgehen darf. Es bedeutet, dass sie Vertrauen zu mir hat. Das fühlt sich gut an. Und es fühlt sich auch gut an, dass sie mir jetzt ein eigenes Schlüsselbund reicht. Ich hake es an meiner Gürtelschlaufe fest, genauso wie Einfach-Carol das macht.

Mary-Judy hat siebenundfünfzig Tiere zu betreuen, wenn man die Rotschimmel, den Bison und die Phytonschlange mitzählt. Aber es gibt nur drei Schlüssel. Alle Wärter haben drei Schlüssel und ein Funkgerät bei sich. Das Funkgerät ist wichtig, weil der Zoo so groß ist und weil es nicht der sicherste Job der Welt ist, ein Zoowärter zu sein. Mary-Judy hat erzählt, dass Dora, die Giraffenwärterin, einmal von einem Zebra eingeklemmt wurde, und wenn sie kein Funkgerät dabeigehabt hätte, dann wäre sie jetzt weg vom Fenster. Und ein anderes Mal ist ein Löwe am Zaun hochgeklettert, als gerade eine dritte Klasse davor stand. Mary-Judy sagt, das war vor langer Zeit. Sie sagt, das Einzige, was heute noch passiert, ist, dass ein Kind seinen Rucksack aus der Schwebebahn fallen lässt, die über das Löwengehege führt, und wenn Mary-Judy am nächsten Tag durch das Gehege geht, dann findet sie einen rosafarbenen Barbierucksack, der in Fetzen gerissen ist. Natürlich weiß sie nichts davon, dass Pistachio schon einmal beinahe ein Hunde-McNugget war. Einfach-Carol hat ihr nie davon erzählt.

Während wir arbeiten, hören wir den Durchsagen im Funkgerät zu. Irgendjemand hat eine Lieferung Vogelfutter bekommen. Wo soll das hin? Pauline möchte wissen, wer die Heuhaken neben der Scheune am Hügel weggenommen hat und wann der Wartungsdienst die Fenster der Schlangen reparieren wird. Aber heute achte ich nicht sehr darauf. Ich stoße die Früchte von gestern vom Baum der Aras herunter und frage mich besorgt, was ich wohl tun werde, wenn es Zeit wird, nach Hause zu gehen.

Bald schon sind wir mit den Aras fertig und gehen zum Tigergehege. Mary-Judy dreht den Schlauch an. Sie steckt ihn durch den Maschendraht. Der Tiger hat sein eigenes Wasserbecken, aber das Wasser aus dem Schlauch mag er lieber. Er ist alt und knochig und er hat große, freundliche Augen, die immer eine Frage zu stellen scheinen. Er ist niemals Angst einflößend wie die Löwen. Ich schaue ihm zu, wie er seine Zunge um den Wasserstrahl herumrollt.

Mary-Judy dreht das Plastikschild um, jetzt steht »Vorsicht: Wärter im Freigehege« darauf, damit alle wissen, dass sie den Tiger nicht aus seinem Nachthaus ins Freigehege lassen dürfen. Dann lässt sie mich mit meinem eigenen Schlüssel das Freigehege aufschließen. Ich bin ganz aufgeregt. Ich habe noch niemals zuvor Schlüssel für die Käfige gehabt. Ich stecke den Schlüssel ins Schloss, dann blicke ich mich um, ob irgendjemand da ist, der mir dabei zuschaut.

Als wir hineingehen, fängt Mary-Judys Funkgerät an zu summen und zu rauschen, wie immer, wenn jemand gleich etwas sagen wird. Dann sagt eine Stimme: »An alle Abteilungen. Weiß irgendjemand etwas über einen kleinen braunen Hund? Es sieht so aus, als wäre er vielleicht irgendwo angebunden gewesen. Er schleift eins von unseren Seilen hinter sich her. Er ist hier oben im Afrikagehege und erschreckt meine Huftiere zu Tode.«

Zuerst registriere ich gar nicht, was soeben gesagt worden ist. Aber dann spult mein Gehirn noch einmal die Worte ab: *kleiner brauner Hund . . . schleift eins von unseren Seilen hinter sich her . . .* Ich lasse meinen Eimer fallen und rase aus dem Tigergehege hinaus. Ich bewege mich schnell, aber ich nehme alles ganz scharf wahr. Ich sehe den Zaun, einen Spalt im Gehweg, einen Eimer, den wir draußen haben stehen lassen. Ich fühle das Klatschen des Asphalts unter meinen Füßen, die Eukalyptusblätter streifen meinen Arm, das Klebeband reißt an meinem Magen.

»Hey!«, schreit Mary-Judy, aber es gibt keine Zeit zum Antworten. Keine Zeit für Erklärungen. Ich bewege mich so schnell wie ich kann bergauf. Meine Beine stemmen sich hart gegen die Steigung. Als ich den Gipfel des Hügels erreiche, höre ich das Donnern der Hufe. Die Gazellen galoppieren, ihre zierlichen, spindeldürren Beine fliegen, die Hufe streifen kaum den Boden. Die Giraffen rennen wie verrückt. Sie scheinen verängstigt und verwirrt, als sie versuchen auf ihren großen langen Beinen die Richtung zu wechseln. Ein Kranich huscht eilig aus dem Weg. Eine wild gewordene Ente versucht zu fliegen, aber ihre Flügel sind beschnitten.

»Lieber Gott, bitte mach, dass es nicht Pistachio ist, und wenn er es ist, mach, dass er nicht da drin ist!« Meine Füße stampfen über den Boden. »Dies kann einfach nicht wahr sein«, sagt mein Verstand.

Da ist Dora, die Giraffenwärterin. »GEH RUHIG!«,

brüllt sie. Ich weiß nicht, ob sie mit den Tieren spricht oder mit mir.

»Der kleine Hund. Ist der kleine Hund hier?«, schreie ich. Meine Stimme überschlägt sich, weil ich so außer Atem bin.

»Wenn sich eins von meinen Huftieren wegen deinem VERDAMMTEN HUND ein Bein bricht . . .« Ihr Gesicht ist groß und rot und wütend.

»Wo ist er?«, schreie ich.

»Da drüben.« Sie zeigt auf das Elefantengehege. »GEH RUHIG, UM HIMMELS WILLEN!«, brüllt sie und jetzt weiß ich, dass sie mich meint, aber ich gehorche nicht. Ich kann einfach nicht.

»Pistachio!«, schreie ich, als ich auf die Elefanten zurenne.

Der Schlüssel

Als ich zu den Elefanten komme, bin ich so außer Atem, dass ich mich krümme. Meine Kehle fühlt sich an wie ein rauer Putzschwamm und ich habe schreckliche Seitenstiche. Ich bleibe stehen. Es ist heiß und still. Die Elefanten sind faul. Einer schleift seinen Rüssel über den Boden, als würde er staubsaugen. Ein anderer kratzt sich das Hinterteil an einem großen Baumstamm. Ein dritter schläft im Schatten einer großen Eiche. Sie sind friedlich, bewegen sich langsam und gelangweilt. Es hat den Anschein, als wäre sehr viel mehr vonnöten als ein kleiner bellender Hund, um sie in Aufregung zu versetzen. Eine Sekunde lang bin ich erleichtert.

Ich renne an dem Gehege vorbei zu dem Elefanten-Informationskiosk. Ich schaue dahinter. Wo ist er nur? Ich schaue mich überall um. Ich wünschte, er wäre nicht sandfarben und so verdammt klein. Eine leichte Brise bewegt die Äste der großen Bäume außerhalb des Geheges. Eine Mom schiebt einen Buggy an mir vorbei. »Nein, du kannst nicht noch mehr Früchtebrötchen haben. Das ist genug für heute«, sagt sie.

»Pistachio«, rufe ich. »Pistachio!« Obwohl ich völlig außer mir bin und mich auch so anhöre, drehen die Elefanten nicht einmal den Kopf nach mir um.

»Welcher von denen ist denn Pistachio?«, fragt die Mutter.

Jetzt renne ich. Meine großen Stiefel klatschen auf den Gehweg. Irgendetwas in mir sagt mir, dass Pistachio nicht hier ist. Ich erinnere mich daran, wie stolz er war, als er unter dem Zaun des Löwengeheges durchgeschlüpft war. Vollkommen, durch und durch blödsinnig stolz. Ich renne den Pfad hinauf, der hinten herum zum Löwengehege führt – bis zu der Stelle, an der Pistachio schon einmal unter dem Zaun hindurchgeschlüpft ist.

Mary-Judy sitzt im Zoo-Truck und rast unten auf der Straße auf die Elefanten zu. Sie sieht mich nicht und ich gebe ihr auch kein Zeichen. Ich will nicht anhalten. Ich will mir die Zeit nicht nehmen. Und ich will sie nicht bei mir haben, denn wenn Pistachio im Löwenkäfig ist, dann weiß ich, dass Mary-Judy mir nicht erlauben wird ihn herauszuholen.

Als ich an dem zebragestreiften Toilettenhaus vorbeirenne, bringt meine Brust mich fast um und das Klebeband, das mein Sandwich an meinem Bauch festhält, reißt wie verrückt an mir. Ich springe über den falschen Holzzaun und nehme die Abkürzung zum hinteren Ende des Löwengeheges. Die Löwen sind oben auf dem Hügel bei einem großen Ball, der an einer dicken Kette von einem Baum herunterhängt. Sie spielen nicht mit dem Ball. Alle vier schlafen sie, liegen faul im hohen braunen Gras.

»Pistachio!«, rufe ich und zwinge meine Stimme zur Ruhe. Ich möchte die Löwen nicht wissen lassen, dass ich aufgeregt bin. Ich habe Angst, sie darauf aufmerksam zu machen, dass Pistachio hier ist. Ich habe Angst, sie könnten meine Worte verstehen, auch wenn das gar keinen Sinn macht.

»Pistachio!«, rufe ich wieder und blicke mich um. Normalerweise kommt er, wenn man ihn ruft. Normalerweise kann er es gar nicht erwarten, mich zu sehen. Nur wenn er an etwas anderem so interessiert ist, dass er sich einfach nicht losreißen kann, dann kommt er nicht.

»Pistachio!«

Ich höre etwas. Einen spitzen Schrei drüben an der Seite. Ich folge dem Zaun bis zu dieser Stelle. Und dann, ganz plötzlich, sehe ich ihn. Er ist im Gehege und tanzt auf seinen Hinterbeinen. Als er meine Stimme hört, führt er ein kleines Tänzchen auf, aber er kommt nicht zu mir. Er kann nicht. Sein Seil hat sich um einen Busch gewickelt. Es hat sich verfangen. Er kann sich nicht bewegen. Er ist wie ein lebendiger Köder für diese Löwen. Wie ein Mittagessen, das man ihnen nach Hause geliefert hat. Sobald sie ihn sehen, wird er ein toter Hund sein. »Oh, Pistachio«, flüstere ich und mein Puls hämmert mir in den Ohren.

Ich schaue zum Zaun hinauf und überlege gerade,

dass ich darüber klettern werde, als mir klar wird, *dass ich die Schlüssel habe*. Ich bin glücklich darüber und gleichzeitig macht es mir fürchterliche Angst. Beinahe wünschte ich, ich hätte sie nicht. Meine Hand tastet sich zu meiner Gürtelschlaufe. Die Schlüssel klimpern gegen meine Finger. Ich öffne den Clip. Mein Herz schlägt so laut, dass ich nichts anderes mehr höre. Ich habe eine solche Angst, dass meine Hände unsicher herumfummeln. Welcher Schlüssel ist es?

Der erste dreht sich nicht. Ich schiebe den zweiten Schlüssel hinein. Das Vorhängeschloss öffnet sich in meiner Hand. Ich wickle die Kette vom Tor ab und schlüpfe hinein. Das Tor schließe ich halb hinter mir.

Dann bleibe ich stehen und meine Hand umklammert einen Diamanten des Maschendrahts. Pistachio zieht am Seil, er versucht mit all seiner Kraft, zu mir zu kommen. Meine Hand lockert ihren Griff um den Maschendraht. Dann lassen meine Finger ihn los und ich bewege mich auf Pistachio zu. Ich erinnere mich daran, dass Mary-Judy gesagt hat, plötzliche Bewegungen erregen die Aufmerksamkeit eines Löwen. Aber ich muss Pistachio erreichen. Es ist unmöglich, das zu tun ohne mich zu bewegen.

»Schau nicht zu den Löwen hinüber«, sage ich zu mir selbst. »Tu es nicht!«

Aber ich kann nicht anders. Eine der Löwinnen ist aufgestanden. Ihr ganzer Körper ist angespannt. Sie wartet. Beobachtet mich. Fordert mich heraus mich zu bewegen. »Sei groß«, hat Einfach-Carol einmal zu mir gesagt, als ich ihr dabei half, den Bison auf dem Hügel zu füttern. »Wenn sie näher kommen, sage ihnen, dass sie verschwinden sollen, und sei groß.« Ich tue so, als wäre ich der größte Mensch der Welt. Ich gehe mit langsamen, gleichmäßigen, gleitenden Schritten. Ich werfe einen schnellen, unerschrockenen Blick auf die Löwen. Vier Paar großer, glänzender, goldener Augen verfolgen jede meiner Bewegungen. Eine Löwin steht. Halb eile ich, halb gleite ich. Je näher ich zu Pistachio komme, umso verrückter springt er herum. »Lass das«, flüstere ich, »hör auf damit!« Aber er hört nicht auf mich.

Jetzt renne ich. Meine Stiefel bewegen sich beinahe ohne meine Zustimmung. Schnell ziehe ich meinen Fuß aus einem der Gummistiefel und schon bin ich bei Pistachio. Ich reiße am Seil, aber es hat sich zu fest um den Busch gewickelt. Es würde zu lange dauern, es loszumachen. Ich greife nach Pistachios Halsband. Das Seil von seinem Halsband losbinden? Das Halsband öffnen? Meine Finger sind so unbeweglich wie Stöcke. Es geht nicht. Es bewegt sich nicht.

Ich höre sie. Ich sehe einen verschwommenen Fleck goldenen Fells, der auf mich zukommt. Meine dummen Finger ziehen an der Schnalle. Das Halsband öffnet sich. Pistachio gehört mir! Ich drücke ihn fest an meinen Bauch, während ich renne. Meine Beine bewegen sich, meine Füße fliegen. Eine Socke.

Ein Stiefel. Jetzt höre ich die Löwin hinter mir. Sie ist hinter mir. *Hinter mir.* Ich renne schneller. Mein Fuß in der Socke tut weh.

»Du musst das Tor erreichen. Das Tor! Das Tor!« Meine Finger klammern sich um den Maschendraht. Ich reiße das Tor auf und bin draußen.

Mary-Judy

Ich sitze im Dreck draußen vor dem Löwengehege und drücke Pistachio fest an mich. Ich höre sein kleines Herz schlagen. Und auch meinen eigenen Herzschlag fühle ich. Ich kann gar nicht glauben, dass wir beide in Sicherheit sind. Ich streichle ihn und streichle ihn und streichle ihn. Ich kann nicht genug davon bekommen, ihn zu streicheln.

Drinnen hinter dem Zaun findet die Löwin Pistachios Halsband. Sie kaut und leckt darauf herum. Kaut und leckt. Es läuft mir eiskalt den Rücken hinauf und hinunter. Ich kann es nicht mit ansehen.

Mary-Judy ist da. Ich weiß nicht genau, seit wann sie hier ist, aber sie scheint genau zu wissen, was geschehen ist. Sie brüllt mich nicht an. Sie fragt mich, ob alles in Ordnung ist – sie flüstert es. Aber als ich den Ausdruck auf ihrem Gesicht sehe, denke ich, es wäre besser, wenn sie gebrüllt hätte.

Jetzt geht sie unruhig auf und ab und spricht in ihr Funkgerät. *Fuuuk, fuuuuk, fuuuk* machen ihre großen Gummistiefel. »Dora, bitte kommen. Wie steht's im Afrika-Gehege? Brauchst du Hilfe?«

Fuuuk, fuuuk, fuuuk. Auf und ab. Ihr Funkgerät

knistert. Dann kommt die Stimme durch, laut und hell. »Die Gazellen sind immer noch irrsinnig nervös, aber sie rennen nicht mehr wie verrückt. Ich glaube, alleine komme ich besser mit ihnen klar. Neue Leute würden sie nur aufs Neue reizen.«

»Okay«, antwortet Mary-Judy. *Fuuuk, fuuuk, fuuuk.* Sie kontrolliert die Kette am Löwengehege. Ihre Hände zittern. Sie hat das Schloss schon dreimal kontrolliert. Ich frage mich, ob sie wohl glaubt, dass ich hineingekommen bin, weil sie vergessen hat es zuzuschließen. Aber das kann nicht sein, denn sie hat mir die Schlüssel wieder abgenommen. Das war das Erste, was sie getan hat, mit zitternden Händen. *Fuuuk, fuuuk, fuuuk.* Vor mir bleibt sie stehen. »Steig in den Truck!«, befiehlt sie. Sie flüstert immer noch. Ich weiß nicht warum.

Ich stehe auf, presse Pistachio fest an meinen Bauch. Ich steige in den Truck. Der Motor läuft noch, die Schlüssel baumeln am Zündschloss. Mary-Judy muss so schnell herausgesprungen sein, dass sie sich nicht einmal die Zeit genommen hat, den Motor abzustellen. An meiner Tür fehlt die Armlehne, es ist nichts da, woran ich sie zuziehen könnte. Ich kurbele das Fenster herunter und umklammere den Türrahmen. Ich knalle sie zweimal zu, bevor sie ins Schloss fällt.

Mary-Judy schiebt ihren Hintern auf den Sitz. Sie ist so klein, dass sie auf einem Kissen sitzen muss, um über das Armaturenbrett gucken zu können. Sie legt einen Gang ein und tritt leicht auf das Gaspedal. Mein Hals macht einen Ruck, als der Truck vorwärts den Hügel hinunterschießt. Sie sieht mich nicht an. Spricht nicht mit mir. Ich frage mich, wohin sie mich wohl bringt.

Mary-Judy fährt den Truck hinaus auf die Straße bei den Kamelgehegen. Sie bremst, um einer Gruppe Kinder Zeit zu geben, ihr aus dem Weg zu gehen. Als sie alle sicher am Straßenrand versammelt sind, fährt sie den Truck langsam bis zum Schlafhaus der Kamele, dann stampft sie auf die Bremse. Die Bremsen quietschen. Der Truck bleibt stehen. Mary-Judy springt hinaus. »Bleib, wo du bist«, flüstert sie mit heiserer Stimme. »Bleib hier sitzen. *Rühr dich nicht von der Stelle*!« Dann scheint sie sich plötzlich zu überlegen, dass sie mich besser nicht alleine im Truck mit den Schlüsseln im Zündschloss sitzen lässt. Sie kommt noch einmal zurück, stellt den Motor ab und steckt die Schlüssel in die Tasche.

Mary-Judy geht mit schnellen Schritten ins Schlafhaus der Kamele, ein niedriges braunes Gebäude, das merkwürdig rund ist, wie ein riesiger Pilzkopf. Es vergehen ein paar Minuten und dann – *fuuuk, fuuuk, fuuuk* – ist sie wieder da, mit Einfach-Carol im Schlepptau. Als ich Einfach-Carol sehe, senke ich den Blick. Ich studiere den Boden des Trucks. Er ist voller Schlamm und rostig, an einigen Stellen total zerfressen, so dass ich bis zur Straße darunter schauen kann. Ich betrachte gründlich jeden Quadratzentimeter des Bodens und alles, was ich von der Straße sehen kann. Die Tür des Trucks öffnet sich und automatisch rutsche ich zur Seite, um Platz für Einfach-Carol zu machen, aber ich schaue sie nicht an.

»Ist alles in Ordnung mit dir?«, fragt mich Einfach-Carol. Sie starrt auf meinen Fuß mit der Socke. Er tut weh. Ich bin auf einem Stein falsch aufgetreten. Aber es ist alles in Ordnung mit mir.

Ich nicke und wünschte, ich könnte Nein sagen, denn wenn ich verletzt wäre, wäre sie nicht so wütend auf mich. Ich hasse es, wenn sie wütend auf mich ist. Aber was hätte ich denn tun sollen? Zulassen, dass die Löwen Pistachio fressen? »Es war nicht meine Schuld«, würde ich gerne brüllen. Aber ich sitze stumm da und betrachte den Zeh meiner Socke. Ich hasse Menschen. Sie sind zu kompliziert. Hunde sind viel besser. Hunde machen einen niemals zur Schnecke und sind auch nicht enttäuscht von einem. Sie verstehen alles. Sie halten zu einem, egal, was passiert.

Mary-Judy fährt uns die Straße hinunter bis zu dem Schild »Zutritt verboten«. Sie steigt aus und öffnet das Tor. Das macht sonst immer Einfach-Carol. Dass Mary-Judy sie das nicht tun lässt, ist ein schlechtes Zeichen. Mary-Judy steigt wieder ein und fährt mit dem Truck bis vor das Gebäude, wo unsere Schließfächer sind. »Holt eure Sachen. Ich warte!«, flüstert Mary-Judy.

Einfach-Carol und ich steigen aus. Am Picknicktisch sitzt noch eine andere Wärterin. Sie starrt uns an, als wären wir Verbrecher. Ich ziehe meinen Stiefel aus und stopfe meine Füße in meine Turnschuhe ohne sie aufzuschnüren. Einfach-Carol nimmt ihr Lunchpaket aus dem Kühlschrank. Meins klebt noch immer an meinem Bauch, was sehr unbequem ist, und ich weiß, es wird beim Abreißen tierisch wehtun.

Wir klettern wieder in den Truck und ich frage mich, wohin wir wohl fahren. Dann begreife ich es plötzlich. Wir werden rausgeworfen, Einfach-Carol und ich. Oh, großartig! Es war doch nicht Einfach-Carols Schuld, es war ein Unfall. Niemand hat gewollt, dass Pistachio sich losreißt. Ich überlege, ob ich wohl versuchen soll Mary-Judy das zu erklären. Ich blicke hinüber zu ihrem harten, verängstigten Gesicht und entscheide mich dagegen. Sie wird ihre Meinung jetzt nicht ändern.

Mary-Judy fährt uns hinaus auf den Parkplatz. Sie fährt bis zu Einfach-Carols Auto und hält so dicht daneben an, dass ich mich kaum hinausquetschen kann. Immer noch sagt Mary-Judy nichts. Kein Wort. Sie wartet, bis Einfach-Carol das Auto aufgeschlossen hat, eingestiegen ist, ihren Gurt angelegt hat. Sie wartet, bis Einfach-Carol den Motor angelassen hat. Sie wartet immer noch, als wir vom Parkplatz fahren.

Ich fühle mich müde und zittrig. Mein Kopf brummt und ich mache mir Sorgen um Pistachio, der sich in mir vergräbt, als hätte er Angst. Ich habe ihn so viel gestreichelt, dass meine Hand schon ganz taub ist und sein Fell kaum noch spürt. Ich blicke hinüber zu Einfach-Carol und frage mich, was sie wohl denkt, während sie die lange Straße hinunterfährt. Sie ist so still, dass ich es nicht sagen kann.

Wir fahren zwischen den grasbewachsenen Hügeln hindurch. Sie sind jetzt ganz grün, weil es vor kurzem geregnet hat. Wieder blicke ich Einfach-Carol an. Ihr Gesicht ist ausdruckslos. Ich kann nichts darin lesen, aber es ist schlecht, dass sie so still ist.

»Ich habe nicht gelogen«, platzt es aus mir heraus. »Ich musste einfach da reingehen, sonst wäre Pistachio . . . sonst hätten die Löwen ihn . . .«

»Hast du eigentlich eine Ahnung davon, wie viel Glück du gehabt hast?«, unterbricht mich Einfach-Carol. »Mary-Judy hat gesagt, sie kann sich nicht erklären, warum die Löwen dich nicht erwischt haben. Sie hat gesagt, sie hätte niemals an die Möglichkeit geglaubt, dass du in einem Stück wieder dort herauskommst.«

»Ich konnte ihn doch nicht einfach da drin lassen!«

»Warum hast du nicht um Hilfe gebeten?«

»Woher weiß ich denn, ob Mary-Judy ihm geholfen hätte. Wie kann ich denn wissen, ob sie ihn nicht einfach da drin gelassen hätte?«

»Alles, was du machst, ist immer ein Soloauftritt, nicht wahr, Ant? Du bist ein Land für dich ganz allein. Aber ich glaube, was mich am meisten aufregt, ist, dass du ständig Pistachios Leben über dein eigenes stellst.«

Ich schüttele meinen Kopf und starre auf die Tankstelle, an der wir gerade vorbeifahren. Einfach-Carol tritt richtig fest aufs Gaspedal. Ich wünschte, sie würde langsamer fahren. Ich möchte nicht so schnell nach Hause kommen.

»Doch, das ist wahr«, sagt Einfach-Carol. »Auf der anderen Seite fühle ich, dass es zum Teil meine Schuld war. Es war ja meine Idee, Pistachio dort anzubinden.«

Ich werfe einen verstohlenen Blick hinüber zu ihr. Ihre Augen bohren sich in mich hinein. Sie schaut mich so lange an, dass ich schon Angst habe, sie könnte von der Straße abkommen. »Mein Hund war in Not, also habe ich ihm geholfen. Jeder auf der Welt hätte das Gleiche getan wie ich.«

»Glaubst du das?«

»Jedes Kind hätte es getan. Niemand hätte zugelassen, dass sein Hund stirbt. Sogar Joyce Ann Jensen hätte gegen eine Regel verstoßen, um ihren Hund zu retten.«

Einfach-Carol schüttelt den Kopf, als könnte sie es nicht glauben. »Du begreifst es einfach nicht, oder, Ant? Es geht nicht darum, dass du gegen eine Regel verstoßen hast. Es geht um dein Leben.«

»Es geht mir gut«, antworte ich. »Ich bin nicht verletzt.«

Sie sagt nichts mehr. Ich hasse es, wenn sie so

stumm wird. Wir sind jetzt schon ganz nah an meinem Zuhause. Ich habe Angst, dass sie nichts weiter sagen wird, deshalb beginne ich von neuem. »Es tut mir Leid, dass du deinen Zoo-Job verloren hast. Wirklich.«

»Ja . . . mir auch.«

»Glaubst du, es gibt eine Chance, dass du ihn wiederbekommst . . . du weißt schon, wenn Mary-Judy sich beruhigt hat?«

Sie zuckt mit den Schultern. »Ich weiß es nicht, Ant. Ich bin jetzt viel zu aufgeregt, um darüber nachzudenken.«

Oh nein! Was ist denn mit Harrison? Was, wenn er jetzt auch nicht mehr in den Zoo gehen kann? Ich kann nicht glauben, was für ein Schlamassel das ist.

»Und was jetzt?«, frage ich.

»Was jetzt? Jetzt bringe ich dich nach Hause.« Einfach-Carol greift nach ihrer Sonnenbrille.

»Du hast doch gesagt, dass wir es lösen werden . . . du weißt schon, das Problem, von dem ich dir erzählt habe.« Ich weiß, ich hätte das nicht sagen sollen. Nicht jetzt. Aber ich kann nicht anders. Ich weiß nicht, was ich sonst tun soll.

Sie seufzt. »Hör mal, ich werde mit deiner Mom über ihre Pläne für Pistachio sprechen, aber bevor ich das tue, musst du mit ihr sprechen.«

»Ich?«

»Ja.«

»Das ist unmöglich.«

»Nein, das ist es nicht. Ich möchte mich nicht dazwischendrängen. Du musst mit ihr sprechen.«

Wir sind jetzt schon fast bei mir zu Hause angekommen. Dies ist meine einzige Chance. »Was wäre denn, wenn ich mit dir sprechen würde anstatt mit ihr. Wir könnten ... die ganze Zeit über sprechen. Du weißt schon, du und ich. Und du könntest dich um mich kümmern – ich würde dir auch gar nicht viel Mühe machen. Ich bin schon so gut wie erwachsen und kümmere mich um mich selbst.«

Ich kann nicht glauben, dass ich das gesagt habe. Mein Magen sinkt auf die gleiche Weise, wie er das tut, wenn ein Fahrstuhl zu schnell nach unten fährt. Ich fühle mich ganz benommen. Mein Kopf ist heiß. Meine Ohren sind auch heiß. Ich wünschte, ich könnte unter den Sitz kriechen.

Ich fühle, dass Einfach-Carol mich anschaut.

»Ich habe nur Spaß gemacht«, flüstere ich und meine Stimme ist plötzlich ganz heiser. »Das war nur ein Witz.«

Jetzt sind wir bei mir zu Hause. Einfach-Carol fährt bis vor die Betonauffahrt, dreht den Schlüssel um und verschränkt die Arme. »Was ist los, Ant?«

Ich starre zum Fenster hinaus und kann nichts mehr sagen. Auch Einfach-Carol schweigt. Wir beobachten, wie der gelbe VW des Nachbarn in die Garage fährt.

»Ant?«

Alles, woran ich denken kann, ist, in mein Zimmer

hinauf zu gehen, die Tür mit der Kommode zu verbarrikadieren und mit Pistachio unter die Decke zu kriechen.

»Ant?«

»Die MacPhersons ziehen wieder um. Nach Connecticut«, flüstere ich.

»Oh«, sagt Einfach-Carol. Sie zieht es sehr in die Länge, dieses »Oh«. Es ist mehr ein Geräusch als ein Wort.

Elisabeth

Ich stehe vor unserem Haus. Einfach-Carol ist fort. Sie ist schon vor einigen Minuten weggefahren, aber ich habe mich noch nicht bewegt. Ich bin zu aufgewühlt, um mich zu bewegen. Es ist nicht so, dass sie Nein gesagt hätte, denn das hat sie nicht. Sie hat allerdings auch nicht Ja gesagt. »Ich weiß nicht, ob das wirklich das Beste für dich wäre, Ant«, waren Einfach-Carols genaue Worte. Ha! Diesen Refrain kenne ich. In Wirklichkeit bedeutet das: »Ich weiß nicht, ob das wirklich das Beste für mich wäre.« Ich liebe es, wie die Erwachsenen vorgeben, dass sie sich um einen kümmern, wenn sie sich in Wirklichkeit nur um sich selbst kümmern.

Dennoch habe ich die Hoffnung nicht aufgegeben. Aber ich werde nicht einfach herumsitzen und warten, bis Einfach-Carol sich entschieden hat. Ich werde mir das Lunchpaket von meinem Bauch abreißen, meine Sachen packen und zu Harrison gehen. Ich weiß, dass das ein dummer Plan ist. Wenn ich fort bin, ist Harrisons Haus der erste Ort, wo meine Mom nach mir suchen wird. Und Mr Emerson wird sowieso darauf bestehen, dass ich meine Mom anrufe. Er wird mich dort nicht so einfach fortlaufen lassen. Aber es ist im Moment das Einzige, was mir einfällt. Ich befehle meinen Füßen vorwärts zu gehen. Sowohl Moms Auto als auch Dads Auto sind fort, ich werde das Haus also wenigstens für mich alleine haben.

Meine Füße laufen über den Rasen bis zur Seitentür und meine Hände versuchen den Griff zu drehen. Offen. Dann begreife ich warum. Elisabeth ist in der Küche. Sie sitzt auf dem Tresen und baumelt mit den Beinen.

»Hey«, sagt sie mit ihrer munteren Stimme. »Junge, bin ich froh, dich zu sehen!«

Ich drehe mich um, um zu schauen, ob jemand hinter mir steht.

»*Dich,* du Dummerchen«, sagt sie.

»Warum bist du froh, mich zu sehen?«, frage ich, während ich Wasser für Pistachio hole. Nach allem, was er durchgemacht hat, ist er wahrscheinlich sehr durstig.

»Weil ich deine Hilfe brauche. Sieh mal, du stehst gerade hoch im Kurs bei Mom. Weißt du, was sie mir gestern gesagt hat? Sie hat gesagt, du hättest ›ganz neue Saiten aufgezogen‹.«

»Das habe ich nicht.«

»Ich nehme an, sie hat sich eine Kopie von deinem Zeugnis besorgt, weil du ja nicht das richtige mit nach Hause gebracht hast. Das ist ja so *merkwürdig.*« Sie schüttelt ihren Kopf. »Sie hat gesagt, du hast fast nur Einsen.«

»ICH HABE KEINE NEUEN SAITEN AUFGEZOGEN!«, brülle ich.

»Schon gut, schon gut, du spielst noch immer auf den alten, dreckigen Saiten. Jesses!« Sie schüttelt ihren Kopf und streckt ihr Kinn vor. »Willst du jetzt meine Idee hören oder nicht?«

Ich verdrehe die Augen. Elisabeth nimmt meine Hand und zieht mich ins Wohnzimmer. Sie deutet auf die Couch, wo ich mich hinsetzen soll. Das sieht Elisabeth ähnlich. Sie kann nicht einfach ein ganz normales Gespräch führen. Alles ist eine Riesenshow.

»Okay«, sagt Elisabeth. Sie steht vor mir, einen Finger in die Luft gestreckt, ihr ganzer Körper angespannt, als warte sie nur darauf, dass die Musik anfängt zu spielen. »Du sprichst mit Mom darüber, wie glücklich du jetzt bist und dass du nicht weißt, ob du den Umzug verkraften wirst . . . schließlich ist das alles so eine große Anstrengung für dich gewesen . . . ganz neue Saiten aufzuziehen . . .« Diesen Teil des Satzes sagt sie tonlos, nur mit den Bewegungen ihrer Lippen. Dann springt sie auf die andere Seite und macht es vor. »Du bist jetzt besser in der Schule und du hast Freunde – aber erwähne Harrison nicht, sie hasst ihn. Sprich über sie – *und* darüber, dass du glaubst, dass der Umzug nach Connecticut einfach zu viel für dich ist. Dass du dann wahrscheinlich in deine alten Verhaltensweisen zurückfallen und möglicherweise im Jugendgefängnis enden wirst. Aber pass auf, dass es nicht wie eine Drohung klingt oder so was.«

Ich stöhne und vergrabe mein Gesicht in meinen Händen.

»Ich arbeite mit Dad an der Golfgeschichte. In Connecticut kann man nicht das ganze Jahr über Golf spielen, weißt du? Also, auch wenn er dann mehr Zeit hat, was soll er damit anfangen? Aber du bearbeitest Mom von der Seite des menschlichen Leidens aus. Du bist labil und zerbrechlich.« Sie nimmt eine Glasbirne oben vom Fernseher und springt damit durch den Raum. »In Connecticut kommst du vielleicht auf die schiefe Bahn. Und dann muss Mom zu einer von diesen Talkshows gehen und erklären, wie sie es zulassen konnte, dass ihre Tochter zur Verbrecherin wird. Und dann muss sie sich den Kopf darüber zerbrechen, was sie anziehen soll, wenn sie im Gerichtssaal sitzt, weil du wegen irgendwelchen Sachen angeklagt wirst, wegen Mord und so was.«

Ich schnaube verächtlich und verdrehe die Augen.

»Und wenn es wirklich ganz schlimm mit dir wird, dann werden sie es im Fernsehen bringen und jeder wird sehen, was für eine schlechte Mutter sie ist. Das ist ein guter Ansatzpunkt.« Elisabeth zeigt auf mich. »Das solltest du erwähnen.«

»Erstens wird es nicht funktionieren. Und zweitens, warum kümmert dich das eigentlich? Ich dachte, du ziehst zu Miss Marion Margo?« Ich gehe zurück in die Küche, um die Schere zu holen. Pistachio läuft hinter mir her. Ich nehme die gute Schere und halte mein T-Shirt mit den Zähnen hoch. Dann versuche ich die Klinge in die Lücke zwischen der Banane und dem Klebeband zu schieben.

»Natürlich wird es funktionieren.« Elisabeth kommt in die Küche gesprungen. »Was machst du denn da? Warum hast du dir eine Banane an den Bauch geklebt? Mein Gott, bist du seltsam.«

»Ich musste Pistachio in meinem Lunchbeutel mitnehmen. Deshalb war kein Platz für mein Lunchpaket«, antworte ich.

Pistachio scheint es jetzt besser zu gehen. Er wedelt mit seinem kleinen Körper und führt vor dem Regal, wo ich die Hundeknochen aufbewahre, ein kleines Tänzchen auf. Ich bin froh, das zu sehen. Ich kann gar nicht glauben, dass er erst vor einer Stunde in einem Löwenkäfig war. Ich überlege, ob ich es Elisabeth erzählen soll, aber ich entscheide mich dagegen. Elisabeth wird im Moment nicht zuhören. Sie hat den Kopf voller Pläne. Außerdem ist es ausgeschlossen, dass sie mir glaubt.

»Warum hast du ihn denn in deinen Lunchbeutel gesteckt? Weißt du, wie ekelhaft das ist? Wahrscheinlich hat er da reingepinkelt. Hast du auch deine Thermosflasche mitgenommen? Wenn ja, dann wirst du jetzt für den Rest des Jahres Hundehaare in deiner Milch haben.«

Ich achte nicht wirklich darauf, was sie sagt, denn

ich konzentriere mich darauf, die eine Klinge der Schere unter das Klebeband zu schieben. Ich wünschte, ich hätte vorher daran gedacht, wie schwer es werden würde, dieses Klebeband wieder abzubekommen. Ich hätte dann nicht so viel davon nehmen müssen.

»Hier, lass mich das mal machen«, sagt Elisabeth. Ich gebe ihr die Schere. Normalerweise würde ich das nicht tun, aber Elisabeth hat geschickte Hände. Wenn irgendjemand dieses Klebeband abkriegen kann ohne die Hälfte meiner Haut mit abzuziehen, dann sie.

Wir gehen ins Badezimmer und sie sagt, dass ich mein T-Shirt ausziehen soll. Dann wandert sie einmal ganz um mich herum, als würde sie ihren Angriff planen. Ich fühle mich komisch, wie ich so dastehe. Die Körbchen meines BHs werfen Falten, weil ich sie nicht wirklich so ausfülle, wie es gedacht ist. Ich hoffe, dass Elisabeth nichts dazu sagt. Ihre Brüste sind auch nicht größer als meine, aber sie verbringt zwei Stunden in der Umkleidekabine bei Penney's, bis sie einen BH gefunden hat, der perfekt sitzt. Dazu hätte ich keine Lust.

»Ich glaube, es ist besser, wenn wir es mit einem Ruck abreißen«, sagt sie. »Das wird stärker wehtun, aber dafür ist es schneller vorbei.«

Ich nicke. »Sag einfach Bescheid, wenn's losgeht.«

»Bescheid.« Sie nimmt das Klebeband und reißt es ab.

»AUA!«, brülle ich. Es fühlt sich so an, als hätte sie mir das Fleisch abgerissen.

»Halt still«, sagt sie und zieht noch einmal.

»Aua!«, schreie ich wieder.

»Gleich haben wir es geschafft«, sagt sie, genau wie unsere Mutter immer. »Noch einmal.«

»Aua!«, brülle ich wieder.

»Das war's.« Sie gibt mir die Schere und lächelt, als wollte sie sagen, was würde die Welt nur ohne sie machen.

»Danke«, murmele ich. »Aber lenk nicht ab. Was ist mit Miss Marion Margo?«

Elisabeth zuckt die Schultern.

»Komm schon!«, sage ich.

Sie seufzt und flattert mit den Augenlidern. »Vielleicht habe ich sie gar nicht gefragt. Vielleicht wollte ich auch nicht das Zimmer mit ihrer Tochter teilen, die alte Erdnussbutterbrote unter ihrem Bett versteckt. Oder vielleicht wollte ich nicht jeden Tag Gartenarbeit machen wie irgendein zahnloser Diener.«

»Wenn du sie gar nicht gefragt hast, woher weißt du das dann alles?«, frage ich, während ich mir mein T-Shirt über den Kopf ziehe. Ich bin froh, dass ich es wieder anziehen kann, froh darüber, dass Elisabeth nichts zu meinem BH gesagt hat.

»Glaubst du, ich bin ein Idiot?« Sie legt ihren Kopf auf die Seite und schaukelt leicht vor und zurück. »Ich plane doch nicht bei jemandem zu leben ohne zuvor ein paar Recherchen anzustellen.«

Das klingt wahr, aber ich könnte wetten, dass noch etwas anderes dahintersteckt. So ist Elisabeth. Sie sagt nur einen Teil der Wahrheit, nämlich den Teil, der einen dazu bringt, das zu glauben, was sie will. Es ist nicht gerade eine Lüge, aber es gibt einem auch kein richtiges Bild von der Wahrheit. »Hilfst du jetzt also oder was?«

Ich schüttele den Kopf.

»Und warum nicht?« Sie starrt mich böse an.

Ich reiche Elisabeth das lilafarbene Flugblatt.

Sie schaut es sich an, erst außen, dann innen. Sie untersucht jeden Zentimeter davon, als wäre es ein Beweisstück. »Und?«

»Und? Sei doch nicht blöd. Mom hat Pistachio noch nie leiden können und sie hasst es, ihn im Auto mitzunehmen. Was glaubst du wohl, was sie vorhat?«

»Mein Gott, bist du dämlich. Mom wird Pistachio doch nicht einschläfern lassen.« Sie zupft mit ihrem Finger an dem Flugblatt herum. »Das hier bedeutet gar nichts. Sieh mal! Sieh mal, was sie angestrichen hat! Den Absatz darüber, dass alte Hunde eine Reise nur schwer vertragen.«

»Ja, das ist ihre Entschuldigung.«

»Warum sprichst du nicht einfach mit ihr? Du sprichst niemals mit irgendjemandem über irgendwas. Du handelst immer einfach drauflos. Genau wie Dad, wenn er schräg draufkommt, die Fassung verliert und einfach seinen Job hinschmeißt. Sieh mal, sie wird niemals damit einverstanden sein, dass du bei Harrison lebst. Dies ist also deine einzige Chance. Machst du jetzt mit oder nicht?«

»Wer hat denn gesagt, dass ich bei Harrison leben will?« Ich bin wütend, dass sie das erraten hat.

Elisabeth dreht den Kopf und blickt mich von der Seite an. »Na, was meinst du? Was hast du denn sonst vor?«

»Wenn du es unbedingt wissen willst, ich habe viele Möglichkeiten«, sage ich, während ich zurück in die Küche gehe und die Schachtel mit den Käsecrackern aus dem Schrank nehme. Ich stecke meine Hand hinein und hole die größtmögliche Hand voll organgefarbener Cracker heraus. »Aber ich werde dir helfen, wenn du mir eine Sache versprichst.«

»Was denn?« Sie klaut mir einen Cracker, bricht ihn in der Mitte durch, steckt die eine Hälfte in ihren Mund und wirft mir die andere Hälfte wieder zu.

»Dass *du* mir hilfst, wenn sie versucht mir Pistachio wegzunehmen.«

»Was? . . . Glaubst du, dass sie ihn mit vorgehaltener Pistole entführen wird?«

»Du musst es mir versprechen«, verlange ich.

»Schon gut, schon gut, ich verspreche es«, sagt sie mit einer wirbelnden Umdrehung und zwei Sprüngen.

Ant

Wie immer macht Elisabeth dieses Gespräch mit meiner Mom zu einer großen Angelegenheit. Sie hat mein Haar zu einer merkwürdigen Frisur hochgesteckt, mit einer Menge Haarklammern, die mir Kopfschmerzen machen. Sie hat eins von meinen Kleidern gebügelt und gesagt, ich soll Schuhe anziehen. Ich hasse Schuhe. Und dann hat sie mindestens zwanzig Minuten damit verbracht, den richtigen »Standort« auszuwählen. »Du weißt doch, so wie der Präsident immer in den Rosengarten geht, wenn er eine nette Ankündigung machen will oder wenn er eine Auszeichnung vergibt oder so was«, hat sie gesagt. »Aber wenn es um etwas Ernstes geht, dann sieht man ihn im Oval Office oder im Kartenraum. Dies hier ist ein Gespräch für den Rosengarten. Es ist ein perfekter Tag dafür«, sagt sie. Für November ist es ein unglaublich warmer Tag, das steht fest. Trotzdem glaube ich, dass sie verrückt ist. Aber ich tue, was sie sagt. Vor allem weil das, was einem Rosengarten am nächsten kommt, der Garten hinter unserem Haus ist. Und weil Pistachio dort sein darf. Das bedeutet, er kann bei mir bleiben, und das ist wichtig.

Jetzt stellt Elisabeth Gartenstühle und einen Spieltisch auf dem Betonboden auf. Sie nimmt ein gestreiftes Strandhandtuch als Tischdecke und stellt einen Becher mit gelben Wildblumen in die Mitte. Dann bringt sie einen blauen Plastikkrug voll Limonade und einen Teller voller Reiskekse mit Gelee heraus. Die Eisstückchen klimpern, als sie den Krug abstellt. Sie hat sogar daran gedacht, Moms Sonnenbrille mitzubringen. Sie liegt säuberlich zusammengelegt neben ihrem Teller.

»Ant, setz dich besser hin, bevor Mom kommt, damit sie nicht sieht, wie du gehst.«

»Was stimmt denn nicht an meiner Art zu gehen?«

»Nichts . . . Wenn man Affen mag.« Elisabeth zieht ihre Schultern hoch und lässt ihre Arme vor sich baumeln, als würde sie auf Krücken gehen. Dann lässt sie ihr Bein nach vorne schnellen.

»Oh, komm«, sage ich und werfe den Kopf in den Nacken.

Elisabeth beachtet mich nicht. Sie geht ganz in ihrer Vorstellung auf. Jetzt steht sie da und macht sich besonders groß, streckt ihren kurzen, gedrungenen Hals in den Himmel und hält die Seiten ihres Rockes fest. Dann schreitet sie leicht daher – Ferse, Spitze, Ferse, Spitze – und lächelt über das ganze Gesicht, so als würden bewundernde Menschenmassen ihr zuschauen. »So solltest du gehen«, erklärt sie.

»Oh ja, genau das, was ich sein will . . . die Zuckerfee«, sage ich zu ihr.

»Halt den Mund, du weißt überhaupt nichts!« Sie starrt mich böse an. Dann scheint ihr Gesicht weicher zu werden. »Vertraue mir, sie hasst es, wie du gehst, also setz dich und beweg dich nicht. Und sei nett. SEI NETT ZU IHR! Ich hole sie nicht, bevor du das nicht versprochen hast.« Sie verschränkt ihre Arme.

Ich schnaube verächtlich, aber ich setze mich. »Ich werde nett zu ihr sein«, sage ich, »aber ich laufe nicht wie ein Affe.«

»Schon gut. Okay«, sagt Elisabeth. Sie fuchtelt mit ihrer Hand herum, als wollte sie sagen: Schluss jetzt, dann steht sie auf und lässt mich und Pistachio alleine.

Als meine Mom herauskommt, streichle ich ihn. Sie sieht mich im Stuhl sitzen, mit dem Tisch, den Blumen und der Limonade und ihre Mundwinkel wandern nach oben. Es ist nur ein kleines Lächeln, es hält nicht länger an als zwei Augenaufschläge. Aber ich sehe darin etwas, das mich überrascht. Meine Mutter ist froh, mich zu sehen. Mich. Ich lächle zurück, bevor ich mich davon abhalten kann. »Mach das nicht«, sage ich zu mir selbst. »Sobald Elisabeth oder Kate auftauchen, bist du wieder der letzte Dreck.«

Meine Mutter fasst sich an die Haare, wie um sich zu vergewissern, dass ihre Frisur richtig sitzt. Dann setzt sie sich. Ich gieße jedem von uns ein Glas Limonade ein und biete ihr einen Reiskeks mit Gelee an, genau wie Elisabeth es mir aufgetragen hat. Meine Mom schlägt die Beine übereinander. »Also, worum geht es?«, fragt sie.

Elisabeth hat gesagt, ich soll die Sache mit Pistachio erst am Ende erwähnen, aber genau damit fange ich an. Allerdings befolge ich Elisabeths Rat, *wie* ich fragen soll. Ich benutze genau die Worte, die sie mir vorgegeben hat.

»Ich habe dieses Flugblatt auf dem Schreibtisch in der Küche gefunden. Ich habe nicht herumgeschnüffelt, es lag einfach offen da. Und als ich es gesehen habe . . . da habe ich mir Sorgen gemacht.« Ich reiche meiner Mutter das zusammengefaltete Flugblatt.

Meine Mom öffnet es. Als sie sieht, was darin steht, spannt sich ihr Gesicht an. Sie runzelt die Stirn, schüttelt den Kopf und seufzt. Sie schaut hinüber zu den gelben Stiefmütterchen in ihrem Garten, dann wieder zurück zu Pistachio, der sich in meinem Schoß zusammengerollt hat. Wieder seufzt sie. »Pistachio scheint es gut zu gehen. Wir sind mit ihm schon eine ganze Weile nicht beim Tierarzt gewesen, oder wenigstens *ich* nicht.« Sie blickt mich an.

»Ich auch nicht«, sage ich.

»Ich glaube nicht, dass es an der Zeit ist, ihn einschläfern zu lassen, falls es das ist, worüber du dir Sorgen machst.« Wieder blickt sie mich an.

»Du meinst ihn *umzubringen«*, sage ich, aber sobald die Worte aus meinem Mund heraus sind, tut es mir Leid, dass ich sie gesagt habe.

Meine Mutter macht ein verärgertes Geräusch in ihrer Kehle. ›Wieder das alte Lied‹, denke ich. Aber dann scheint sie ihre Gelassenheit wieder zu finden. »Ich mache mir allerdings Gedanken darüber, wie wir ihn am besten nach Connecticut bringen. Ich fürchte, wir müssen ihn dort hinfliegen.«

»In einem Flugzeug?«, frage ich. Ich kann nicht glauben, dass meine Mutter tatsächlich vorschlägt Geld für ihn auszugeben.

»Wir können es von der Steuer absetzen«, erklärt sie.

›Das sieht ihnen ähnlich‹, denke ich. Aber dieses Mal gelingt es mir, den Mund zu halten.

»Und dann weiß ich nicht, ob Pistachio in Quarantäne muss. Das ist eine von den hundert Sachen, die ich herausfinden muss. Ich habe dieses Flugblatt mitgenommen, weil darin steht, wie alte Hunde durch einen Umzug traumatisiert werden können. Ich wollte es deinem Dad zeigen, denn ich mache mir Sorgen, dass du uns niemals verzeihen würdest, wenn ihm etwas zustößt.«

Ich schaue sie an. Ich bin überrascht, dass sie daran gedacht hat. Zutiefst erstaunt.

Sie schüttelt den Kopf. »Du und diese Lehrerin von dir, ihr tut so, als würde ich niemals an dich denken . . . als wüsste ich nicht, wie sehr du an diesem Hund hängst. Ich müsste ja blind, taub und stumm sein, wenn ich das nicht bemerken würde. So wie ich es sehe, gehe ich besser auf Nummer Sicher, dass

Pistachio nichts passiert. Sonst finden wir uns plötzlich in einer Lizzie-Borden-Situation wieder.«

»Lizzie Borden?«

»Sie hat ihren Eltern mit einer Axt die Köpfe abgehauen.«

»Du lieber Gott, Mom!«

»Das war ein Scherz, Antonia.« Sie lächelt. Sie scheint zufrieden mit sich selbst zu sein. »Was?« Sie schaut mich über die Gläser ihrer Sonnenbrille hinweg an. »Du hast noch nie von Lizzie Borden gehört?«

Ich schüttele meinen Kopf.

»Du hast eine Eins in Geschichte. Ich dachte, dass du vielleicht schon von Lizzie Borden gehört hast. Du hast doch eine Eins in Geschichte bekommen, nicht wahr?«

Ich nicke.

Sie scheint beruhigt zu sein. »Du bist ein rätselhaftes Kind, weißt du das? Und manchmal machst du mich so wütend, dass ich mir die Haare ausreißen könnte.« Sie zieht an ihren ordentlichen blonden Haaren.

Ich schaue sie an. Ihr Kinn ruht auf ihren Fingerspitzen. Ihre braunen Augen beobachten mich. Sie scheint mich vom Kopf bis zu den Füßen in sich aufzunehmen, so als wäre ich jemand, den sie noch nie zuvor gesehen hat. »Du siehst hübsch aus in diesem Kleid, Antonia.«

»Danke«, sage ich. Es fühlt sich gut an, das zu hören. Ich versuche gegen dieses gute Gefühl anzukämpfen, aber es gelingt mir nicht. Irgendetwas in mir ist weicher geworden und ich kann es nicht wieder hart machen.

»Tatsächlich siehst du ein bisschen so aus wie ich, als ich zwölf Jahre alt war.« Sie lächelt.

»Tue ich das?« Ich schaue an mir herunter.

»Deine Haare und diese Nase . . .« Sie beißt sich auf die Lippe. »Mann oh Mann, habe ich diese Nase gehasst, als ich in deinem Alter war, und mein mausbraunes Haar habe ich auch gehasst. Weißt du, mein Schatz, du solltest dir wegen deiner Nase keine Gedanken machen. Wenn du älter bist, können wir deswegen etwas unternehmen.«

Ich fasse an meine Nase. »Ich mag mein Haar und meine Nase«, sage ich und schütze sie mit der Hand.

Sie seufzt. »Nun, dann ist es ja gut«, sagt sie. Ihre Augenbrauen sind hochgezogen, ihr Kiefer angespannt.

»Mom?«

»Ja?«

»Als ich ein Baby war, hast du mich da geliebt? Oder hast du damals schon meine Nase gehasst?« Ich hätte das mit der Nase nicht sagen sollen. Das ist gemein und voller Wut.

Ihr Hals wird ganz steif. »Das ist nicht fair«, sagt sie. »Ich hasse deine Nase auch jetzt nicht. Ich bin nur . . .« Sie seufzt und schüttelt ihren Kopf. »Oh, lass es einfach. Vergiss, dass ich etwas gesagt habe.«

»Nein. Ich möchte es wissen. Hast du mich geliebt, als ich ein Baby war?«

»Natürlich habe ich das getan. Natürlich«, sagt sie und schaut mir in die Augen.

Ich kann sie nicht ansehen. Ich blicke zu Boden. Eine lange Zeit sage ich gar nichts. Ich versuche mich daran zu erinnern, wie es war, als ich klein war. Wie sie damals war.

»Doch, Antonia, das habe ich getan.«

»Du hast mir immer etwas vorgesungen, daran erinnere ich mich«, sage ich.

»Hmm-mmm. Daran erinnere ich mich auch. Das hast du immer sehr gerne gehabt. Wenn ich ein Lied gesungen habe, dann hast du gekichert und gelächelt und mit deinen kleinen Händen geklatscht, als wäre ich die beste Sängerin, die du je gehört hast.«

»Und wenn du mir Gute Nacht gesagt hast, dann hast du immer gesagt: ›Don't let the bedbugs bite.‹«

Sie nickt. Jetzt beobachtet sie mich. Wir sitzen ruhig da, alle beide. Es ist schön, sich an all das zu erinnern. Aber dann muss ich wieder sprechen. Ich kann nicht anders. »Mom?«

»Hmm-mmm.«

»Was ist dann passiert?«

Ihr Kiefer spannt sich an. Ihre Lippen schnappen zurück in ihre harte Linie. »Nichts ist passiert.«

Das ist nicht wahr und wir wissen es beide. Ich warte. Sie schaut mich an. Ich streiche mit meiner Hand wieder und wieder über Pistachios Kopf. Ich warte immer noch. Ich muss es wissen.

»Du bist knallhart, Antonia. Du kämpfst bei allem

gegen mich. Alles, was ich tue – *alles* ist falsch. Und die Lügen . . . Ich kann dir nie vertrauen, wenn du etwas sagst.«

Ich beiße mir auf die Zunge, als sie das sagt, damit ich nicht widerspreche, damit ich es durchgehen lasse. Das ist nicht das, worum es wirklich geht. Ich will den wirklichen Grund wissen. »Mom?«

»Ja?«

»Wie kommt es, dass du Elisabeth und Kate mehr liebst als mich?«

Sie schnaubt. »Das tue ich nicht.« Ihre Augen sind hart und zornig. »Ich liebe euch Mädchen alle gleich stark.«

»Nein.« Das Wort würgt mich, als es herauskommt.

Sie schaut weg – hinüber zu ihren gelben Stiefmütterchen. Das Blumenbeet ist in der Nähe, aber ihre Augen scheinen durch es hindurch bis zu einem weit entfernten Punkt zu blicken. Sie schweigt lange. Dann sehe ich, wie sie sich mit ihren Fingern die Augenwinkel austupft. Sie weint. Ich versuche mich zu erinnern, ob ich sie jemals habe weinen sehen. Die Tränen strömen schneller heraus, als sie sie wegtupfen kann. Sie sucht in ihrer Tasche nach einem Taschentuch und putzt sich auf ihre zarte Weise die Nase. Dann wischt sie sich die Tränen aus dem Gesicht.

»Sie tun, was ich ihnen sage«, beginnt sie von neuem. »Das machst du nie. Bei dir bin immer ich der Bösewicht.« Sie kann nicht weitersprechen, so sehr weint sie.

Ich schaue hinab auf Pistachio, auf seine kleinen dreieckigen Ohren und seine süßen braunen Augen. *Er* liebt mich.

»Sogar, als du noch klein warst . . . Ich habe dich morgens immer mit nagelneuen Kleidern in die Vorschule geschickt, ganz ordentlich und sauber, süß wie Zuckerwatte, so wie ich es mir immer von meiner Mom gewünscht habe. Und was war? Wenn du nach Hause kamst, warst du schmutzig vom Kopf bis zu den Zehen, der Gürtel von deinem Kleid abgerissen, die Schuhe auf den falschen Füßen, die Nase blutig. Deine Lehrerin sagte dann immer, du hättest dich mit jemandem geprügelt. Das war immer das Erste, was du tatest, wenn jemand etwas gemacht hatte, was du nicht leiden konntest. Du hast sie gehauen. Und das war nicht etwa so ein höflicher kleiner Klaps, nein, du hast es ihnen richtig gegeben.«

»Nun, wahrscheinlich haben sie es verdient«, denke ich. Aber das sage ich nicht. Sie will damit auf irgendetwas hinaus. Ich lasse sie ausreden.

»Weißt du, wie peinlich es ist, ein kleines Mädchen zu haben, das immerzu in Schwierigkeiten gerät? Du bist aus zwei Vorschulen hinausgeworfen worden, weißt du das? Ich wäre am liebsten im Boden versunken. Und dann hast du mit dieser Lügerei angefangen. Einmal hast du irgendeine ausgeklügelte Geschichte erzählt, du seist die Tochter der Königin von Ägypten. Die Königin von Ägypten? Wo hast du nur solche Sachen her?« Sie schüttelt ihren Kopf. »Niemand kann sich jemals vorstellen, dass du Elisabeths Schwester bist. Sie ist so ein braves Mädchen. Und Kate auch. Aber du . . .« Sie tupft sich mit ihrem Taschentuch die Nase ab. »Natürlich ziehe ich sie vor. Wer würde das nicht tun?«

Irgendetwas in mir wird kalt und hart. Ich höre nichts mehr und sehe nichts mehr. Ich krieche ganz tief in mich hinein, dorthin, wo es sicher ist. Ich denke an meine richtige Mutter und daran, dass ich ihre Lieblingstochter bin. Es ist mir egal, dass es sie in Wirklichkeit nicht gibt. Ich denke an Einfach-Carol und daran, dass sie mich ausgesucht hat und nicht Joyce Ann Jensen. Ich denke an Harrison und daran, dass ich seine beste Freundin bin. Ich stelle mir irgendeinen Moment in der Zukunft vor, wenn meine Mutter mir sagt, wie sehr sie sich an diesem Tag geirrt hat. Heute.

»Ich bin klüger als Elisabeth und Kate«, sage ich. »Das bin ich!«

»Aber dann kommt *diese Lehrerin* an«, fährt meine Mutter fort. »Sie mag dich tatsächlich. Sie findet, dass du klug und lustig und sehr verletzt bist. Sie glaubt, dass zu Hause irgendetwas nicht stimmt. Dass ich dir keinen Boden gegeben habe, auf dem du stehen kannst. Dass ich für dich eine Situation geschaffen habe, in der du nicht gewinnen kannst. Dass es für dich zu schwer ist, brav zu sein, weil Elisabeth und Kate diesen Rang schon für sich in Anspruch genommen haben. Dass du dich selbst so tief eingebuddelt hast, dass du nicht mehr herauskommst. Dass du überhaupt nicht so knallhart bist, sondern tatsächlich ganz schön zerbrechlich. Sie weiß nicht, was früher passiert ist, aber im Moment beschränken sich deine Lügen im Großen und Ganzen darauf, einen Hund zu beschützen, den du mehr liebst als dein eigenes Leben, und auf Fantasien über deine richtigen Eltern.«

»Fantasien?« Ich schüttele meinen Kopf. Meine richtigen Eltern gibt es vielleicht nicht in Wirklichkeit, aber sie sind ganz bestimmt keine Fantasien. Nur Verrückte haben Fantasien.

»Ich habe zu Einfach-Carol gesagt, dass sie sich irrt. Dass das, was sie sagt, sich anhört wie eine Menge Psychogesabbel, wie ein großer Haufen Pferdemist. Aber dann erfahre ich, dass du der Mathechampion im Bezirk 2 bist und dass du auf deinem letzten Zeugnis fast nur Einsen hattest, nur dass du Harrisons Zeugnis mit nach Hause gebracht hast, damit ich es nicht mitbekomme. Und ich fange an zu sehen, dass es bei deinen Lügen meistens um Pistachio geht. Dass die Dinge tatsächlich besser werden, nachdem wir eine Lösung gefunden haben, so dass du das Gefühl haben kannst, dich gut um ihn zu kümmern. Und plötzlich glaube ich, dass Miss Carol Samberson, die frisch vom College kommt, vielleicht doch nicht so Unrecht hat.«

Sie weint immer noch. Jede Minute oder so wischt sie sich die neuen Tränen mit ihrem Papiertaschentuch ab. Ihre Wimperntusche läuft in breiten schwarzen Bächen ihr Gesicht herunter. Sie schließt ihre Augen und die Tränen strömen zwischen den verwischten schwarzen Wimpern hindurch.

Ich frage mich, warum sie so weint. Ich weiß, dass sie es hasst, Unrecht zu haben . . . aber würde sie deswegen so sehr weinen?

»Antonia . . .«, sagt sie, immer noch mit geschlossenen Augen. Sie beißt sich auf die Lippe. Ihre Stimme überschlägt sich. »Was ich dir zu sagen versuche, ist . . . es tut mir Leid.« Eine Sekunde lang muss ich darüber nachdenken, wie ich atmen soll. Ich öffne meinen Mund. Jetzt atme ich, aber meine Brust fühlt sich immer noch schwer beladen an. Das Einzige, woran ich denken kann, ist, wie es sich wohl anfühlen würde, meine Mutter zu umarmen. Ich weiß, dass Elisabeth und Kate das tun. Aber ich nicht. Wahrscheinlich habe ich sie umarmt, als ich klein war. Ich weiß, dass ich meinen Vater umarmt habe. Aber ich kann mich nicht daran erinnern, dass ich jemals meine Arme um meine Mutter gelegt hätte. Ich frage mich, ob sie jetzt auch darüber nachdenkt, mich zu umarmen.

»Mom«, sage ich. Meine Stimme klingt ganz komisch. Sie dröhnt in meinen Ohren, als hätte ich eine Kopfgrippe. Sie klingt wie weit entfernt. »Mir tut es auch Leid«, sage ich. ›Nein, das tut es nicht‹, denke ich. ›Das tut es nicht. Das ist alles eine große Lüge.‹ Aber es ist keine Lüge. Es ist die Wahrheit. Dies ist meine richtige Mutter. Ich wünschte, sie wäre anders. Sie wünscht sich, ich wäre anders. Aber das bedeutet nicht, dass sie nicht meine Mutter wäre.

»Mom«, frage ich, »wirst du mich Ant nennen?«

»Oh, Antonia«, seufzt meine Mutter. Ihr Gesicht sieht schmerzverzerrt aus. Sie ist eine Weile still, dann sagt sie: »Antonia ist so ein schöner Name. Als ich dich so genannt habe, warst du das süßeste, perfekteste kleine Baby. Ich hätte nie im Traum daran gedacht, dass du Antonia irgendwann zu Ant abkürzen würdest. Tony, das konnte ich mir vorstellen. Mit Tony hätte ich leben können. Tony ist irgendwie süß. Wie wäre es denn mit Tony?«

»Ich heiße Ant«, sage ich. Ich schaue ihr in die Augen, tiefer als bis zu dem Punkt, den ich normalerweise anschaue.

Meine Mutter schweigt. Sie starrt hinüber zur anderen Straßenseite. Dann erwidert sie meinen Blick. Ihr Mund versucht ein kleines Lächeln und sie legt ihre Hand auf meine. »Na gut . . .«, sagt sie. »Ant.«

Wir sitzen eine Minute lang so da. Ich überlege, ob ich meine Hand wegziehen soll, aber das tue ich nicht. Ich tue es nicht.

»Vielleicht wird dieser Umzug uns gut tun«, sagt sie. »Wir können noch einmal ganz von vorne anfangen.«

Mein Magen sinkt. Ich fühle, wie mir das Blut aus dem Gesicht weicht, und ich ziehe mit einem Ruck meine Hand zurück. Den Umzug habe ich völlig vergessen, und was ich eigentlich mit ihr besprechen sollte ebenfalls.

»Nein!«, sage ich. Es kommt lauter heraus, als ich eigentlich vorhatte. Die Augen meiner Mutter werden plötzlich misstrauisch.

»Wir ziehen zu oft um. Das ist nicht gut für . . .« Ich versuche zu überlegen, wen ich jetzt nennen soll. Schließlich entscheide ich mich für: ». . . Pistachio.«

Sie wendet ihre Augen ab, als wäre es zu schmerzhaft, mich anzuschauen.

»Wie kommt es denn, dass wir ständig umziehen müssen? Wie kommt es, dass Dad niemals lange bei einer Arbeit bleibt?«

Meine Mutter schüttelt den Kopf. Ihre Lippen sind fest zusammengepresst. Sie tupft sich die Augen, als versuche sie nicht zu weinen. Aber sie weint.

»Ich muss hier in Sarah's Road bleiben, bei Harrison und bei Einfach-Carol . . .«, versuche ich schließlich zu sagen. Aber es gelingt mir nicht. Ich beginne von neuem: »Ich muss einfach hier bleiben, ich brauche es . . . zusammen mit Harrison und Einfach-Carol und Daddy und Elisabeth und Kate . . .« Ich habe eigentlich vor hier Schluss zu machen, aber meine Stimme spricht weiter. Ich versuche die Worte zurückzuhalten, aber sie steigen von ganz tief innen in mir herauf. »Ich muss mit dir zusammen hier bleiben«, sage ich. Meine Stimme versagt. Ich beiße mir auf die Zunge und reiße die Augen weit auf, damit ich nicht anfange zu weinen. Aber ich kann die Tränen nicht zurückhalten. Sie jagen einander meine Wangen hinunter.

Sie drückt mir die Hand. Wir schweigen lange und lauschen den weit entfernten Geräuschen. Den Verkehrsgeräuschen auf der Sarah's Road, der frechen Stimme eines Diskjockeys im Radio, dem mechanischen Dröhnen einer Motorsäge und unserem eigenen Schniefen.

Ich blicke sie an. Ihre braunen Augen sind von den Tränen ganz glasig. Jedes Mal, wenn sie mich anschaut, laufen die Tränen wieder über.

Sie versucht es. Wirklich. Und ich auch.

Die Fakten

Ich habe versucht mir die Unterhaltung vorzustellen, die später an diesem Tag stattgefunden hat – die zwischen meiner Mom und meinem Dad. Ich denke daran, wenn ich die Zwinger bei der Tierärztin sauber mache, wenn ich dem Neandertaler im Matheunterricht zuhöre oder wenn ich Harrison Tschüss sage, wenn er in den Zoo fährt – ihn lassen sie dort rein und mich nicht. Meistens stelle ich mir vor, dass das Gespräch spät am Abend stattfindet, wenn wir alle schlafen, Elisabeth und Kate und ich, wenn das Summen des Kühlschranks und das Anspringen der Heizung die einzigen Geräusche im Haus sind. Ich sehe vor meinem inneren Auge, wie meine Mom und mein Dad im Wohnzimmer vor dem Fernseher sitzen. Ich sehe, wie meine Mom auf den Ausschaltknopf drückt und wie der Bildschirm plötzlich blau und leer wird. Ich stelle mir vor, wie sie sich zu meinem Dad umdreht und sagt: »Ich will nicht nach Connecticut ziehen, Don.«

Und dann lächelt mein Vater sein Vertreterlächeln und sagt: »Oh, Liebling, du wirst es dort wunderbar finden. Warte nur ab!«

Aber das ist natürlich alles erfunden. Die einzigen Tatsachen, mit denen ich arbeiten kann, sind folgende: In der Woche nach dem Gespräch zwischen meiner Mutter und mir hat mein Vater den Job in Connecticut abgelehnt und eine Stelle bei uns in der Nähe angenommen. Dann hat meine Mutter alle Kisten in der Garage ausgepackt und zwei Bäume in dem Garten hinter unserem Haus gepflanzt. Das ist alles. Das ist alles, was ich weiß, aber ich verbringe eine Menge Zeit damit, mir über den Rest den Kopf zu zerbrechen.

Was ich nicht begreife, ist, warum meine Mutter meinem Vater gesagt hat, dass sie nicht umziehen will. Weil meine Mutter eisige Winter und stickige Sommer hasst? Oder wegen Elisabeth und ihren Auftritten an Miss Marion Margos Schule? Oder ist es wegen mir? Ich denke beinahe jeden Tag darüber nach. Natürlich sollte ich das nicht tun. Ich weiß, dass ich es nicht tun sollte. Denn die Antwort auf diese Frage will ich eigentlich gar nicht wissen, es sei denn, die Antwort bin *ich*.

Mit besonderem Dank an:

Erica Calcagno vom Zoo in Oakland dafür,
dass sie alle meine vielen Fragen beantwortete.

Alan Blum, Linda Dakin-Grimm, Libby Ellison,
Paula Friedman, Elizabeth Harding,
Nancy Harvey, Glenys und Grey Johnson,
Barbara Kerley, David Macaulay und
Susan Miho Nunes. Mein Team.

Ian und Kai Brown dafür,
dass sie mich mit meiner Computertastatur teilten.

Und Kathy Dawson, die nicht zuließ,
dass ich mich zu schnell zufrieden gab.

Was für ein Geschenk!